スリー

アン・クイン
西野方子＝訳

幻戯書房

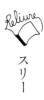

目次

ロゴ・イラスト――丸山有美
装丁――小沼宏之[Gibbon]

スリー

ボビーとボブに捧げる

本日セルウェイ街にあるオフィスビル、ペスケットハウスの六階の窓から男性が転落し死亡した。
彼は石鹸《せっけん》製造会社に雇われた雑用係であった。

ルースがはっと驚いて新聞から顔を上げるとそこにはドア枠に縁取られたレナードの姿。背後には白い漆《しっ》喰《くい》の壁。籐で編まれた肘掛け椅子の正面には日本風のテーブル。衝立。引き戸。イグサのマット。一枚の鏡が部屋の窓を拡張していた。庭。ブロンズ製の雄鶏がこの家を正面から見据えていた。

最新のニュースは何だって？　男が窓から身を投げたって。ひどい方法を選んだもんだ。だけどレオン彼女の場合はそれとは違ったでしょ――ほら、私たちには何があったのかなんてはっきりわからないんだし事故だった可能性も高くてあのメモだって芝居がかったかんじで。誰のせいでもないいんだルースそのことはちゃんと理解しておかないとましてや僕たちのせいだなんてそんなことはないんだよ。そうよねそうよねわかってるわそれにあの出来事は前から予測できたとも言えるし彼女のあの性格を考えればね。何とも言えないな。あなたにとってはそんなことたいしたことじゃないってレオン？　ああそんなことを言うなんて答えなんて訊くまでもないよね。

彼は貝殻を、小石をいじり、そのうちの二つで耳を覆った。これって本当に海の音なのかなって昔はよく考えたものさ。私はそんなはずないってわかってたわよ。随分と現実的だなルーシー。私たちは彼女と一緒に行くべきだったのよレオン。彼女は一人でボートを漕ぐのが好きだったじゃないか。あなたは時々一緒に行ってたでしょ。一回か二回だけだよその時は自分が侵入者になったような気分だったな。でもあの日の前の晩彼女はあなたに一緒に出かけようって誘ってなかった？　買い物の用事があったんだ。それに午前中は嵐のような悪天候で彼女だって雲が低く垂れこめてどんな具合なのか口にしてたのに山だって見えなかったし。彼女は決して行くべきじゃなかった。どうやって——これからどうやってはっきりさせたらいいのレオンどうやって？　僕たちのせいじゃないんだいいかい忘れないで他人の行為に対して責任を負うことなんて誰にもできないんだよ——ところでお茶は残ってるかな？　少しだけ残ってるわあなたのためにレモンもスライスしておいたの。レモンなしで飲むよ。どうぞお好きなように。彼女は貝殻を一つ手に取り、ひっくり返し、光が透けて見えるように上にかざした。彼女は私たちと一緒にいて幸せだったわよねレオン少なくとも静養のためにうちに来た最初の頃は。そうだよ当然だでもそれはいつだったっけ？　あなたの日記を見ればいいじゃない。

三月二十一日　ギャラリートゥーで内覧会
三月二十三日　ブレイクウェル一家と夕食
三月二十六日　Sが晩ごはんに
三月二十七日　頭痛
三月二十八日　同様
三月二十九日　Jから電話
三月三十日　Jの誕生日

レオンあなたの育てのお母さんの誕生日にあの高いガラスの食器を買ったわねでも彼女ったらあんなふうに顔をしかめたりして彼女のことだし絶対それを返品して別のものと交換してもらったに違いないんだから。
そういえばあの翌日には

三月三十一日　Sが引っ越してくる
四月三日　R体調を崩す
四月四日　社交クラブでランチ

四月五日　ペトリネリの翻訳を開始

レオン私あの時体調を崩してたかしら？　そうだよ初めて膿瘍《のうよう》ができて。ああそうだわ腕が動かせなかったのよね。腐った玉ねぎみたいだった。あなたはそう言ったけど私はずっとそれが見えないように隠してたんだから。君は血のついた絆創膏《ばんそうこう》をしょっちゅう剥がしてそこがどんなふうに見えるかって訊いていたじゃないか。彼女はとても辛抱強かったわね。優しかったよ。彼女も手術を乗り越えて回復しつつあったし全部の面倒を見てくれたわ。彼女がいなかったらどんなことになっていたのかまったくわかったもんじゃないな。あなたの手伝いもしていたわねエジプトの美術か何かについてのあの本の。君が言ってるのは一枚岩のモザイク彫刻のことかなルース。そうなのねとにかくあなたたち二人がすっかり虜《とりこ》になっていたあれのことを言いたかったの。確かに彼女のタイプ技術には助けられたよ。料理を作るのも上手で。なかなかの腕前だった当時はみんな小食だったけど。彼女はダイエットをしてたなそんなことをする必要なんてなかったのに。ふっくらしてる方だってレオン他でもないあなたが言ったのよ私はよく覚えてるわ。彼女と初めて知り合った時に言っただけだよでもその後彼女は変わった多分手術とか何もかものせいさ君の黒いワンピースは彼女のサイズにぴったりだったね。あのパーティーのために仕方なかったのよ。そうだまるで皮膚のようだった。どう見たって丈が短かすぎたけど彼女がどうしてもそれを着るっていうんだもの。数本の指輪が回転しながら指を半分ほど移動したところで彼女が一つをゆっくり引き抜けば、肌に傷がつき、彼女はそこに視線を向けた。あのパーティーの時君は何も飲もうとしなかったね。何でかは知ってるでしょ。でも君……。そうだけどでも体調もいつもとは違ってたのよ勘違いだったけど。だけど君ははっきり確信してたようだったね生理が来なかったことはそれまで一度もなかったの？　私は絶対にそんなこと言ってない——絶対に。ごめんそんなこともあったのかと思って。彼はレモンを二枚スライスし、カップの中に突ついて浸した。ああだめだ何かもっと強いものを飲まないかい？　私はいらないわ。じゃあ僕だけ飲んでもいいかな氷は残ってる？

　両腕を静止させたまま彼女は雄鶏の背後の景色を眺め、木々の、彫像の並ぶ辺りに目を向けた。彫像が芝生の上に作る影は崖の先端へと伸びていた。何をしようかルース今日はここで過ごす最後の日だ少し出かけないか？　あなたは本当にじっとしてられないのね。君が散歩に行きたいんじゃないかと思っただけだよ庭の周りを歩いてプールまで行くだけでもそれか——それか海の近くまでとかどこでも君の行きたいと思うところへさ？　一体どうしてあなたはそんなことをしようなんて言えるわけ？　でも死んだ人間がこんなふうに場を支配するなんてあっていいはずないじゃないかそれに彼女も海が好きだった君も知ってるだろ。どうかしらね私にはわからないわ私がわざわざプールを作った理由をあなたは何だと思ってるの？　ほら僕だってプールは欲しかったんだ。そうねレオン冬になれば自分の劇場にできるものね。君がそんなに海が嫌いだって知ってたら親父からのこの場所の申し出も受け入れはしなかったよ内陸の方の家を買ったってよかったんだからね。レオンあなたと一緒に過ごしながらそれを乗り越えられるって克服できるって思ったの——私たち三人ここで一緒ならって。今日は随分と気候が穏やかだね岩礁がそれに川も見えそうだ滝の中の鮭だって見えるかもしれないな。出かければそうよ行けばいいじゃないのそんなに外へ行きたいなら。そういうわけじゃ……。どういうわけじゃないって？　彼は再びウイスキーをグラスに注ぎ、コップに息を吹きかけ、手首を動かし、氷がカランと音を立てるのを待った。ちょっとやらなきゃならないことがあるんだ。荷造りは終わったの？　ああ。車に問題がないといいんだけど帰りにまた故障なんてごめんだわ。彼女はクッションの位置を直し、置いてある物の向きを変え、椅子を元の位置に戻し、両引き戸を左右に滑らせ開き、その間に立ち、そして部屋を見渡した。それで出かけるんじゃなかったの？　何のために？　あなたは出かけたいんだって思ってたんだけど。今度こそ君も飲まないか？　それで三杯目よレオン。わかったよ名探偵シャーロック羨ましいんだろまあ一杯飲みなよ君のためさお願いだよ肩の力を抜いてほら座って。私は昨日飲みすぎて頭もまだガンガンしてるの薬を飲もうと思って。ほらさお酒を飲めば治るかもしれないよ偏頭痛はないんだろ？　少しだけあるのよ心配する程じゃないけど。薬はどこにあるんだルースわかってるよねすぐに飲まないと……。二階よお願い取ってきてくれる？　頭を片側に傾けたまま、彼女は顔をしかめ、ゆっくり振り返り、両引き戸を閉じ、重い体を引きずるようにソファーへと向かった。彼はバタンと音を立ててドアを閉めた。ドアが次々とバタンと閉まる音。彼女は素早くテーブルへと移動し、グラスを手に取って、少しの間鼻の下に近づけてから、彼女はそれを啜《すす》り、グラスをそっと元に戻し、テーブルの上の跡を拭き取った。

彼女が窓ガラスを擦《こす》って円を描き、外を眺め、一歩下がり、それからソファーに倒れ込んだ後、手が目の、顔の上を漂い、彼女の口も動いたが、言葉は出てはこなかった。彼がかがむと、髪が垂れて彼の額に少しかかった。彼女は上半身を起こしてその髪を払った。ほら薬を持ってきたよ一錠それとも二錠いるかい？　一錠だけで大丈夫ありがとう。彼はその白くて丸い小さな錠剤を二つの指で挟み、一方彼女は水の入ったコップを手にし、何口か飲み干してから、ちょうど中腰の姿勢から立ち上がっていた彼の方へ笑顔のまま視線を向けた。カーテンを閉めておこうか？　いいえ——いいえ私のそばにいてここに座ってその椅子を持ってくればいいわそうそれねえあなたクッションを取ってもらってもいいかしらああ楽になった随分楽になった。彼は彼女が心地良さそうに横になるのを、髪がオレンジと黒のあわいにくしゃっと押しつけられているのを見た。彼女の手が伸ばされ、指が彼の手のひらに包まれる。体調はどうだい？　そんなには悪くないわ。ちょっと待って自分の飲み物を取ってくるよ。私にも一杯ちょうだい。おいおい薬を飲んだのに飲むつもりかい本気で？　ちょっとだけだから。氷は残ってないよ。あなたの氷を少しもらうわ。口に入ったものだよ。問題ないから入れて。その塊はつるつると滑って、テーブルの上を進んでいった。もう何てことするのレオン——今朝もそれを磨いたっていうのに。そんなに騒がないでくれよ心配しないで拭くものを取ってくる。

　彼女はその氷を滑らせ中に入れ、グラスを傾け、そしてソファーにもたれかかり、鳥が小道を進みながらカタツムリを突つき、テラスの階段に打ちつけるのを目で追った。ほら全部元通りだ汚れは残ってない。ボーボーはどこ彼は外かしらレオン？　僕が知るわけないだろ？　ねえお願いちょっと行って彼を呼び寄せてくれない？　知ってるだろ僕が呼んだところで彼は来てくれないよ。口笛を吹けば来てくれるわよねえあなたお願いね？　彼女はクッションに寄りかかり、目を閉じた。ねえお願いよ？　彼はフランス窓を開け、テラスの端の段差よりも向こう側、木々の生い茂る場所を見渡した。ねえあなたお願いドアを閉めてすごく寒いわ。彼は外に出て、首を前方に伸ばした。彼女は彼を、彼の口が不機嫌そうにすぼめられているのを見ていた。それから彼の顔が彼女から逸らされ、肩が丸まって。彼女は体勢を変え体を丸めた。彼は階段を下り、その途中でカタツムリを一匹踏み潰し、その残骸を彼は足で壁に擦りつけた。口笛を吹くと同時に彼の頭は左右に動いた。しかし動きを止めて、頭を引っ込ませ、背を丸めた。彼は耳を澄ました。

彼女は窓際に立ってコンコンとノックをした。彼は素早く芝生の上を歩いていった。走ってプールを、破壊されたり、破壊されていなかったりする、未完成の彫像を通り過ぎた。木々を横切って。向かい風の中、霧が湿らせる彼の顔。目。彼は崖の先端へと辿り着き、息を切らしながら、浜辺へと続く木の階段の一番上でふらふら揺れ動いていた。二列に並んだカモメが鳴きながら飛び立った。カモメの、サギの、他の鳥の残した痕跡に混ざり、先へと続いていく人間の足跡。彼は下におり、立ち止まると、顔を上げ、手を広げた。襟を立て、彼はゆっくり歩いて戻った。

猫を肩の上に乗せ、彼女は窓に顔を押しつけた。猫に顎を擦りつけた。また雨が降ってきたの？　そうみたいだ。ボーボーはずっと家の中にいたの――誰がいたの？　誰もいなかったよ少なくとも僕がその場所に着いた時には誰もね忌々しい不法侵入者たちめ奴らこの土地は私有地だって知ってるくせにそれでもやってくるんだ。彼女は部屋の中を動き回り、猫はそれに纏《まと》わり付き、尻尾《しっぽ》を立てた。でも夏みたいに大勢で来たりはしてないでしょそれに次の夏までには多分自治体が何かしてくれるわよ。すぐにでもしてもらわないと――僕の飲み物はどこだっけ？　あっちにあるわ。ところでさルース僕が今読んでるあの本がどこにあるか知ってたりしないかな？　私が知るわけないでしょ？　二人は互いの周囲を動き回った。猫はふらふら揺れ動き、左右に振られたその尻尾が、時々彼女の口に、髪に触れた。彼女は猫を下ろし膝に乗せ、背中を押して寝そべらせ、そのまま彼を膝の上で抱きしめた。音楽でもかけないレオン？　君がそうしたいなら構わないよあの本がどこにあるかわかればいいんだけど見当がつかないな。トイレは見たの？　いいや。寝室は？　いいや。へえ？　彼はラジオのスイッチを入れ、つまみを回した。ちょっとそんなに大きくしないで。頭痛はどうだい？　そんなにひどくないわそのくらいの音量にしてあすごくいいわね誰が演奏してるのかしら？　テンポが速すぎるよ第二楽章はもっとゆっくりじゃないと。私は好きよねえあなたもう少しだけ音量を上げて。僕たちこのレコードを持ってなかったっけルース？　そうねそう思うわ。ならもうかけておく必要はないよな……。ああ消さないでよお願いこんなに美しい曲なのにそうほら待ってこの次のところよもう胸がいっぱいだわほらこのヴァイオリンの音色を聴いてよこの世のものとは思えないでしょ？　テンポが速すぎるよ。

誰が指揮をしてるのかしらほら聴いて聴いて素晴らしいじゃない当然アレグロがぴったりよ彼女もきっとこれを気に入ってたと思うわ。本当にそうかな。そうに決まってるわよ。そうとは思えないな僕たちを喜ばせるためにクラシックが好きなふりをしてたんだよ。そんなことあるわけないじゃないレオン絶対にそんなことないわよシィィィこのハープの箇所を聴いてよああすごく澄んだ音色だわ――ああ本当に清らかね。彼は部屋の隅の椅子に沈み込み、鼻歌を歌って指を後ろに曲げた。そんなことしなくてもいいじゃないあぁぁぁここの箇所を聴いてよこのチェロいいと思わない？　悪くはないね。一体どのオーケストラがシィィイここ聴いてあの小節の調べが繰り返されてバイオリンが入ってくるのが聴こえるでしょ？　みんな全然調和してないよルース。何ていう番組でかかってるの？　海外の放送局だよ――その猫臭うな。そんなことあるわけないでしょ。じゃあ何かが臭いを発してるんだ。多分あなたの靴ね。彼は慎重に片足を持ち上げ、もう片方の足にかけ、靴底を入念に観察した。ああ第三楽章は私のお気に入りなの聴いて聴いて生演奏でもあるのよね咳《せき》をしてるのが聴こえるでしょ？　違う局に。本気で？　彼女はラジオの方へ身をかがめた。彼は猫に手招きするような身振りをしたが、猫は睨み返し、少しだけ動き、ためらい、耳をピクピクひきつらせた。この猫だよ。何のこと？　臭うのはこの猫だって言ったんだ――すごい悪臭だ医者に見せるべきだよ。もう何なのよ放送局がわからなくなっちゃったじゃないほらレオンちょっとやって戻してよ。彼はつまみをカチャカチャ動かした。彼女は鉢植えの位置を変えた。ほとんど天井に届く高さまで伸びているものが一つあった。

ねえあなたちょっとこれ手伝ってあそこの隅に置いた方がいいと思わない？　そこは彼女がその鉢植えを置くべきだっていつも言ってた場所じゃないか。あなたは反対したじゃないレオンでも私は彼女が正しいと思う――だって……。お好きなように。

二人がその鉢植えの両側に立って、それを移動させると、葉は扇形に広がり、かさかさと音を立てた。少なくとも僕たちは彼女を経済的には助けたよ家賃とか食べ物の面ではね。彼女が経験したことのなかった家庭生活の埋め合わせをしたわ。君のことが大好きだったねルース。まあね。二人は鉢植えを下ろし、後ろに下がると、ひときわ大きな葉が曲線を描きながら、自身の影の中へと取り込まれている辺りを見上げた。一つだけ確かなことがあるわレオン私たちは彼女の毎日の暮らしをずっと楽なものにしてあげられた。それは確かだ。だって町には家があってそれにこの田舎の別荘それ以上女の子が何を望むっていうの？　彼女は舞台で成功したかもしれないよもし……。そんなこと誰にもわからないわよどうしてもそれをしたいっていう女の子は五万といるんだし。例えば彼女には確実にマイムの才能があったじゃないか。ああれね私はあんまり一緒にできなかったから。君も進んで参加したじゃないかルース。私が何かをする余地なんてなかったじゃない全部あなたたちが中心の遊びで私はただそこに居るだけの受け身な部外者だったのよ？　君は楽しんでるみたいだって僕はむしろそう思ってたよ。そうね――そうね私が楽しんでいるかどうかをあなたが気にしてるなんてその時の私は思いもしなかったでしょうね。二人はお互いの顔を見合い、すぐに目を逸らし、それぞれの飲み物に目線を向けた。彼はグラスの中身を飲み干した。彼女はグラスの縁をいじり、唇を中身に触れさせた。庭の隣の畑で荷車を引いている男たちが視界に入り彼女はその場で硬直し動けなくなった。そのまま彫像越しの、シャクナゲの茂み越しの光景をじっと見つめていた。私はただあの仮面が何ていうか嫌だったのそれにあなたはいつも私がいいなと思ったものを選ぶしとにかくそんなかんじで。でも僕は君と同じものを一度だってつけたことはないじゃないかルース。それにプールをあんな馬鹿げた地下の劇場みたいにすることだってもう本当に……。それは彼女のアイデアだったんだ。当時あなたは全部の手柄は自分のものみたいに振る舞ってたわよいつもそう新しいアイデアは大抵全部彼女とか他の人のものだって後からわかるんだから。それは嘘だよルース断じてそんなことないさ。あなたのお父さんのあの気味の悪い彫像だって得体の知れない青銅の塊だとか金属の欠片だとかをあなたのちょっとしたジェスチャーゲームの生身の参加者やら観客やらに仕立て上げようとしてはっきり言ってグロテスクよレオンああもう本当に本当にぞっとする。彼女はマントルピースに肘を乗せてもたれかかると、鏡を覗《のぞ》き込み、眉毛を撫《な》でて、そしてそれを抜き始めた。彼は彼女が毛抜きを持ち上げるのを、鏡と自分の間の空気を突き刺すように腕を動かすのを目で追った。不思議ね彼女はどんな催眠術を使ってあなたにいろんなことを信じさせたのかしらそうまるで子どもみたいにまるであなたは十歳の子どもみたいだった間違いないわでも実際にはその時のあなたは成り上がりで独りよがりの自分だけの小さな国の小さな王様だったけどね理想主義者そう常に理想主義者なのよ。僕らはみんな理想をもっているじゃないか絶対そうだよ女の子だって……。そんなの何でもないわ何でもないのよ新しい世界を創るとかあなたの壮大な考えに比べたら想像してみてよ十六歳の少年が自分にはそれができるって考えたなんて。彼女は眉毛の下の赤くなった跡におしろいをはたき、ワンピースについた粉を払った。そもそもあなたはそうすることで何を証明したいの？　証明かルース――僕はただ信じただけだそれだけだよ自分のことを神に仕えるような存在だと思ったんだ……。スパイみたいな？　好きなように呼べばいいさ少なくとも最初はそうだったんだ。あなたの育てのお母さんの影響がなかったらどうなっていたのかなと思うわ認めましょうよ彼女がもしいなかったら……。わかったよでもあの夢を生きていた間それはすごく大切なものだったんだすごくリアルで少なくとも意味のあるものだった当時はねだがおそらく今となってはもう無意味なものだでもそれは僕という存在そのものなんだよ。ああそうねあなたは今でも自分のことを狂信してるものねあなた彼女にあの戦争での任務について話したことはあるの？　間接的にはね結局誰にもわからないんだそれが人々にどんな影響を与えるのかなんてそのうえ彼女は戦争が始まった時には生まれてなかっただろうしそれに若者っていうのは結論にすぐ飛びつくものだろ。反逆罪とかそういうことを言ってるの？　いや僕は……。ちゃんと向き合いましょうよあなたは抑留されていたの勾留中にあなたが書いたあのたくさんの詩全部そのすべてについて忘れたわけじゃないわよね――あの家に戻ったら屋根裏部屋のトランクに入ってるもの全部出してみないとあんなにたくさん必要ないがらくたみたいな手紙とかものがあって彼女のものもあるし。あの時のことは忘れないさ僕たちは撃たれるはずだったんだ母と僕は間違いなく撃たれていたはずだよもし僕たちに伝手がなかったら。二つよ少なくとも二つのケースいっぱいの腹立たしいラブレターあなたが可哀想だったってはっきり言っていた女の子からのね。時間は毎回の食事で判断して僕はひたすら呼吸することを考えていた思い出すよあの日々が延々と続いて。あなたがその子と一緒にベッドに入っていたらこんなには気にしてなかったでしょうよでもそれすらなかったって。夜は最悪だった会ったこともない男たちが入っている独房からの騒音が。それにあのヒステリックな弁明あなたも彼女のことを信じてたわね本当に考えられない。あの人たちがやってきて僕を外に出してくれた時僕はあんまりに衰弱していて自分の荷物を持つことすらできなかった。近頃はあなたも体力がなくなってきたものねいつも寝てでもちろん私たちが海外に行く時を除いてだけどそういう時はあなたの体力は尋常じゃないもの結婚したばかりの時みたいにあああの時のことはよく覚えてるわあの暑くて最悪な日々はね美術館をいくつも歩き回って私は疲れ果ててもう倒れそうだったのにあなたはどんどん進んでいくし。取り調べは単なるお役所仕事以外の何物でもなくてそしてその後ああその時にあの忘れられない旅が始まったんだそれはもう他に類を見ないもので何て経験だろう。私はどこかのプールで横になっていたかったのにでもいやここには見るべき教会があるあの場所には絶対に見逃せない絵画があるってああ何てこと私は何と若く何と受け身だったことかその時はあなたが私のことをあんなふうに支配するのを許してたのよ今思い返すとおかしいわよね。彼女は籐の椅子の上で体を丸め、肘掛けを摑《つか》んでいた。窓際で、目を閉じながら、彼は笑みを浮かべた。その後僕たちは国境を越えて山の中へと進んでいった素晴らしかったとても素晴らしかったんだ太陽が——南からやってきた人々の顔が見えてそして上の方には収容所《キャンプ》があったんだそこへの道を進んでいた時だ唯一その時だけ本気で恐怖を感じたよ他の人たちは何て言うだろうって裏切り者とか反逆罪とかみんなが口々にそう言うのは簡単に予測できた人々は僕を追い出すだろうって。そうしておいてくれればよかったって思うわレオン。幸運にもその場所はいろんな地域からの亡命者や浮浪者でいっぱいだった六カ月間山に囲まれたその場所で自由でのんびりしたとも言える時間だった日なたに寝そべって近くの村々からやってきた人々が通りで歌ったり踊ったりしてるのを聴いたり時々はその人たちの笑顔を見たりもしたんだ輝いた目をワイヤー越しに——つまり壁越しに——僕たちはメッセージを投げ入れた返事はなかったけどそこの女の子たちだけが自分たちのやり方で返事をくれたよ歌を通してね。そんなふうに全部ロマンティックな物語に仕立て上げるのね。僕は一人の若者で生というものはすべてそこにあったんだ少なくともワイヤーの向こう側にそして僕は生きていた——生きていたんだよルース。しかし突然その生活が終わりを迎え可哀想なあなたは大きな大きなこの広い世界に直面しなければならなくなった。君は馬鹿にするだろうけどでもそれは生にかかわる極めて重要なものだったんだ——必要なものだったんだよ僕はその時のことで後悔してることなんてこれっぽっちもないんだあるという意味ではねいつかあの場所に戻りたいな。戻るって——戻るってどこへ？　あの山にだよもう一度あの歌声を聴くんだ。ああそうあなたを止めるものなんて何もないわよ。そうだな多分……。でもここから見える山とか私たちがいつも登ろうとしてたあの山ってなんでいつもああなのかしら？　次の夏こそはきっとねルース僕たちももっと時間があるだろうし――あの少年はいつ来るんだろう庭の小屋で育てている植物の世話をするにはたくさんのことをしなきゃならないっていうのに？　まさにそれが問題なのよね私たちが町にいる間はここのもの全部そのまま置いていくことになって放ったらかしなの。ここの人はひどい田舎者なのも困りものだよ全然信用できないんだ何かをするように言ってもちょっと目を離せばどうなることかあの人たちが作業をしてる時はちゃんと見張って例を見せないといけないんだよ。そうよまるで獣みたいそれにあの人たちがどんなふうにこっちをじろじろ見てくるかレオンあなた気がついた私たちが車であの女とそのとんでもない子どもたちの横を通り過ぎた時のことよ率直に言ってあの人たちその機会さえあれば私たちが死んでいるのを見て嬉しそうにするんだろうって思うわ。君も話しかけてみれば彼女たちがそんな人たちじゃないってわかるよ。でも一体何を話せっていうのきっと私の言うことなんて理解しないわよただじっと見たままで一旦私たちが家の門をくぐれば私たちのことを笑う声が聞こえてくるわ。そうだとしても少なくとも川に入って馬鹿な真似をしたりはしないしそれに僕の出した掲示にあんな卑猥《ひわい》な文字を書き込んだのもその人たちじゃないさ。海辺の宿泊施設《ホリデーキャンプ》に泊まってるあのとんでもない無作法者たちでしょうね彼らこそ本当に最低最悪よ自治体は何かしら手を打つべきだわ。もう一度訴えの手紙を書くべきだな。少なくともあのゴミの後片づけをしてもらわないと。腹が立つな一体何のゴミなんだ。見ることなんて——見たくもないわ。でも彼女はよく見にいってたな数えきれないくらいたくさんの人形を持って帰ってきて直そうとして。私たちの家のがらくたはそれだけかしら。大部分は彼女のものだよルース。あなたのよ。なら親父のものだ。彫像のことを言ってるのならそうねでもわかってるでしょ私が何を……。でもあれをどうしろっていうんだ誰も買ってくれたりはしないよ庭しか場所がないしそれに僕としては気に入ってるものだっていくつかあるんだあそこに何か貸せばいいよすごく残念だったよあそこの人たちが《幻覚のアフロディテ》を解体しなきゃならなくなってさ親父のお気に入りだったのに。間違いなく私のお気に入りなんかじゃないわね本当にグロテスクだわ頭部を持ってすらなかったのよ思うんだけどあれって男なの女なのあれよ胸のように見えるところから飛び出してるやつがあるでしょ？　後の作品では親父も頭を作ってたよ。私はあなたのお父さんのどの作品よりあなたが作るちょっとした作品の方が好きよすべてが揃った完全体だしそれが何なのかすぐにわかるもの最近は作ってないの？　作ってないな。作ればいいのに何で？　わからないよ創作意欲が湧かなくなったんだ多分。あなた作るべきよちょっとやめてその爪を噛《か》む癖なんとかしてよ。何だって？　今あなたがしてることについて話してるの血も出てシーツも何もかも汚れるしそれに見ていてとっても不快だわ。彼は爪の甘皮のすぐそばの剝けた皮膚を入念に観察した。彼女は編み物を手に取り、交差させた編み針をカチャカチャいわせ、毛糸を引き寄せ猫から遠ざけた。悪い子ねボーボーほらほらそんなことしちゃだめでしょ彼ったら不思議なことに何かを感じ取る力があるのねレオンなんだか彼女のことを恋しいとすら思ってるみたいあれ以来すっかり落ち着きがなくなったように思うわ。そういえば彼女自身も猫っぽいところがあって。奔放で魅惑的な子猫ちゃんみたいな時もたまにあったな。私はそこまでは言わないけど。そうだったじゃないか彼女の歩き回る様子とか椅子の上で丸まるところとかそれにあの緑色の瞳。青色よレオン彼女は私の青色のアイシャドウを使うのが好きだったの。確かに瞳が引き立ってたな。濃くつけすぎだっていつも思ってたの。自分に似合うものを知ってたんだ君に有益な助言もしてたねルース素晴らしい色彩感覚だった例えば彼女の部屋のカーテンとかさ僕はあの模様が好きなんだ幾何学模様になってて。確かにすごく彼女っぽいけどレオンはこのカーテンは好みじゃない？　なかなかいいよ紫は君の色だ。違うわこれは菫《すみれ》色なのこのカーテンがあればこの部屋が明るくなるだろうって思ったのよ特にどんよりした日にねそう思わない？　いいと思うよ。だってあなたは私がこれを選ぶのを手伝ってくれたじゃない。少し散歩してくるよ。でもレオン外はどしゃ降りよ。すぐに止《や》むさ。私あれがすごく嫌だったあなたたち二人が遠くまで歩いてくるとか言って出かける時よ家の中に独りきりでほとんど気が狂いそうだったボーボーだけが私のそばにいてくれた。僕と彼女が二人で出かけることなんてそんなに頻繁にはなかったよね。そんな時には決まってどこもかしこもあの気味の悪いもやで覆われて私は窒息したように息苦しくなるの想像するのよあなたが道に迷うとか深い穴の中に転落するとかあなたたち二人があの小道をこっちに向かって歩きながら笑いあってる声が聞こえるまではずっとそんな状態だったあなたが一緒に出かける時彼女はどんなことを話したの？　何てことない話だよ。でも何も話さなかったわけじゃないでしょ？　そりゃ何やかや話したけど——僕たちはいつも風景を楽しんでたんだ。風景？　そうほら眺めだよ鳥とか花とかそういうものをね彼女はあらゆるものを正式名称で知ってるようだったな。でっちあげたのよ。彼女にどうやってそんなことできたっていうんだルース？　だって彼女は自然のものについて何も知らなかったわ詳しくなかったもの。僕は覚えてる僕が花を摘んだら彼女はそれをすごく嫌がったんだ野生の花の時ですらそうだった。それなのによく家に花を持って帰ってきたじゃないあなたたち二人とも草とか葉っぱまみれで。そして僕たちは難しい顔をしながら本を読んでるか居眠りしている君の姿を見つけるんだ君はよく嬉しそうなふりをして……。あなたたちの贈り物は本当に嬉しかったのよでもあなたも知ってるでしょ花の中には発作の原因になるものもあるし。彼はパイプにタバコを詰め、それをゆっくり平らに均《なら》した。彼女は編み物を脇に置いて、ソファーの上で伸びをし、まるで何かに、誰かに触れようとしているかのように、手を伸ばしたものの、それを下ろすと、花柄のカバーを一心に擦った。頭痛はどうだい？　まだ少しあるわあなたは出かけるの天気はひどそうだしすぐに暗くなるわよレオン？　まあちょっとだけ出てくるよあの植物たちがどんな様子か見ておきたいんだ次の年かわからないけどもしかしたら成果が実るかもしれないよ今は庭にびっくりするくらい何も生えてないからね。何をしたって無駄としか思えないのよ全部踏みつけられてしまうんだもの。なに僕には奴らを確実に止める秘策があるんだよそれに高い壁を設置するつもりなんだ周りを全部囲んでそうすれば奴らの蛮行に終止符を打つことができる。そんなことをしても彼らは何かしら越える方法を見つけるわよ。鋭くしたガラスをてっぺんに取り付けるんだそれからワイヤーもそうだそれだ電気の通ったワイヤーだ奴らすぐに改心するぞ。でも誰がそれをやるのよレオンあなた誰にやってもらうつもりなのこの辺の人には無理よ何年もかかるわよ？　町から建設業者を呼べばいい彼らならやってくれるよ。お願いあなたカーテンを閉めて外はすごくどんよりしてるテレビは何をやってるの？　そうだすごく高い壁だ分厚くて鋭いガラスを張り巡らせてそうすればあいつらにわからせることができる覗き見だってやめさせられるんだ最近はプライバシーもあったもんじゃない。彼は左右のカーテンを引っ張り、折れ目を正し、端同士をぎゅっとくっつけた。そうだなそろそろ外に出て蘭を見てくるよ。長靴を履いてね外はぬかるんでるだろうからそれと戻ってきたらポーチでちゃんと脱いできてね。てっぺんにガラスが取り付けられた高い壁こそが答えだそれから多分電気の通ったワイヤーを地面すれすれに這《は》わせておけば。夕食は七時だから長居はしないでねあなたを呼びにいって小道からカタツムリをどかすなんてごめんなのカタツムリを踏むのは本当に嫌。彼女は彼が去るのを目で追い、閉められたドアを、壁をじっと見つめた。編み物、それを彼女は拾い上げ、下におろした。視線を逸らしたままで猫と戯れ、彼が引っ掻《か》いた方の手を素早く持ち上げ、そして猫を追い払った。彼女はウイスキーをグラスに注ぎそれを飲み干した。発作的に出た咳で体を震わせ、脇腹を抱え込んだ。

彼は白いアーチの下に立った。片側の塗装が剝げて薄い層に分かれ、黄色い裂け目ができていた。彼は両の拳《こぶし》で、一体の彫像を、切り出された重量感のある石でできたその両腕を撫でた。指を下の方に、間に、そして再び上の方へと滑らせた。庭の小屋に着くまでに一つまた一つと。注意深くガラスのドアを閉めると彼はそこにもたれかかり、ため息をついて、周囲を見渡した。

テレビの前で彼女は雑誌のページを捲《めく》った。彼女の腕にはハンカチが巻かれ。彼女はミュールを脱ぎ、足を持ち上げて、クッションの下に滑り込ませた。時折画面の方を見た。彼女の唇はすぼみ、目は充血していて、彼女はそれを擦った。メガネを拭き、ゆっくり息を吹きかけ、光にかざした。タバコに、ピストル型のライターに手を伸ばし、きらりと光る金属の部分を彼女はそっと動かして、下におろした。彼女は飛び上がりドアを開けた。一階のすべての部屋の電気をつけた。すべてのドアを開け、部屋から部屋へと移動した。すべての電気を消し、ドアは開けたままにして、テレビの前にしゃがんだ。猫が彼女の足元で丸くなり、彼女は彼をつま先で撫でた。

ミツバチランが周囲の湿気で前方に傾き、彼の唇に触れた。花弁が揺れた。彼はその鉢を別の棚の上に移動させた。別の蘭にも触れた。水の滴る緑の葉に見え隠れする何本かの鮮やかな色の筋。彼が葉をかき分けると根が突然姿を現わした。押し分けて進んだ。彼は小指で辺りを突ついた。彼は嬉しそうに何事かをぶつぶつ呟《つぶや》き、時折ため息を零《こぼ》した。葉は跳ね返り元の位置へと戻った。赤かったり紫だったりする先端部分が下を向き、湿り気を帯びて萎んだ。暗闇。彼は上の方に吊るしてある蓋のないバスケットの中のものを、ずんぐりした塊茎《かいけい》から伸びる若い芽の房を、懐中電灯で照らした。まだ何かぶつぶつ言いながら彼は上の方に手を伸ばし、一つを下ろし、何層にも重なる小さな葉っぱを捲り、内側を覗き込んだ。彼の指は震えた。体は傾いた。一筋の光に照らされた顔は紅潮していた。彼は土を上から押して、平らに均した。ある箇所で少しの間手の動きを止め、中心を覗き込み、茎に沿って指を滑らせると、そこにはピンク色の重なりがあった。濃い紫色の小塔。翼。縞《しま》模様の舌が、彼の方に傾き。光。彼の目は素早く左から右へと動いた。影の間を滑るように進む動き。彼の影は、ガラスのせいで部分的に途切れながら、植物を覆った。彼は懐中電灯を左右に翳《かざ》し、弧を描くその光がその場所を一瞬だけ日の当たる部屋に、次の瞬間には扇形の暗闇に分裂させると笑みを浮かべた。彼は懐中電灯を消し、テーブルを背に立ち、そして雨が窓の表面を流れ落ちるのを見ていた。水分を啜り、周囲や上の方で液体を滴らせる植物とともに彼はゆっくり呼吸をしながら、耳をそば立てた。

彼女は部屋から部屋へと歩き回り、窓を、ドアを、戸棚を閉めた。洋服を、帽子を、細すぎる靴を試し、鏡に向かってぎこちなく歩いた。ワンピースに体を無理矢理押し込め、なんとか脱ぎ、生地に触れ、模様をなぞった。ブラウスを、カーディガンを畳んで、広げた。それらをするっと羽織って、脱いで、やがてベッドが、床が何層にも重なった服でいっぱいになった。その服の山に彼女は身を投げ出し、そのまま静止して、顔を埋《うず》めた。彼女は体を起こし、装飾の施された小箱を開け、アクセサリーを試しに着けた。ブレスレットを両腕に通し、彼女はベッドで体を伸ばした。両腕を明かりに向けて掲げ、手首をひねればブレスレットが下がり、音を立ててぶつかり合った。彼女はそのブレスレットを足首に着けた。ワンピースを脱ぎ、たくさんのネックレスを重ねて着ければ、その何本かが彼女の乳房にかかった。鏡の前で彼女はネックレスを首より高い位置に持ち上げその力で胸を引き寄せた。ビーズが弾け飛び、彼女の足元に転がり、カーペットの上に、ベッドの下に散らばった。彼女は四つん這いで進み、ビーズを寄せ集め、両手はビーズを探して彼女の前方を、左右を、背後を動き回った。彼女はビーズを一粒ずつ箱の中に落とした。二つ残して、彼女はそれを乳首の上に固定した。膝をつくと彼女は視線を下に落とし、体を左右に揺らした。彼女の舌は下唇を這いずって、それを引き寄せた。彼女はビーズを舐《な》め、立ちあがった乳首の上に戻すと、顔を後ろに逸らし、開いた膝をカーペットに押しつけ、両の足先をぴったりとくっつけた。

彼は懐中電灯をつけたり消したりした。蒸気で曇った窓をじっと見つめた。彼の頭に当たって葉っぱが揺れた。彼がさらに前方へ体を傾けると葉は左右に別れた。彼は自らの腕で、手で、ガラスを拭った。顔をドアにへばりつけ、彼はハンドルを手で探り、そして外へ飛び出した。懐中電灯を上に掲げて木を、下におろして並んでいる彫像を照らした。光が円を描くように移動して、作品を、石の欠片を、青銅を巡回すれば、照らされたものは光を反射して輝き、すぐに灰色の中に埋没した。長方形の物体、棒状の鉄や金属の突き出るでこぼこした地面はプールに向かって平らに均されていた。彼は下におりながら、懐中電灯をきつく握り、自分の足がゆっくり進む梯子《はしご》の一段一段を照らした。底に辿り着くと彼は四角く切り取られた空を見上げ、防水シートで覆われた舞台の方へとスロープを下り、そしてそのシートを剝ぎ取った。舞台に上がると彼は自分がやってきた方へ向き直った。懐中電灯を真上に向けて。何かが背後を素早く通り過ぎ、白い光が手から落ちた。離れていった。彼はプールの壁に遮られるまでそのフクロウがさらに高く飛んでいくのを目で追った。

彼女は紅潮した顔に、首に、パウダーをはたき、ブラシで髪を梳《と》かした。洋服を拾い上げ戸棚の中へと押し込んだ。彼女は窓から身を乗り出した。レオンあなたなの——レオン？　眩《まばゆ》い光が円を描きながら縫うように進み、近づいてきて、そして一瞬彼女の顔を余すところなく照らした。彼女は後ずさった。砂利の上を歩く足音に耳を傾けた。海の音。木々をすり抜ける風。滝。コンクリートの上を歩く足音。どこかでフクロウが鳴き声を上げた。彼女は窓を閉め、カーテンを引き、そして部屋の中を振り返った。靴はあちこちに散らばり。カーペットの短い毛足がところどころ押し潰され平らになって。羽布団は片側に寄せられたまま。彼女は踊り場まで出ていった。ねえあなた長靴はちゃんと脱いだ？

入り口で、スリッパと一冊の本を抱えながら、彼は上を見上げた。何だって？　長靴よ——入ってくる前にちゃんと脱いだ？　脱いだとも脱いだとも。まだ雨は降ってる？　止んだよ。彼は部屋の中へと戻っていった。彼女もその後を追い、猫を抱え上げその足を肩にかけた。蘭はどうだった？　なかなかうまいことといってるよとても順調だいくつかは一晩で成長したようにも思えたくらいだよでも僕がここを離れている間にあの蘭がどうなってしまうかは神のみぞ知ることだなあの少年には期待なんてできたもんじゃない。ほら私はあなたに忠告したじゃないいつも同じなんだものあなたってば何かを引き受けても最後まで責任を果たせなくて後悔するんだから。それとこれとは別の話だよルースとにかく僕たちがここで過ごす時間を今よりもっと増やしてもいいんじゃないかって考えてたんだ。夏はいいわよレオンでも冬は嫌。ええそうかな暖房類を全部つけておけばすごく快適だしそれに君は町でのパーティーや人付き合いにはうんざりだっていつも言ってるじゃないか。それはそうだけどでもいいことだってあるのよほら専門医にだってかかってるしそれに精神分析医にも見てもらおうと思ってるの。ああもうごめんだよ僕たちそういうものは全部試したじゃないかそれに君がとんでもなく神経質になることは自覚してるだろ。でも本当に腕のいい分析医がいるのしかも私たちの近所なのよとにかく会ってみましょうよ。

彼は本のページを捲り余白に書き込みをして、メガネの位置を直し、鼻を摘《つま》み、さすり、あくびをした。

彼女の部屋のことも考えてたのレオン私たちがお金に困ってないのはわかってるんだけどでも誰かにあの部屋を使ってもらってちょっと手伝ってくれたりしたらいいなって思うのそれにあなたが旅行で家を空ける時に……。わかったわかったもちろんだ広告を出そう。年上の女の人がいいと思うの。君の望むようにするさでも知らない人っていうのはリスクがあると思うな少なくとも僕たちは彼女とは前から知り合いだったんだから。それが問題になるとは思えないのよね実際のところ広告をどの新聞に載せるか次第よ。本気でそうしたいのかいルース——だって後で……。あなたが家にいない日の夜がもうほんとうに耐えられないのあのマンションの部屋の中でずっと一人きりで。でも誰も入ってなんてこれないよ一体全体何が君をそんなふうに怖がらせるんだい？　怖いなんて言ってないわ何ていうかよくわからないけどただ何となく感じるの。彼女は腕を持ち上げ、自分の体を抱え込んだ。彼は肩をすくめ、ページをぱらぱらと捲った。彼女はキッチンへ向かった。

猫が彼の足をかすめると、彼は猫を追い払い、ズボンから毛を取った。片手鍋が、お皿がカチャカチャいう音。彼はドアを閉め、その隙に彼の椅子に乗った猫をじっと見つめ、猫も彼を見つめ返した。クソなんだよほら行けってどけよどっか行けって言ってるんだ。彼は追い払うような身振りで、手を振り回した。猫は、耳を後ろに反らせ平らにしたまま、彼が部屋を、椅子の周りを動き回るのを目で追った。クソこの臭い動物め彼女だってお前のことなんか絶対に好きじゃなかったさ。彼は見下ろし、上唇を尖《とが》らせた。そうだお前には何か邪悪さがある彼女もいつもそう言ってたんだ。彼は身をかがめシーっという音を口から出した。猫は、背を弓なりに反らせたまま、椅子の手前をゆっくり歩いた。何をやってるのレオン可哀想なボーボー彼は何をしてるの？　彼女はお皿を下ろすと、手を猫の方に伸ばしたが、猫は飛び降り、走って部屋から出ていった。ねえちょっとあなたが彼を怖がらせたんでしょ何をこそこそやってたのレオン？　あいつが僕の椅子を奪ったんだ。ねえあなた椅子は他にもあるじゃないそれにあなたも知ってるでしょボーボーはあのクッションが気に入ってるの。

二人はテーブルの両サイドの天板を引き出し、ガラスの容器に納められたキャンドルに火を灯した。チラチラ光るテレビの画面、彼はそれを見ていて、彼女の方は小さく切り分けた御馳走《ごちそう》を猫に食べさせ、猫はバッファロー革の丸いクッションから体を伸ばし喉をゴロゴロ鳴らしていた。時折レナードは突発的に笑い声を上げ、体を後ろへ、前へ揺すり、テーブルにしがみついた。ねえポテトのおかわりは？　構わないよ。食べるの食べないのどっちなの？　彼女は彼の横に、彼に覆い被さるように立った。彼は体を後ろに反らし、首をひねった。もし残っているならありがとういやそんなものでいいよ十分だ。何でそんな番組を見ていられるのか理解できないわこれっぽっちもおもしろくないじゃない。彼はポテトをフォークで突き刺し、口に運ぶ途中で手を止め、そして目に涙を浮かべるまで笑い転げた。彼女は猫に視線を向け、音を立て、チッチッと舌を鳴らしたり、シュッシュッと息を吸ったりして、鼻を動かした。コーヒーを淹《い》れてレオン。これが終わったらねおぉぉぉぉあぁぁぁぁぁおおこりゃいい。彼女はお皿を持ち上げ、カチャカチャ音を立てながら重ね、残り物を擦り落として猫が食べられるように下に置いた。今日は早めに寝ようと思うの。ごめんなんて言ったのかな？　二階に行くわね。また頭痛じゃないよね？　違うのただちょっと疲れちゃって――もしコーヒーが飲みたければ……。君は飲みたかったかい？　どっちでも構わないわ。彼はテーブルから体を離して、椅子に沈み込んだ。彼女は広げていたテーブルの両サイドの天板を内側に押し込んだ。忘れないでね明日は早いのよ。彼女は部屋の入り口で立ち止まった。カタツムリは片づけてくれた？　ああそうしたと思うけど。レオンちゃんとしたのよねカタツムリはみんな朝にはまたあそこに湧いて出るのよそれでほら……。どのみちまた戻ってくるんだとりわけ夜に雨が降った時にはね。ああそうねおやすみなさいそれからあまり遅くならないでね明かりも忘れず消してね——おいでボーボーねんねの時間よ——もし洗い物をしてくれたら明日の朝の手間が減って助かるんだけど。わかったわかった。彼女はドアを閉めた。彼はテレビに近づき、音量を上げた。

彼女は素早く服を脱いだ。顔を押し、突つき、自分の姿をじっと見つめ、上唇を突き出した。彼女は寝室を歩き回り、靴を拾い上げ、戸棚の中へと落としていった。トランジスタラジオを抱えながら彼女は激しく動いてぐるぐる回転し、寝間着の裾を握ったまま、髪が顔にかかるまで頭を後ろへ、前へ勢いよく振った。仰向けになったベッドの上で、彼女は天井を、カーテンを、ドアをじっと見た。彼女の指が羽布団の端を引っ掻いた。彼女は明かりを消し、そして寝返りを打つと、音量を下げたラジオを抱きしめながら、手でアンテナを伸ばした。

コマーシャルになったところで彼はテレビを見るのをやめた。キャンドルを吹き消してから、彼は机の前に座り、本を開いたが、読むことはなかった。彼は引き出しを一つ、また一つ、さらにまた一つと開け、それから書類を投げて広げた。机の上、床の上にばらばらに散らばった書類に囲まれ、彼は背を丸めて座っていた。彼は二階へ向かった。ルース僕の日記を見なかったかい？　彼女は飛び起き、目を手で覆った。そんなに騒がしくする必要があるわけあなたって時々すごく騒がしいわよねレオン？　僕の日記を見なかったかい？　さっき自分で持ってたじゃない覚えてるでしょ――電気を消してよ。彼はさらに部屋の奥へと入ってきて、そして辺りを見回した。ここにはないわよあなた一階のどこかじゃないのお皿は洗ってくれた？　まだなんだ日記は一体どこにいったんだろうと思って――その戸棚のドアはどうしたの閉まらないよ何だ驚いたルースこれは全部彼女の服かい？　そうなのでもどれも私にはサイズが合わないわ。まったく僕らこの彼女の服をどうしたらいいんだろうね？　彼はワンピースを引っ張り出し、目の前にかざした。寄付かな。彼女のテープレコーダーもあるし。日記帳――彼女は日記帳もつけてたと思う。ああ何てことそのことをすっかり忘れてた。もちろん彼女に親族がいたなら……。かえってよかったのよレオン彼女が書いたり録音したりしたものだもの絶対に楽しい話なんかじゃないわ。戻ったらあのテープも再生してみないとなルース。一人の人間の人生がそこにはあるはず……。もう本当にお願いだから電気を消してよあなた頭が……。へえまた痛くなるって？　彼はベッドの方に移動した。彼女は彼を腕の下から見た。新しい寝間着じゃないか初めて見るやつだよな？　彼女のだったけどでも彼女は気に入ってなかったの。君に似合ってるよとっても。彼は毛布を引っ張ると三角形のかたちをした暗い色の毛の塊より上まで捲れ上がっている寝間着に視線を向けて、それから彼はその部分に手を置いた。彼女はきつく足を閉じた。彼は彼女が顔を枕に埋《うず》めたまま、毛布を、シーツを、引っ張り上げるのを見ていた。ルーシー……。なに？　ああ何でもないよ。彼は電気を消し、ゆっくりと服を脱ぎ、カーテンを開け、手探りで家具の合間を通り抜けベッドに向かった。きれいな満月だ。何て？　満月が出てるよって言ったんだ頭痛はどうだい？　ちょっと疲れちゃってあんなことの後でへとへとなのよあなたカーテンを少し閉めてくれない月が眩しすぎて。窓際で彼は外をじっと見つめた。彫像は輝き、芝生の上に影を伸ばしていた。木々の間の水溜まりにも。

建物。そこで光るのは星だ。
時間は時計の針になる。印象が染みを作る。広がる。いくつかの記憶。
鏡に映る天使たち。雲と雲の間の空間
水位を示す痕は。擦り落とされずに残ったまま
横たわるそこは
泡の浮かぶ浴槽の内側
雪の降る中。いろんな顔目掛けて息を吹きかけて。窪んでいるところは目だ。
シャツ
洋服。頭上の洗濯ロープにかかっている。あの二人のもの。三本の歯ブラシ。
シャボン玉を飛ばせば。タイルの上を滑るように進む
割れる
ぶつかったのは窓
ガラス。海
海。

太陽はどこかに。半開きのドア。視線が集まり。カーテンが寄せられ。開いた一つの窓。花の生けられた花瓶。一筋の明かり。

背後に。顔が一つだけ。

女は裸

押し潰される

葡萄《ぶどう》に。葡萄の房に。乳房が反対側へと揺れ。

少年は

親指をしゃぶる。

丸い形をした黄白色のブラインド。

年老いた男が

レースのカーテンの上に吊《つ》るされて。高層ビルはメカーノの模型セット。

貯蔵品が要塞へと姿を変える。この平らな鉄筋コンクリート。翼竜は讃えられ

翼を広げる

空に。隙間から差し込む光。一つの目から無数の棘《とげ》が滲み出る。

呼吸をして纏う湿った

肉体。
足音。下の方。
声
糸は。鋪道の亀裂に引っかかり。口。二人のそれ。彼女は猫に話しかける。彼は声に出して読み上げる。彼特有の声色で電話越しにしゃべる。

彼の幻影
一頭の白い馬。太陽はきつく握られ。青色の瞼《まぶた》に皺《しわ》が寄り。何かが岩の裂け目から見つかって。螺旋《らせん》を描く光。ばらばらになった手足を横切り。譫妄《せんもう》
喜びはピラミッドの真下にうずくまったアシカたちから。建築上の表現がかろうじて形成され。夜には景色が空間と溶け合う
はっきりしてきた様相。両者のそれ。模様がついている
水の仕業。不安を抱えながら

辿り着いたのは岸
滝。魚たちは列を作って飛び跳ねる。目で見る前に音が聞こえる。宙返り。
鳥たちは
平穏を乱されるまでは彫像のよう。壁が囲う。川にかかる一つの暗い物影。
池の波紋。一度で十分。水面下で氷が割れて。
コウモリたちが落下する先には
潰れたイチジク。ドライフルーツの固まり。土に覆われ湿った葉が揺れる。翼が畳まれる。温かい。目。で
もコウモリたちは目が見えない。
ブンブンうなる複数のワイヤー。それぞれが互いに。異なるうなり。風。
メッセージを
届ける雲は
あそこに。
ここには複数の顔。井戸の中に下ろされ。非常階段がまたがる。
予想
それから。砂の外皮。砂粒が飛んできて臍《へそ》の中に入る。足の指の間に石が挟まる。笑い声。波に呑まれ

ゆっくり動く
何かが白い鯨を追いかける。カモメが。近くで旋回した。あの日は叫ぶように鳴きはせず
悪い予感。翼の先端
白い
そんなに白くはない。燐光《りんこう》が二人の後に続く。海から。彼女は呼びかけた。彼は黙っている。遮る岩には
銀めっきの塗装。静止したまま。
目で追って
耳を澄ます。ダンボールの人形と共に夜に暮らす。蠟《ろう》引きの紐《ひも》にぶら下がる。設計された舞台は
二人用。あの二人の体が
手が
飛び回る。繋がり。離れ。再び元に戻る。一時間後
追い詰められたのは
期待のせい。静けさの中。
一本のトネリコの木が
揺れる。

一匹のツバメがとまる。庭のモニュメントと間違えられ。驚く。自身の動きによって
彼女の目は
光をすり抜ける。彼の目はどうしたって躊躇《ちゅうちょ》してしまう。一匹のハエ
夏の目眩しさの終わり。ものを叩《たた》く音。
パニック。初日。二人の所有する家具。空間は均整を保ち。
椅子
机
ソファー
テーブル
細長い窓。横たわる。見上げる。水の中。飛んでいる鳥たち
音楽の調べに合わせて。彼女の指が。滑るように進む。口を歪《ゆが》めて。内緒の笑み。混雑した通りで手紙を開封して。
忘れっぽい
思い出すのは壁に背をあずけてしゃがみ込み自分の影に話しかけていた一人の男。
いくつかの決断。感情を一足の靴みたいにベッドの下に仕舞おう。

二人のベッド
そこにある境界線。完璧な消滅を望んで。最も盛り上がるところで。騒ぎとなった出来事が振り返られ
想像力は
自身の語彙を押しつける。
明快さ
混乱。分別など捨て去ってしまったかのような追求。ある人の犠牲者が疑念を抱くその瞬間。逃避が始まる。
彼女の目のかすかな光が。強制的に見ている人に。場を共にする人に顔を背けさせる。でも気がついている
その
思いもしなかった端の
皺が。彼女の口の周りに。彼は家庭用の水槽が並ぶ場所へと姿を消す。
彼女はガラス越しにじっと見つめる。眼鏡をかけずに。指は編み針をこねる。磁気を帯びた時計。天気につ
いての発言
痛みが
彼女の脇腹に。彼はタイプライターで打たれた文章の上にかがみ込んだ。指をパチンと鳴らす。
頭部の痙攣《けいれん》。神経性のチックと間違えられ。教養があって。会話の途中の驚き。脱線

棄却。
待って
与える
ある側面を。二人は認める。

椅子に囲まれ。動物たちが放たれ。タコは水路の回廊と向き合う。漂着先の島々は。両方の家系から受け継がれたもの
ソファー。フローラの受胎。

チッペンデールの椅子。ちっとも欠けてない。青の布張りで。

二人は青緑色《ターコイズ》と呼ぶ。

ペルシャの絨毯《じゅうたん》。第二の皮膚。二人のための。

温かいナプキン。

銀のポーン。塩の容器が場を支配する。

部屋は防音。
絵画は
かけられておらず
小さすぎる。もっと小さくないと。でも彼女がかつてよく描いていた静物画。
盗難防止対策がなされ。
磁器のお皿は
壁に。ガラスのドア。間接照明。白いカーテンは
透けている。
コマドリの卵のような淡い青を基調とした子ども部屋は。空っぽ。
猫専用の空間が。使われることはない。
訪問客たち。リネンの交換は。一日置きに。
習慣に縛られた暮らし。希望。二人のもの。対処しなければならない問題など何もない。
二人の次の動きを否定しないようにと四苦八苦
最初は。

ある計画が立てられ。二人の気晴らしに。仮面を使って。
状況は
解明不可能。
ある剛体に直線上に並ぶA、B、Cの三点。AとCの位置が与えられる時、Bの位置を決定する上での条件として
二つの距離
ABとBCの合計が最小になるものとする。
AがBとCを歩いて通り過ぎるとしよう。Aは向きを変えるかもしれない。止まるかも。肩をすくめるかも。歩き続けるかも。BとCは見ている。もしかしたらAを追いかけるかも。または離れ。一緒にどこかへ行ってしまうこともあり得る。可能性は尽きない。
しかめ面を
背後に隠す
表情に変化のない顔。

身振り。意思の疎通を試みる。虫は真っ二つに切断され。彼は
バレエ風。彼女はそっと近づいていく。硬直して。辺りの空気をぐっと押し。
音を立てるのは彼女のブレスレットだけ。彼が後を追えば目のために開いている隙間が彼を見据える。狼狽《ろうばい》。
愚かで。没頭して。孤立した通訳たち。
カメレオンの集団。
かたちが
二人のそれぞれの幻想を構築する。

反射。電車の窓。耕された土地。広がる
プルマン式寝台車の座席。カラスたちが
そっと後を追うのは
自分自身の影。彼は体を伸ばす。彼女は体を丸めたままで。彼が眠っている間。吹雪の中をドアが滑るよう
に動く。

化石のように固まった海の景色が
　再び姿を現わして。

あのホテル。一つの部屋。三つのベッド。決して閉まらない戸棚。くるりと回る。緑色の壁紙。年老いた男が銀のお盆にホットチョコレートを載せて運ぶ。二人はシーツにくるまって体を起こし。男は流し目をよこす。
後ろに下がる。隅から隅まで一周して
廊下。クローゼットのドアが突然開く。鏡の反射し合う光。
二重露光が
繰り返されて。薄暗がりの中で彼女は寄りかかる。読んでいるふりをする。彼は無名の机に覆い被さる。余白に落書きをする。彼の手の込んだ計画を書くには狭すぎる。狭いベッドの上で。ラジオを聞いて。
咳。
しわがれ声。

隣の部屋にいる誰かの策略行為。ため池へと入っていく。彼女はなんとか起き上がる。彼は監視する。窓から外を見る。二人がそうしている間バスルームに引っ込む。服を脱ぐために。二つの部屋をつなぐドア。二人の囁《ささや》く声。彼女はブラシで髪を梳かす。彼の髪も。子どもの頃の話は
再構築され。
初恋。
二人が初めて出会った時。
リズムを刻むように彼女が自分の指輪を撫で。ぱっとついた光が。三つのベッドを隔てる。くっつけられた
二つのベッドに残りの一つが向き合って
そして。
ここで。電気が消され。二人のものも。一本の指がドアの下に。

数々の努力で喜ばせ
無視しよう

行為を

反応を。彼の手が彼女の膝を押す。水溜まりに閉じ込められた魚。夕暮れ時の用心深さ。彼女はまだ眠そうにしながら。

シーツを伸ばす。

肌

砂

灰。沈み込む海。何本か青色の筋が残る。岩に刺青のように。くっつく貝。生き物の痕跡。整然と並んでいる。

宙吊りのまま

待つ

潮の流れが変わるのを。石が風に煽られ浜辺を転がった。笑い声。彼女のもの。それが体現する何か。触れられそうで触れられず。その時は聞こえない。彼は自分の笑い声に自信をもち。

一瞬の力を利用するのは。

痺れを切らしたから。

繊維は

肌理は
思考だけでできている。
茶番？
ちょっとだけ。今。
昔。

南下の旅。車で。ルーフは取り外して。空は驚くほど途切れることなく一つに繋がって。太陽は月のよう。

煙霧からもやへ。

列をなす木々が。

尾根を覆う。

木々は
谷に折り重なって。

山が

姿を現わす。前方へと迫る。人が静止している場合には。
近づかれれば後退する。
谷間。影に包まれている。塩水湖。要塞は
三つの石の組み合わせでできている。
あちこちで集団をなす
支石墓は。東を向いている。蹄《ひづめ》の音。行進する足。進む大地を覆う白い花が
さっと撫でられ
一方向に揺れ動く。石は羊に姿を変え。水が際限なく広がる。
カモメたちがうめく。翼をはためかせ
向こう側に向かって鳴き声をあげる。でも近づけば静けさが。周囲を満たす。あの家。
木々に囲まれて。生きているものの痕跡もない。でももっと近くに身をかがめ。石をひっくり返して。
かき分ける
植物を。
葉を。
枝を。それはわずかに動き。回転する。夜には樹木が闊歩する。放ったらかしの果樹園。そこでは花が人を

欺く。
黄色く色づく畑に佇《たたず》むシルエットの合成物。

人里離れたあの山奥に湖がある。二人は言う。

真夜中。不眠症。避けているのは早朝の光。一つの地域の移り変わり。外側では狂乱的な試み。折り合いをつけるためにここで。その庭
そこに男たちがやってきた。枝を切り落とした。残された木は。殺風景で。
ずんぐりしていて

もう雲に切れ目を入れはしない。通り抜けるのに使われた家々。
ヴェネツィア風のブラインド。空は草に引き裂かれ。
そこに
湧き上がり。彫像が姿を現して。彼の父親の趣味。
像は未完成。何列にも連なって。家を讃える。
意図的な無秩序。
囲むように
プールの周りに並ぶ。いくつかは倒れ。壊され。嵐が去って。
損傷を受けた
やったのは侵入者たち。台座が残っている。猫のための物見やぐらだ。
装飾品が彩る
あの二人の生活。試みるのは
付け足し
修正し
身を守ること。最初は夢中なふり。役立つものだ。

観察する
そして観察される。自らを去勢しておく期間は必要。始めの頃は
心構えなどほとんどできていない瞬間ばかり。
無言で
浮かぶ
波打ち際。二人のベッド。水を留めておく
二人の浴槽に。思考は複数の糸の集まり。針の眼に通そうと試みて。双極線が形成され。
段々とさらに多くの円錐が一つにまとまる。それにしても二人は何て騙されやすいんだろう。
何て不誠実なのか？

二人の注意力は維持されたまま
どこか別の場所に逸れて。
誰か別の人に向かう。

催眠術をかけるのは
一人の子ども
犬たち
猫たち
養子縁組団体の優先リストに載るためのいくつかの計画。不可知論的。
不妊治療院
注射
薬
専門医
精神科医
精神分析医
マッサージ師
整骨医
手相見
透視能力者

星の声
夢判断
催眠術
ヨガ
仏教
禅道
日本美術
死海文書
一つの部屋で暮らす家族
評論
ヨーロッパ大陸映画
労働者階級
利潤と配分のコラム
トルコのサウナ風呂
美容師たち

ドゥ・イット・ユアセルフ誌の記事

予期せぬ来客のためのレシピ

骨董品

植物。誘発されるお互いの選択。欲望。最悪の懸念。二人の声は壁に吸収される。

開いた窓の手前。

入り口。二人の部屋を歩き回って。

四方の壁。

そこに

割れた鏡が一枚。上の方に。

空。遮る緑色の柱。それは上空までは届かない。

女祭司

女預言者

クリュタイムネストラ[001]。簡単に順応できるいくつかの役。山が色を変えるのと同じ。季節が巡るたびに自然とそうなるように。羊皮紙の巻子本。

あの山。時々見える

登らないとならない山。
追い立ててくる
妄想
恐怖
記憶
それからまた別のあの場所。
その家は
一番先の突き当たりまで
あの大通りを進んだところにある。四人の女たち。そして一人の子ども。歳をとった女たち
紙袋をもち
身に纏うのは教皇のような服。帽子は。羽根つき。染められた髪。赤錆《さ》び色。雨で縞模様がついたような。
マーミーおばちゃん。
お馬鹿なとんま
愛した兵士は
軍をとんずら。

ナイフで脅され
ちらつかされたバター付きパン。プディング
彼女の喜び。踝丈《くるぶしたけ》のスカート。一匹のネズミが駆けていき
彼女のコルセットが並ぶ中へと潜り込んだ。
甥《おい》を心酔。彼の母は
麻痺があり。太りすぎ。バスまで走っていく。アリスおばあちゃん。
オーデコロン。消毒薬。防虫剤。ラベンダー
彼女の部屋
カーテンは閉ざされ。マーミーマーミー私の紅茶《マイティー》は一体どこに？　するとマーミーは彼女のカップをどけた。
お皿の上にはパンが数枚。
彼女は急いで出かけた。病院で亡くなった
何も知らずに。
ポリーおばちゃん。自分の部屋に閉じこもり。銀のヘアブラシが
持ち上がる
ゆっくりと

彼女の頭上高く。慎重に編まれて。ほどかれて。手を伸ばした財布は。彼女の腰からぶら下がっている。黒いベルベット製。
鍵穴越しに囁いた
ポリーおばちゃんポリーおばちゃん私のかわいい《ドーリー》ポリーはどこに？
彼女がうずくまったのは真ん中。汚れたベッドの上掛けの中央。指が見つける
編まれた部分を
お財布を。彼女のワンピースの染み。床の上
ポリーポリーやかんを火にかけて。彼女の口が開く。目の前には黄色い紙
手紙。彼女が自身に宛てて書いた。あの人たちはそう言った。風の音。
ドアから吹き込む北風が。マットの下でうなった。
揺れる階段の絨毯。人形の家。受け継がれ。埃《ほこり》まみれで。踊り場に。トランクいっぱいの
洋服
インド製のショール
ダチョウの羽の扇。その後気づけば行方不明になっていた。

金色と銀色の円錐。中にいっぱいの宝物が
見つかり。段ボール箱から溢れていて。ビーズカーテンのビーズは。ほどけたままで。キッチンと玄関を区
切っていた。
疲れ切るまで風に乗って踊って。裏戸にかけられて。
転がった先は
部屋の隅
床板
泥団子。ゴミ捨て場。裏庭中に。それは取り除かないと
彼女は言った。一層低く大鎌に身をかがめて。彼女の膝の高さまで伸びた草。勿忘草《わすれなぐさ》と同じ薄い青色の目が。
植物の種の入った袋をじっと見た。でもあなたのお父さんは絶対にやってくれないの。彼は悪びれもせず頷《うなず》
いて。すべてのエネルギーは声を出すためにとっておかないとならないんだ。家のみんなでレコードを聴い
た
夜だった
彼は飛び上がり
そして鍵盤を突き刺すように叩いた。あそこが完璧な高音のドになってない。完璧じゃない。今は入っちゃ

だめよ。何でだめなの

何でだめなの？　あなたのお父さんは練習中だからいい子にしててほら行っておいで外で遊んでらっしゃい。

窓越しに。

すごく太った先祖の絵。

牛のいる風景。

文学全集の並ぶ本棚。ディケンズ。彼女のお気に入り。

医学書。彼の。何らかの病を確信して。休んでいる間に。ガラスのキャビネット。

そこに並ぶいっぱいの

希少なもの。インドから持ち帰られた。彼女の初めてで。そして唯一の結婚。

グランドピアノ。彼は向き合った。胸を張り。目を閉じ。指を構え。お辞儀をする。蝶ネクタイを着け。そして燕尾服を着て。

鏡が

振動した

大喝采で。彼の足がコツコツ音を立てた

お願い私を照らして、どんな馬鹿馬鹿しいものもそんなことしやしない《ドウ・レイ・ミイ・ノ・ファシカリティ・ドウ》手を広げて。リゴレット。アイーダ。トスカ。理想のパートナーを探し求め。ついに。家を売った。彼女に指輪を買うために。彼女がウィーンで受ける研修の費用を払うために。九時から六時の仕事を引き受けた。映画音楽を吟味する。年金制度。確約され。

少しずつ手放す所有物。所有物ではなくなり。

やってきた男たちが
持ち去った
家具。
ピアノ
絵画
グラス
磁器
インド製の細密画。仮面も含めて。彼女が外に働きに出ている間に。遊ぶための時間はないの。ほら行って
おいで外で遊んでらっしゃい。
贈り物
日本製の扇。やめてと懇願した。競売人の顔がその壊れた持ち手を凝視した。君にそれを大切にとっておい

てもらおうなんてそんなつもりはなかったんだよ。僕たちはこれからも時々会ったりするんだからね。彼の膝の上に乗って。それからもし何か困ったことがあったら思い出すんだいつでも父さんのこと頼っていいんだ当たり前じゃないか。

その後

セルフサービスの食堂で。彼は接客係が苦手だった。セルフサービスは安全。見つけたあそこにいるよ。本当？　彼女は言った。振り返らないで今彼がすぐ後ろにいるから。鏡を覗き込んだ。彼女も一緒？　彼一人だけ。着ているのは新しいスーツ。今でもペッパーツイード。茶色のポークパイハット。擦り切れて斜めに跡がついて。同じパイプを手に持って。彼は私たちのこと見たかなどう思う？　彼は見たかな

彼女の主張に息もつけない。彼の意図的な無関心。

ひっくり返されたカップ。彼は顔を上げた？

会う予定がその後に組まれ。

公園の散歩。

時計の下で待って。

歩きながら

腕と腕を組んで。周りの人たちの好奇心に応えるように。何で僕のことお父さんって呼ばないんだい？　上

唇についた砂糖。甘いパン《バースバン》にまぶされていたもの。役者になりたいのかそれは挑戦すべきだ。しない手はないよそういう血なんだきっと。絶対に君の母親の家系ではないけどね。彼女の父親。女たらしのヒュー。燃えるような髪。燃えるような目。村のダンスパーティーで出会った。彼女の母親。ロジーナに。勘当されて疎遠になった家族。祖母。マットレスの下にたくさんの金貨を溜め込んでいた彼女。肖像画に描かれた彼女の目のせいで子どもたちは夜眠れなかった。あの女たらしによって阻まれた夢。

閉店時間後。

うめき声

叫び声は

子どもたちの母親のもの。四十歳で亡くなった。ある日曜日に。すべてのベルが鳴る中で。だから私はベルの音が我慢できないの。彼女はよく言っていた。その翌朝の彼の涙。でも彼は夏には決してお酒を飲まず春とともに小型船がやってきて。

その後工業用アルコールに逃げた。歳をとった仲間たちと。公園の休憩所で出会った。船のドックのすぐそばで。妹は薬屋を回った。彼に売らないようお願いしながら。

あなたは私がしたみたいに施しを懇願したことなんてないでしょ。姉妹の一人は娘に言った。楽しむ以外に人生に何があるっていうのか。彼女が欲しがってるのは医者じゃなくて警察だ。それこそが必要だろ。パブの外でのたうつ彼女の体に向かってまさにあの場であの人たちは大声でそう叫んだ。

亡くなった
五十代で。姉は理由を知らない。それにジョンには一体何があったの？　兄弟。教授と呼ばれた。

いつも紙に囲まれて。学校のかわいいやつ。大学への奨学金。十六歳の時。家出した。

それ以降ずっと消息不明。変な一家だ君のお母さんの家系は。彼は言った。黒いネクタイをまっすぐ直しながら。喪服を着ているのは。犬のため。

僕が別れようって言った時もし彼女がもっと取り乱して騒いだりさえしてくれたらほら僕に行かないでってせがんでいたらそうだな彼女がもしそうしていたならわからないけどもしかしたら僕は出ていくのをやめてそれ以降も君たちと一緒にいたのかもね。君のお母さんが僕の自由を奪い続けていたせいなんだそれで僕は決断したんだよ。夕飯までには家に帰ってくるんだよね？　どこをほっつき歩いてたのこんなに遅くなってあなたのために夕飯も作ったのにそれもすっかり冷たくなるんだからとか卵を割るのに何でそんな音を立てるのとか。そんなふうなことが
彼は眉を擦った。ため息をついた。唇を噛む。君の父さんは随分口汚かったね僕も認めるよ。口の聞き方が人となりを示すんだもっとちゃんと考えて話すべきだった。彼女は頷いた。自分の下唇を突つく。

口角のところでひっかかる。でも僕はこれっぽっちもあの時期のことを無駄だったなんて後悔したりはして

ないよとはいってても色々あったっていうのにその時期がそれまで過ごしてきた中で一番幸せなものだったっていうのも信じられないけど
そうだよそれにもかかわらず
お父さんはあなたにどんなこと言ったのその後どこに行った?
久しぶりに会った娘をあそこへ連れていくなんて思いもしなかった本音を言えばあなただってあの人がどこか素敵なところに連れていってくれて素敵な場所でごはんを食べさせてくれるぐらいのことは思うでしょだって彼はそんなに頻繁に娘に会えるわけじゃないんだし。再会した時彼は何て言ったの最初に話したことは何綺麗な声で話すねってでもそれは彼のおかげじゃないけどね一ペニーだって払ってないんだよ娘の教育に一ペニーすら。それで他には?
もし妊娠したらお願いだから二カ月も待ったりしたらだめだすぐに尿のサンプルをとるんだ。
彼氏がいるのにまだ処女だって?　あんまり長い間そのままなのはよくないなほら最近では二十一歳っていうのは経験のない人の中ではむしろ年が上の方なんじゃないのかい?　目には皺が寄り下瞼には染みがあって。彼は毛染めを使ってた?　もちろん髪の毛を染めてるよねあの歳で髪があんなに黒いなんて他に説明できないもの。またいとこの妻が教えてくれた。そんなまさか信じられないあの十年間であの人がそんなことしてるの見たことないあの十年間で私たち一度だって……。彼の体重は増えてた？
あの人はそっち側だったんだ。変なの恰幅《かっぷく》のいい彼を想像できないな。中年太りか変な感じ。ロケットペンダントを
手探りして
その写真の中の
彼は
ゴルフズボン姿。彼女は帽子を目のところまでぎゅっと下げて被っている。
腕と腕を組んで。二十八歳の彼女の写真。ああ
写真の中ですら彼女は悲しげだ。笑ってはいるけど。彼はため息をついた。当然彼女は自分と一緒にいて幸せだったことなんてないんだ家から出ていきたいってだけで年齢が倍の人間となんて決して結婚すべきじゃなかったんだよ。
あなた次はいつお父さんと会うの？　本当にすまない
どうしてもできないんだ本当に無理でどうしても今夜は会えないんだ仕事で目が回るほど忙しくて。ああ彼のお得意の表現なんだよね目が回るほど忙しいってさ。彼女は言った。ロケットペンダントを仕舞いながら。これ欲しいならあげるよそうほらあげるその写真は出しちゃっていいから。僕たちまた今度会おう仕事場に

電話して絶対だよ。
とうとうあなたの誕生日だねお父さんが何かちょっとしたものでも送ってくれるだろうって思ってるかもしれないけどでもわかってるでしょあの人には記憶力ってものが全然なかったんだから約束した時はそうするつもりだったんだよそうなのその時は絶対にそうするって思ってるんだけど。それでいくらなの五シリングの郵便為替かそうね何もくれないよりはましだね。
その日一枚の葉書が届いた
タイプライターで印字され
補聴器を扱う企業から送られてきた。随分会えてないねこれからも連絡を取り合おう君を心から愛する父より。
署名はない。ねえこれからどうする？　彼に会うべきなんだよなんだかんだ言ってもあの人はあなたの父親なんだし血は水よりも
引き出しに仕舞われ
取り出され
詰め込まれたのは
ハンドバッグの中。後日予約カードと間違えて。ゴミ箱に捨てられて。

その仕事場。大通りの一角に押し込められた建物。十二個の表札の前で少しの間動きを止める。
バスの一番上からじっと眺める。エスカレーター。入る
レストラン
スーパーマーケット
映画館
劇場。ポークパイハット。テディベアのようなツイード。多分そうだと思う

あの家に帰る
一番先の突き当たりまであの大通りを進んだところにある。門に掲げられた名前。変わっていて。
今ではその蝶番《ちようつがい》は軋《きし》んで音を立てることもない。離れはなくなり。
車庫が建てられ。バルコニーは取り壊され。高い壁が周囲を囲む。
バラが栽培され。野生の植物にとって代わる。壁に咲く花
植物は

割れていない鉢で育ち。小さな茂みが。両側に並ぶ小道に
ひびはなく。不揃いの石で敷き詰められた鋪道。プラスチック製の巨大な小人の像。庭師がきちんと設計さ
れた芝生を刈った。
下り坂の向こう側に
ちらりと見える
海。暗いガラス。丘を下っていく。手を枝から枝へと滑らせ
青さが一箇所に
集まった。ゆっくりとしたスピードで。
その露池
悪魔が呼び出され。地域一帯を踏みつければ
提案を受けた
神のように崇められたある一人の人物から。死んではいない。でも退屈していた。目を見開いたまま。
呼びかけたのはそこに広がる
地面
空気。その中間。窮地の際に生み出された混乱によって守られ。一つの明かりが掲げられ。顧みられること

のないその空間で。変化を促す一人の人物によって[002]。喩えるなら分裂した形状
それでも測定できる。一つ
そしてまた一つ。
長さが
わかり。ここで。断面になって。別々に分かれた
幻影が選ばれ。
動きの中で。また別のあの時から。感覚が重なり合いぐらぐら揺れる。
避けるのは
その必要とされる偽装。
しかし定型化した様式の中では許されず。
だから。
蛮行は隠す。共有されていて。終わりは終わり。始まり。今。
その時前兆が急に海上の霧の中から襲いかかるように飛び出した。その木を取り囲んだ。
今やアンテナを携え。王の目線から
他の人たちは

見ていた。学校から帰りながら。あの人たちの笑い声。学生鞄には腐りかけたサンドウィッチ。トマト。隅の方で潰れて。
パン屑《くず》
工作用の粘土
クレヨン
色付きのチョーク。
ミトン。盗まれた。銀の三ペニー硬貨。彼女がクリスマスプディングのために使っていた。子ども用のお皿。
白地に灰色の。でももはや灰色一色。
骨髄で作ったシチュー。ポテトは残され。小さな黄色い塊となり。お皿のあちこちにくっついて。そして月を飛び越えた[003]。
プルーン
プラムを食べるのはただティンカーテイラーの遊びをするため。
今年こそ
来年こそ
一度も実現しなかった。サイズのぴったりな制服なんて一度も。他の子は着ていた。

膝上で
汚れていた。少なくとも制服を着ているんだから差別なんてされるわけないよ。
齢
十六歳になって。化粧の痕。バスの中で擦り落とし
洗面所で
濃紺色のコート。光熱費。月曜日の朝。お母さんは学費の半分は今すぐ払えるかな残りは学期の終わりに？
顔がネクタイと調和し。ダークグレーの集団の中に
女子修道院学校の茶色。太陽がよける
礼拝堂の窓。弱まって。彫像の上へ降り注ぎ。
聖人らしい
顔は
ずる賢くも悪魔的な変容を受け入れた。
そしてあの方《かた》が底なしの穴を開けばその穴からは大きな炉から湧き出たかのような煙が立ち上ぼり、太陽も
空も穴からの煙で暗くなった[004]。
天使たち

双頭の馬
イナゴ。修道女の服の中に隠れ。通過していく
廊下。ドア。白い壁の思いがけない隙間。でも黒い。
ロザリオ
歯がカチカチ音を立て。囁き声がして
くすくす笑いも。隅の方で。運動場の笑い声。あの人たちのアシカのような体に取り込まれる。世間から隔
てられた顔
袋小路。質問された時。彼女たちもおしろいを使ったりするの？
彼女たちはベッドに入る時は何を着るの？　寄宿生はスリップを着たままお風呂に入らないとならなかった。
女子修道院長。一匹の猿。
長い腕。
黒い服は
畳まれて。
金曜の朝
尋問

罰
懺悔《ざんげ》。
罰として百回の筆写。今日一日あなたは遊ぶのは禁止。生真面目なポーシャのような人たちは壇上で
体を前にかがめた。[005] 道徳本《コンダクトブック》が細部に至るまで読み込まれて。下げられた彼女たちの頭の上に《最後の晩餐》。
ちょうど平らげたところ。リストの名前に固唾《かたず》を呑んだ。アルファベット順に呼ばれ。
赤い膝
布のひだ
輪っかで固定された脇。十字架に触れ。抱擁と引き換えにそれを手放し
それ以上追求するような大胆さは持ちあわせていなかった。ベレー帽は押し込まれ。入っていく
学生鞄の奥。門の外。
密会相手の男の子たちは
あの学校の子
とある女子が昨日この学校の外でキスをしていたのが目撃されました自分から申し出てくれますね？
赤くなる顔
そんなことする勇気のなかった人たちの。でもダンスはした。女の子同士で。

休み時間に。近づいてくる。知ってた子。知りたかった子。
映画スターの写真。ロケットペンダントの中に。英語を教えていたあの人。
聖人のような目。中世の時代の。
お祈りの最中。彼女の手が
黒板の上で。するすると滑って辿り着くいろいろな地域。当時はちゃんと認識できておらず。
彼女の顔は
静止しているみたいだ。答えないといけない。でも完全に言いなりにはならない。
儀式を行なう会場。深紅色の
金色の。
キャンドルの明かり。蛾がもがいた。ゴブレットの中で。
彫像が
動いた。目を半分閉じていた時のことだ。聖体行列[006]。
白い衣を着て。花びらが撒かれ。
膝をつく
暑いテニスコートの上。舗装のタールがこびりつき。讃美歌が歌われ。

地獄のマリア葡萄《ヘル・メアリー・フル・オブ・グレープ》に満ちて。天に屈します我らの父は《アワ・ファーザー・フー・ファーツ・イン・ヘブン》。ベールの着用を許可された者の権威。黒衣で後ろに下がる。自惚《うぬぼ》れた額にすすの汚れ。灰の水曜日に敬意を示し。てんかんの発作を起こしたあの人は。学期末の演劇でベルナデットになりたがった[007]。祈りの言葉が捧げられれば束の間の解放。さようなら不規則動詞。お告げの祈り《アンジェラス》[008]。トイレ。そこに隠してあるコミック雑誌。ポルノグラフィ。ラブレター。密告

くしゃくしゃな状態で

制服の後ろに隠され。濃紺色の下着。私の心から愛するあなた。私の唯一の人。死が私たちを分かつまで私はあなただけのもの。崇拝される英雄。虚構の存在。似ているところを探す。その人が折り合いをつけた運命は。想像とは切り離されたものになって。落ち着かなさ。不確かさ。裏返しに折り畳み。もう一度戻す。

皺と皺の間には。

平穏がある。でも今は

集団を形成していた肉体がついに別々に分かれる。曲芸師たち。各々の鉄棒はノコギリでゆっくりと切断され

てしまった。
儀式。部屋が拡張する
滑って
引き止められて
くっつく。上下逆さまになって。上へと伸びる
向こう側へと
下へと。蛇が脱皮する。その口の中。
目
耳
つま先。無防備で。命令を下し。みんなであばずれを捕まえろ。
十二人の少年たち。十歳の子たち。どうせお前はあいつらのもんになるんだ。
あいつらのしたいようにされるんだ。鞭《むち》打ちの場面では従順に従って。でも彼女が待ちながら手に持ってい
たものではない。黒のレザーベルト。七時には帰ってくるように言ったと思ったんだけどな。身をかがめる。
跪《ひざまず》く
汚れたシーツの上は

柔らかくて
湿っていて
暖かく。外は雨。とある場所。
取り憑《つ》かれた。取り憑かれてしまえ。そして最後にはこっちが取り憑くことになる。到来。波の中へと。小さく縮んだ月が一つ。間にある。濡れたままで間にある
二つの月に挟まれて。でも背を向け合って。その避けられなさ。
謎めいた余所者《よそもの》
兄弟
父親
恋人。恋人たち。
回転する組み合わされた車輪で構成された体が。
音よりも早く進み
廊下を駆け抜ける。果てしなく続くドアが開き閉まる。
電車の音。橋の上でガタガタいって。それが止む先端の地は

頭

目。いくつかの兆候。

確認されて。精神科医たち。それなら子どものいない夫婦を助けるのはどうかな？

目

吊り目。中国人によくある落ち着き。銀色のシャープペンシルに釘《くぎ》付けになり。君もわかっていると思うけど何人もの女の子たちが私のところに来て期待を……。

通り

エレベーター

家は。ぎゅうぎゅうに並んで。一台のタクシーで公園の近くの場所まで。午前七時。過大なチップ。笑顔。訳知り顔の。高価すぎるホテルみたいな印象。多分空いているベッドがなかったんだ。とうとう。

注射を打たれ

準備ができた。白衣を着て。少し酔ったみたいになっても。意識を失ってはいけない。様々な道具。血の塊には産婦人科医の指の跡が残っていた。待合室の低い話し声。上には円柱型の照明。クロム。深呼吸をして。押し出す。それは今はどこにあるの――目に見えるくらい大きかった？　三カ月。瓶の中に入れたそれをあの人たちはどうするんだろうか捨てる？
タクシーで帰る。チップのための小銭が足りずに。

夢。白昼夢を
形成する
素材は白い壁。彼の思考。女の性液が下の毛から漏れる。
横になりながら待つのは。何か。予期せぬもの。乱すのは
その揺るぎないもの。彼はその街のことをよく知っていると強調した。よく知るその土地
その周辺
いくつかの通り。一方通行。侵入禁止。
バス
地下鉄。生活をましなものにしてくれる。パーティーの後で。見渡す。人けのない道路の上で。太陽も届かない。彼女は早い時間に部屋に戻っていた。妊娠していると思って。それから。構築をした。再構築が始ま

る？　でも何を土台にするのか
経験
希望
習慣。あの二人の？
ほとんど偶発的。その時の無意識の行動。後になって初めて前もって決められていたと追認され。代わりとなるものが与えられ。
二人には絶対に気づかれてはならない諸々の操作。新しく作り直すこと。彼女の引き抜かれた眉毛がなお水に濡れて光っているのと同じくらいの見事さで。彼の脚は家具の周りで堰き止められ。二人は決して手を繫がない。彼は先を進む。二人はお互いの周囲を動き回り
待つ
エレベーターが来るのを。彼が門を開ける。二人の顔は二重の柵でばらばらに切り抜かれ。もはや笑みはない。そんなに遅くはならないつもりだけど起きて待ってなくていいから大丈夫気にしないで本当に
エレベーターの音。二人の声が
その場に残る。

レナードは前屈みになり、足を広げ、囲われた空間で体を静止させていた。二脚の椅子。テーブル。テープレコーダー。ルースは自分の指輪をじっと見た。髪に触れた。言うまでもないけど一人っ子っていうのは特殊なのね。彼女が君にすら自分の父親のことを話していなかったのは不思議だな。彼に連絡をとるべきかしらレオン？　僕たちの方から何かをする必要なんてないよ結局は彼次第さ。私にはあんな父親がいなかったことを神に感謝するわ。でも君のお父さんは君が二歳の時に亡くなったんだろルースだから……。そうねそうねわかってるけど……。少なくとも心に思い描くイメージがあるんだろうけど。正直に言えば彼のことなんて全然考えたりしないのよ。レモンはまだ残ってる？　お茶は冷たくなってるわよ言っておいてくれればよかったのに。問題ないよ。お茶を淹れ直すわね。彼女はテーブルの縁に触れた。彼はそのテープのスプールを指でいじった。あの上のあの箇所蛾の跡かと思ったけど湿ってるのねレオンなんとかしないと新しいカーテンとか家具でこの部屋を模様替えするのはどうかしら誰か同居人を見つける前にね？　ああそうしよう。彼はスプールを慎重に箱に仕舞うと、やっとのことで体を起こし、テーブルに寄りかかり、ネクタイを緩めた。テーブルに腰掛け、足をゆらゆらさせた。静止して、彼は彼女が猫を抱き上げるのを見ていたが、その猫も彼女の口を、目を、見て、彼女の指を舐め、尻尾を震わせ、背をわずかに持ち上げた。窓の一つがガタンと音を立てた。向かいに並ぶ建物から伸びる影が部屋を四角く切り抜いた。彼女は猫に囁くように話しかけ、顔をその雄猫の方へと傾けた。私のボーボー私の美しいボーボーがいなくなってしまったら私は一体どねえあなた髭《ひげ》をそっとしたらいいのかしら？　レナードはパイプに手を伸ばし、鏡を前に一瞬動きを止めた。そうじゃないけど何がいいのに誰かが訪ねてきたらどうするの。もしかして誰か来る予定なんだっけ？　そうじゃないけど何があるかわからないでしょそれに今あなたひどい格好よ。彼は鏡を覗き込み、指を強く握り、緩めた。最悪ねまた雨が降ってる。なら窓を閉めてくれ。ひどい天気だわ。繰り返し繰り返し雨ばかりだ。ねえ知ってるレオン私たちがあそこで過ごしていた時最後の方なんかはほとんど家から出なかったでしょ。もちろん彼女は出かけたけどね。天気がどんなかなんて全然気にしないで。たくましい子だ。ある意味ではね。信じられないほど長い時間彼女は水中に潜っていたし。ほとんど両生類と言ってもいいくらい。何も着ないで水に入るのが好きだったし。君ならそんなこと絶対にしないなルース。だって誰が見てるかわからないじゃないはっきり言って何で彼女がわざわざあんなことをしたのか理解できないわ。君ほどためらいを感じなかったんだろ。あらそれはちょっと違うんじゃないの認めましょうよ彼女には少し露出狂的なところがあったでしょ。そんなふうに水に入ったのは夜だけだったよ。そうなのそれで私がどんなに心配したことかだってあの危険な潮の流れでそれにレオンあなたは水泳がすごく得意っていうわけでもないからもし彼女が危ない目にあったらって。あの日彼女がもっとちゃんと考えて行動してれば……。でもどうしたら私たちは……。すべてが悪い方にばかり転がっていくようだったまずあの嵐があってそれからあの忌々しい車があんなふうに突然故障したりして。ここには嵐は来なかったみたいなのに。西の方がひどかったっていくつかの地域では洪水も起きて。あれは何日だったっけルース？　十四日じゃなかったかしら。いや確か十五日だ。十四日よ土曜のマーケットの日だものあなた覚えてないの？

十月十四日　Rと買い物新しいシャツと靴を購入。帰りがけに嵐。車が故障した。Sの姿が見えない。

十月十五日　晴天。ついに太陽。Sはまだ帰ってきていない。

十月十六日　また雨。まだSの姿が見えない。警察に通報。

十月十八日　ボートが転覆した状態で見つかる。コートの持ち主が判明。ポケットにメモも――自殺のように思われる。

十月十九日　警視による二時間に及ぶ尋問。網を使って川と海岸線の捜索。

十月二十日　Rは一日中ベッドに。翻訳が完成。

十月二十一日　ブレイクリー一家と夕食。ドイツのいい白ワイン。

十月二十二日　蘭が育っている特にバーバタム。

確かに十五日だと思ったんだけど不思議だな人はこんなことも忘れてしまうなんて。私たちはみんなあなたの記憶力がどんなものかわかってるわレオン。彼女の記憶力は並外れてた。ものすごくよくて。覚えてなくていいことまで覚えていたくらい。でも彼女は君にすら自分の過去について何も話さなかったんだねルース君たちは何について話したりしたの——例えば僕がいない時とかさ？　特に何かを話したわけじゃないわ。僕が帰ってきた時も君たちは本当に静かにしていてすごくバツが悪かったよ二人だけのちょっとした内緒話を邪魔してしまったって僕はもう一度外に歩いて出ていこうとしたくらいだ共謀だそれだあれはまるでそんなかんじだった。レオンこの黒い小さなマークは何の印なのずっと聞こうと思ってたのほらこの日記のここにあるでしょ？　極秘事項だよ。ちょっとふざけないであなた隠し事なんて普段はしないじゃないここにもそこにも黒いマークがついてるでしょ？　わからない？　歯医者の予約——ううん違うこんなに多いはずないわよね？　もっとずっと個人的なことだよ。ちょっと嘘でしょレオン本当に一体何のためにしてるっていうのそんなこと書いておくなんてすごくぞっとする。君の体温表と変わらないよある意味では同じものさ。全然違うわあなたのしてることはすごくいやらしいものじゃないそれに私のは純粋に医学的な理由からつけてるものなのよ。それで僕のは？　彼は彼女の背後に立ち、彼女の耳たぶを優しく噛んだ。何でこの日それにこの日も記憶にないわちょっとあなた今はやめて私たち見られてるのよ。何だって——誰に？　道の向こうのあのいやらしいカップルまたよあの人たちいつもそうなの。本当に？　ずっと私たちのことを見てるのこそこそ監視してるのよ。ということは君も見てるわけだ。彼女は彼を突き離し、窓の方へと歩いていき、それから腕を組んだまま、彼女は外を見つめた。いやな人たちもっと他にやることがないのかしら——あのとんでもないホテルを思い出すわレオンあのひどいクローゼットのドアが誰かが中にいるみたいにぱたぱた開いて。あぁぁぁどうやら幽霊が私たちの精神を囲う骨格の内部を彷徨《さまよ》い歩いているものと思われるぞ。シェイクスピアの引用はやめてちょうだい。違うよたまたまだけど今のは僕の作った言葉なんだ。それにドアの後ろから突然姿を現わすあの妙な接客係。バスルームのドアは全然ちゃんと閉まらなかった。鍵もなくて。鍵穴もなかった。お湯も出ない。そのうえあんな額を請求するずうずうしさったら。玄関ホールに飾られたあの雄鹿の頭部だって。あのオウム絶対しゃべれもしなければ耳も聞こえなかった。食事は悪くなかった。全部冷たかったけど。それにメニューがいつも同じだったしね。パイ生地の剝がれたミートパイ顔。レオン何ですって？　接客係の顔さ。それは彼女が後で言った言葉よ。道理であそこが空いていたわけだ。その時のことを思い返す度にぞっとするわ。彼女は腕をさすり、震え、下唇を嚙んだ。彼女はカーテンを閉めて後ろに下がった。私これあんまり好きじゃないのよレオン模様が大きすぎてこの壁は綺麗に直さないと――ドアの近くのあの指の跡とかベッドがあったところの上の方のあれもひどいわね。言われるまで気がつかなかったよ。どんなに大きくたってそうでしょうよレオン私は時々あなたの尊い蘭を別にすればあなたには何も見えてないんじゃないかって思うわ。二人はテーブル越しに互いを見据えた。彼女はテープレコーダーに、椅子に、壁に視線を向けた。何でテープを聞くのにわざわざこの部屋に来たんだろうわからないな。お風呂に入ろうと思うんだけどあなたもどう？　それもいいかもね。ねえお願いお湯を張ってきてもらえる？　彼はバスルームで口笛を吹いた。水の音がその場全体を満たし、水は四方に吹き出して、他の水道管から流れてくるものと混ざり、渦を巻き、上に、下に音を反響させた。

　壁を背にして彼女はぼんやり自分の手に、脚に視線を向けた。ストッキングの伝線した部分を引っ張ればそれは太腿《ふともも》の全体に広がった。彼はタオルを持って現れた。準備はほとんどできてるよところで夜のまんまは何かなあ――魚？　ええ。カレイ？　いいえタラよでもレオン外食にしましょうよ私なんだか……。そうかでも僕は新しい翻訳を進めたいと思ってたんだ外食は明日でいいだろ？　カーテン同士が重なり合う上の方の隙間に三角形の光。彼女は急いでカーテンの端同士を合わせ、暗くなった部屋に向き直ると手探りで出口へ向かった。

　裸で、浴槽の方へかがみながら、彼は蛇口を回し、入浴剤を、オーデコロンを入れた。蒸気が漂い鏡を、窓を覆った。よしこれでいい温かさは十分かな？　彼女は頷き、素早く服を脱いで、浴槽の上の大きな鏡で自分自身の姿を見た。彼は辺りに水飛沫《しぶき》を飛ばし、口笛を吹いて、スポンジを、ボディーブラシを、大きくて丸い黄色い石鹸を使った。彼女は浴槽の中で膝をつき、花柄のビニールの帽子の位置を直して、腕を下へと滑らせ、手でお湯を打ちつけてお腹にかけた。彼女は身を捩《よじ》り、卵型をした薄紫色の石鹸を体に這わせた。そうだわ明日あの窓を掃除しましょうそして新しいカーテンと家具を準備して家賃はもう少し上げてもいいわねだって彼女が払ってた金額よりももっとずっと高い値段に見合う部屋なんだものそう思わないレオン？　君の望むままに全部君に任せるよ。それなりの階級の人がいいと思うの。優しい君にお願いがあるんだ背中を洗ってくれない？　彼は向きを変えて、肘を浴槽の両側に乗せた。彼女は体を前にかがめた。あなたまだはっきり茶色に日焼けしたままね。多分ガーデニングのせいだよあの暑さの続いた時期だ来年あのひまわりは芽を出すかな木みたいに高く育ったら綺麗だろ？　土があんまりよくないのよレオンあそこではどんなものもまともに育たないんだから。土どうこう以前にむしろあの忌々しい不法侵入者たちが信用ならないんだすべてを踏みつけてでもそれなら僕たちは高い壁を作ってやるさ。けどあなた見晴らしはどうなるの海は見えた方がいいと思うんだけど？　すべてを叶えることはできないんだよどっちみちあの家から海はほとんど見えないさそれにそうしようと思えば歩いて行ける距離だ。わかってるけどでも……。奴らが入ってこられないようにしないとならないんだあいつらがめちゃくちゃにしたものの片づけで週末が丸潰れになるんだよ。何で彼らはあんなことするのかしら？　きっと退屈なんだしつけのための健全な鞭打ちを一発食らえば彼らも学ぶだろうにね。あなた何か知ってるんでしょレオン私彼女が前に浜辺で彼らのうちの一人と踊ってるのを見かけたのよその時はそのことについて言わなかったんだけど……。とても上手に踊ったな彼女は生まれ持ってのリズム感があったんだ。私は彼女がすごくいやらしく見えたわ本当に彼女の足の開き方だとか……。ほらでもみんなそういうふうに踊っていただろ？　あの人たちの踊りにはそんなこと思わなかったわ。原始的な衝動だよルース極めて自然なことだ本当さ。自然ってあのねえまさかあなたが彼女と踊った時のことを言ってるの私あれほど不自然なものを見たことがないわすごくぞっとした特にあのパーティーの時なんて私たちの友達全員あんなひどいものを傍観することになってみんな何と思ったか。みんな楽しんでたように見えたよ拍手してたし喝采だって起こったくらいだ。社交辞令よ私はその後のみんなの顔を見たの囁き声だって聞いたわ。そんな馬鹿げたことあるわけないよみんな気に入ってたよ。それなら何でマーフィー家の人たちが町にきた時にブレイクリー一家をレストランの夕食に誘って私たちには声をかけなかったのよ私にあんなふうに電話をかけてきてそれでブレイクリー一家と楽しく夕食を食べたなんて想像してみてよあの人たち一体どうしてそんなことできたのかしら？　そうだな僕たちだってもう二度とマーフィー家の人たちを家に招くことはしないさ。でも考えてみたら私たちあの人たちの記念日にあなたのお父さんの作った小さな彫像を一つあげたのよね。最高の出来の一つではなかったんだよな少し欠けていて。そんなことは問題じゃないのレオン。ああ気持ちいいなありがとう今度は僕が君の背中を流そうか？　二人は体の向きを変えた。彼がブラシを彼女の背中の上で動かすと彼女はくすくす笑った。彼女が蛇口にもたれかかると、乳房がその間にぶら下がり、水が細く青い血管の上をゆっくり滑った。体を震わせ、彼女は自分の胸が蛇口の表面の金属に押しつけられながら滑るように動くのを見ていた。彼はしゃがみ、ブラシを横に、上に、下にと移動させた。おぉぉぉあぁぁぁ気持ちいいあぁもう少し上そうああそこ。彼はにじり寄り、歯を食いしばった。彼女は左右に体を動かし、足を開いた。もう少しだけ強くおぉぉぉあぁぁぁもう少し下そうそこああ最高ね。彼は吹き出物を引っ掻いて、丸く赤みを帯びたその箇所を入念に観察した。動かないでルースちゃんと洗えないよああそんなかんじで。水が冷たくなってきたちょっと待って私……。ちょっとあなたそんなふうに噛まないでちょっとやめてよレオンやめてよ今はだめだって言ってるじゃない。彼は後ろに下がり、ブラシを抱えていた。二人は紫色になった皮膚がお湯から突き出ているのを眺めた。あなたってお風呂ではいつも決まっていやらしい気分になるのねレオン。ごめんよ。あのねえそういう時間でもなければ場所でもないってわかるでしょ……。ほらごめんって言ったんだよ。彼は紫色の先端部分が沈み、灰色の水に呑み込まれていくのを見ていた。彼女が蛇口をいっぱいにひねってお湯を出せばやがて彼女の体の多くの部分はさらに赤みを増したが、三角形のかたちをした暗い色の毛の塊の上に伸びる漆喰のように白くなった部分はそのままの白さを保っていた。彼女は自分の顔を冷たい水の中に突っ込み、腕を外に投げ出した。彼は目を細め、自分の体を引っ掻いた。すべてが濃い蒸気に包まれて。水が鏡の、窓の表面を流れ落ちた。腕を頭の上で伸ばしながら、彼女は鏡のそばまでやってきて、鏡面の曇りが取れるまでそれを擦った。彼の頭は前に倒れ、口は開いたままだった。彼女は浴槽の栓を引っ張り、白く分厚いマットの上へと足を進め、怒りをぶつけるかのように体を拭き、背中に、脚に、脚の間にタオルを鞭のように打ちつけた。彼は栓についたチェーンを引っ張ってなんとか体を起こし、鏡を覗き込み、目の下の肌の皺を引っ張った。あの仮面はどうなったんだっけルース君《きみ》は彼女の持ち物を全部確認した？　どこにもなかったわ。多分持っていったのかな。何のためにそんなことをするっていうのよ――だって……。神のみぞ知ることだ……。ちょっとあなたそれ私のタオルじゃないレオンやっぱりそうだわイニシャルを見てよそれから浴槽はそのままにしておいてあの女の人が明日来るの。彼は線のように付いた汚れをごしごしと擦った。でもちゃんとやってくれないじゃないか。そんなに擦ったって無駄よそれはついたままで全然とれないの。あの人はあんまりよくないよルース本当にさ他に誰か探せないかな僕はこれまで幾度となく机はそのままにしておくように念を押したっていうのに。あの机はすぐに埃だらけになるしそれに何か一つ言えるとしたら……。彼女に書類の周りの埃をとるだけでその書類を別の場所に移動させたりはしないように伝えてよ。彼は浴槽を見渡した。彼女は髪を手で遊ばせ、指に巻いたり、真っ直ぐに伸ばしたりした。あの時はずっとよかった――彼女がそばにいた時はね少なくともその資料がどれほど重要なものかわかっている人物がいたんだから。あなたの日記を読んだりだとかもしてたけどもちろんそんなのは瑣末なことよね。彼女がそんなことしてたのまあ何も面白いことなんてないし読まれて困るようなことでもないしな。あの黒いマークはどうなのあなたは彼女がそれの意味するものを知ってたと思うレオン？　おいおい今さら更そんなことが何だっていうんだい？　彼女は浴槽の縁に腰掛け、水が排水溝に流れていくのを手で助けた。そのうちのいくつが私たちが結婚する前のものなのレオンいくつ？　彼は笑い、自分の体にタオルをそっと押し当てた。もちろんたくさんあるよ。嘘つき。夢の中でね。いやらしい湿ったあれねあなたいまだに同じことしてるじゃない。してないよ。少なくともシーツは嘘をつかないのよ。昔ほど多くはないさ。そんなこと私が知るわけないじゃない。彼は服を着て、すでにきっちりと結ばれたネクタイにピンを着け、それから顎を突き出し、難しい顔のまま、彼は自分の髪を梳かした。彼女が自慰行為をしてたって知ってた？　誰だって？　そうなの彼女はしてたのある日の午後に私にそう言ったの私にもしてみたらって勧めたりして。それで？　何てことかしら。彼女は何を使ってたって？　知らないわよそれ以上質問なんてしなかったし。僕は大抵の女の子は学校とかいろんなところでしてるって思ってたよ。私が通っていた学校では絶対にそんなことなかったわ。ああそこはねまあ……。彼は肩をすくめ、ヘアブラシを窓台の上に放り投げた。そんなことしないで。何だって？　ヘアブラシはそっちにしまって準備ができたらボーボーの夕食を取ってきて欲しいの可哀想にお腹がペコペコなはずよ冷蔵庫の下の方に魚の頭があるからお湯につけてあげるだけでいいの彼はそれが冷たいのを嫌がるのそれからあげていいのは二つまでねあちこちで吐いてもどしちゃうから。そろそろあの動物を安楽死させる時だよ。ちょっとあなたどうしたらそんなことが言えるのよ可哀想なボーボー彼は家族の一員よ私すぐに死んじゃうわ彼が旅立ったら私もそのまま死んじゃうわよ。臭うようにもなり始めたそれに何で君はきちんと猫用トイレを使うように訓練しようとしなかったんだ僕にはわからない本当にわからないよ。彼はよろよろしながら廊下へ出ていった。彼女は足でドアを閉めると、入浴剤の詰め合わせを、美容器具を、一つずつ、それぞれ仕切られた別の場所へと仕舞い、そうして彼女はしばらくその場にとどまった。

その頭っていうのが見つからないんだけど。彼女が自分の周りにあったものを突つくと、いくつかは同じ場所にぐずぐずと居残り、いくつかは他よりも暗くなった戸棚の空洞の中へと消えていった。頭がないよルース。あなたそれなら缶を開けて。彼は部屋の入り口に立ち、魚を載せたお皿を、一冊の本を抱えていた。僕の髭剃り道具は中に突っ込んだりしないでくれよ。もちろんするわよ片づけないと散らかったままじゃない。剃刀、髭剃り用のブラシ、クリーム、石鹸が攫《さら》われていき、見えない場所へと押し込まれた。少なくともさっきよりは洗練されたかんじになったわ。彼女は彼の後に続いてその場を離れキッチンへと入っていき、コンロからシンクへと素早く移動した。彼は本を開きつつ、魚を載せたお皿が落ちないようにバランスを保っていた。彼女は彼の周りを動き回って、片手鍋を運んだり、それをコンロに置いたりした。ねえあなたボーボーに餌をあげて彼とってもお腹が空いてるのよ可哀想じゃない。うぅぅんちょっと待って僕はその前にしたいことが……。もうなんなのよそれも私がやらないといけないみたいね。彼女はお皿を奪うと、魚をじっと見て、突つき、身を細かくほぐした。ここにあるものを少し食べさせればいいわね私たち二人には多いし。そんないい食べ物をあげるなんてルースやめてくれよもったいないよ。彼女は一切れ分を摑んで彼の足元に落とした。彼は猫が一欠片も残すことなく勢いよく食べ切った後で、おかわりをねだるように上を見上げ、自分の脚に擦り寄るのを見ていた。そうだな明日は二人でどこかいい店に出かけよう。シェリーズは却下よあのひどい接客係の人たちったら。ひどいところなんてないじゃないかルース接客係の何が気に入らないんだいつも丁寧でサービスだって最高だし料理も相応な値段で牡蠣にかんしては町で一番だよ。あの人たちいつも人に対して威圧するような態度でしょ絶対に私たちのことも陰で笑ってるわ。そんなことするわけないよ君ってば自意識過剰な思春期の女の子なんだからよしその店に行くぞそうすれば君の好きなオードブルも食べられるんだその後に舞台でも映画でも君の好きな場所に行こう。彼女が触れると魚がそれに反応して彼女の手の中でピチピチと動いているように感じられた。絶対に足りないよね？　十分よあなたが足りないって思うならポテトをもう少し増やすわ。いやいやわざわざそんなことしなくていいよ。彼は本を閉じ、小脇に抱えた。彼は廊下で少しの間動きを止め、顔を上げた。彼は大股で歩きながら部屋の中へ入り、テープレコーダーを、リールの入った箱を持ち上げ、それを下ろすと窓の方へ向かい、それから自分の体をカーテンで覆って、顔を窓ガラスに押しつけたまま、彼は上の方を見上げた。向かいのマンションの部屋の開いた窓のそばにいた人物が、座って見つめ返し、非常階段越しに視線を寄越した。もう一人はその背後を行ったり来たりしていた。彼の鼻はガラスに潰され皺くちゃになった。向かいの住人は窓を閉め、外を、下の方を、向かい側を眺めた。あなたどこにいるの夕食の準備ができたわよ言うことを聞いてテーブルの準備をして――レオンしてくれるわよね？　彼の唇は窓の上を移動し、頭は上下にひきつったように動き、指が擦れて高い音を立てた。何をしてるの――その後ろで何をしてるの？　彼女がカーテンを開き、後ずさり、手で口を覆うと、彼がくるっと振り返り、彼女の方を見つめ彼女は両手の指先同士を体の前で合わせた。彼女は前の方へと進み、手を両脇に垂らし、肩を少し猫背気味に丸めていた。夕食の準備ができたって言ってたよね？　彼女は頷き、彼の背後の窓を見た。雨が非常階段の足場の間を滴り落ちていた。唯一聞こえるその音。それから二人の息遣い。話し出す前に彼女が吸ったもっと深い呼吸、一方で彼は深呼吸するのを我慢し、彼女が話し始めんばかりの時にしきりに呼吸をしたり、またはそれをせずに彼女の言葉を待っても今度は彼女がそれを飲み込んで、わずかに開いた彼女の口から息が漏れ出た。何なの——何があったの——あなたは何を見たの？何も——何も見てないよルース。彼女は彼を押しのけ、窓の向こうを凝視し、その窓の上には指紋と、口の跡と、突然雨が打ちつけてきて流動的に少しずつかたちを変える模様が広がっていた。彼女は後ずさりして部屋から飛び出していった。大声で叫びながら。言葉は激しい雨がコンクリートを、鉄を打ちつける音にかき消された。笑みを浮かべて彼は再び窓の方へにじり寄り、少しだけ窓を持ち上げ、そしてそこにもたれかかった。雨が吹き込み、彼の顔を濡らした。彼は窓を下げ、カーテンを閉めると、折り目がきちんとなるように引っ張った。

彼女は食器を差し出した。悪天候が去る様子はないようだけど多分明日は——明日は。彼女は彼にナイフとフォークを手渡した。この部屋の中も寒いわ。彼女もいつもそう言ってたな。顔が汚れてるわ染みだらけよレオン。どこ？　彼女はハンカチで彼の鼻を、頬をそっと押さえた。彼は彼女の方に向かって身をかがめ、両手を背中で組んだ。わかったわよ別にいいけど本当に今するの？　彼女はハンカチを舐め、そして彼の顔を拭った。彼女は後ろに下がり、深く息を吐いた。ほらこれでいいわもうお願いだからテーブルの準備をしてさもないと全部台無しになるんだから。二人はドアに向かって進み、頭を下に向け俯いていた。二人は素早く廊下へと出ていった。

沈黙したまま二人は食事をした。二人の顔は影と一体化し、二つのキャンドルの明かりはそれぞれ別のガラスの容器の中で守られていた。レコードに収められていた修道士たちの歌声は、大きくなったり小さくなったりしながら、壁に囲われた空間内で、彼女の作り笑いや、一口食べては何かをぶつぶついう彼の呟きの間を漂っていた。音楽が突然止まると、彼は再生機を確認し、つまみを回し、持ち上げ、ネジを緩め、小声で悪態を吐いた。彼女は食に適さない魚の部位を丁寧にお皿の横によけて、そして静かに、秩序を保ったまま彼女は食事をした。彼女の顔は時折キャンドルの明かりの方へと傾いた。彼は再生機を脇へ押しやると、音量を最大にしてラジオのスイッチを入れた。槍《やり》で攻撃するように食べ物を突き刺しながら、彼は本のページを捲った。ねえあなたそんなに大きい音にしておく必要がある？　ニュースだ――ニュースを聴かないともっと多くの死体が回収されたかどうか確認しないと。死体？　彼女はたじろいでフォークを下ろした。黒い革のように艶《つや》めく彼女の髪の一部。ああそうねもちろんよあの可哀想な人たちこんなひどいことが起こるなんて少なくとも私たちはこんな穏やかな気候の中で生活できてることに感謝すべきね。新聞には百人が死んだと書いてあったラジオでは何人って言うかな大抵違うんだ。二千人を超えても不思議じゃないわこんなふうに災害が突然起こって。彼は一切れの魚を突き刺して、それをじっと見つめた。どうかしたのあなたその魚は口に合わない？　彼女は向かい側へと体を傾け、彼のお皿を、二つのキャンドルの間の空間にある彼の顔をうかがうように見た。二人は一瞬の間じっと睨み合い、それから彼が魚を飲み込み、お皿から料理がなくなった。可哀想なボーボーのために何も残してくれてないのね。あの忌々しい動物はもう自分の分は食べたじゃないかルース。悪態を吐く必要ないじゃない。彼女はお皿を集めて足早に部屋を出ていった。彼はパイプに火をつけ、足を伸ばし、本の一節に印をつけた。聞いてよ私直前までお皿を三枚持ってこようとしてたの——変ね。彼は本を読み続け、印をつけ、パイプを下ろし、離れたところに置いた。ねえあなた聞いてた？　何——何だっけ？　私直前までお皿を……。シィィィ静かにニュースだ……。三枚持ってこようとしてたって言ったの。三——なぜ三なんだ——ほらな僕はもっと多くなるだろうってわかってたよこの災害によって二百人近く死んで数百人がいまだ行方不明だ。廊下に出たところでやっと自分のしたことに気がついたの。何をしたってルース？　お皿を三枚運んでたの。そんなことしたのかい？　彼が番組を切り替え続けているとやっと二人にポップスが聞こえ、他方では巨大に膨れ上がり高い位置へと上り詰めた二人の影が、そこから部屋の様子を観察していた。彼女はゼリーをスプーンで掬《すく》い、大きな塊を彼に手渡す時にはそれがぐらぐら揺れた。彼は素早く本の余白に何かを書き込んだ。彼女はゼリーを一口で食べやすいよう小さく三つに分けて掬った。身体を揺らし、彼女自身の腕で体を抱きかかえ、灰皿の円形の舞台の上で一本のタバコを踊らせ、最後に灰が辺りに散らばるまで中央に押しつけた。彼はぶつぶつ言い、余白への書き込みをやめ、唇を動かした。彼女はタバコの吸い殻から周りの紙を取り去り、指の間から中の葉をばら撒いた。食後のデザートはいらないのねレオン？　食べる食べるよすぐに――ああゼリーかフルーツはない？　ないわそれを食べちゃってよ。知ってると思うけど僕はゼリーがそんなに好きじゃないんだよ。わかったもういいわ。彼女はため息をつき、彼のお皿を持ち上げた。いやいいんだここに置いてよ僕なら大丈夫だから。いいえ大丈夫じゃないでしょ――問題ないわ明日のお昼にあの女の人に食べてもらうから。でもさ僕は食べたいんだよ。彼はパイプを、本を脇に置き、彼女がゼリーをスプーンに乗せると手を伸ばした。ほら悪くないでしょ僕ちゃんったらこれがお気に入りなのよねえ口にとっても合うんだからもっと食べましょうね。彼は口を開き、待ち、上目使いで見上げていた。彼女は笑みを浮かべ、スプーン一杯のゼリーを彼に差し出した。もうちょっと見てよ何てことしたのよレオンもうまったく。二人はゼリーが自分たちの間のカーペットの上をつるりと滑っていくのを見た。彼女は膝をつき、カーペットからゼリーを擦りとってお皿の上に載せた。彼は椅子の中で体勢を崩し、左右に揺れ動いた。あなた布巾を取ってきて――あぁぁぁ何て散らかりよう。彼女はカーペットの上に座り、汚れをじっと見た。布巾を親指と人差し指で挟み、彼は彼女の方にかがんだ。私があなたの散らかしたものを拭き取るだろうってもしかしたらあなたはそう思ってるのかしらレオンまさかそんなことないわよね。彼はとてもゆっくり擦り、一方彼女は彼のそばに立って監視していた。そこにまだ残ってるわ――違うここよそうそれあそこにもここもああここよちょっと私にやらせてはっきり言ってあなたってこういうことが絶望的にできないわね。彼女は一心に擦り、一方彼は後ろに下がり、指同士をひねって絡ませていた。ほら布巾を持っていってちゃんと綺麗に洗っておいてあの女の人が明日来るんだから私は彼女がベタベタの汚い布巾を見つけるなんてそんなの嫌なのそれからあなた部屋の中は片づけておいてねベッドがひどい状態だからもし彼女があんなものを見たら何て思うかわからないわ。

彼は鼻歌をうたいながら部屋を出て、シンクの水に渦を作り、それが排水溝に流れていくのを見て、布巾をいつもの決まった場所に吊るした。ねえあなたそこにいるついでにコーヒーを淹れて。彼女は猫を持ち上げ、自分の顎に押しつけ、彼が彼女の顔を舐めれば彼に顔を擦りつけた。彼女は喉を鳴らして優しく話しかけ、カーペットの上に寝そべり、靴を足で蹴って脱ぎ、猫の首に顔を擦りつけた。ボーボーは何が欲しいのかなあ私の美しいボーボーの欲しいものってなあに僕ちゃんったら今の自分に足りないものはないっていうかんじなのねそうなんでしょほらおいで。彼女は彼を頭上高くに抱き上げたが、彼は足を大きく広げ、爪を出し、離れようともがいた。そうよね僕ちゃんったら今の自分に足りないものはないっていうかんじなのよねそうなんでしょ私のボーボー。彼女は彼を膝の上に乗せ、背中を押してそこに寝そべらせると、彼の体を、頭を、尻尾をしっかりと撫でながら抱えた。

彼はコーヒーをトレーで運びながら入ってきた。あなたあの小さいカップを取ってきてよ私はあの小さいカップがいいの。でもこっちで用意したからさこれでだって問題なく飲めるよ。でも小さいカップの方が断然味がいいのよ。彼はカップを差し出した。私はあの小さいので飲みたいの。彼女の手が喉を大きく鳴らす猫を繰り返しさすった。あなたお願い取ってきてくれない？　彼は足早に出ていくと、戸棚を開け、バタンと音を立てながら閉めた。見つからないんだそのカップじゃだめ？　彼女は猫を下におろし、なんとか足を靴に突っ込んでよろけながら出ていった。

二人がそれぞれ部屋の隅に陣取ると、タバコの煙が幕となって両者の間を遮った。テレビ番組が始まると二人は椅子を持ち寄り隣同士に並んだ。彼女は女性アナウンサーの服についてあれこれ言った。彼は体の向きを変えてますますおかしな体勢になり、膝を抱え、突然大きな笑い声を上げげた。彼女は編み物の速度をどんどん上げて、編み目をいくつか飛ばした。ちょっと見てよあなたのせいでこんなふうになっちゃってその番組の何がそんなに面白いのかわからないわ。しばらくの間彼は同じ体勢のまま動かなくなり、テレビとキャンドルの光が彼を照らした。何てこったこれ見てよ津波一つで街が丸ごと消失するなんてこれはすごいぞ。彼は薄暗がりの中で縮こまった。彼女は編み物を持ったまま少しの間動きを止め、針の先端を舐め、メガネ越しに、そしてメガネを下げて凝視した。ここで暮らす私たちは本当にすごく幸運ね起こるだろうことだってせいぜい洪水とか雪がちょっと降るとかくらいなんだからでもみんな延々とこの国の文句ばかり言って私たちもっと日々のちょっとした幸運に感謝しないと。彼女はカチャカチャ音を立てながら交差させた編み針を動かした。とはいえあの潮流は危険なものなんだ彼女がそれをわかってたら。でもねあなた彼女はそうだったのよ。何がそうだったって？　知ってたのよ潮の流れのことつまりだから……。でもそうだとは言い切れないだろ。ほぼ間違いないわよだってそれ以外に何が考えられるっていうの？　そんなの僕にわかるわけないよ知るわけないじゃないか何てことだ見てよこの人たち全員とんでもなく幸運だ僕たちがみんなに食事や服を提供するんだ。ねえ別の番組では何をやってるの？　特に何も。なら私はもう寝るわすごく疲れちゃったしそれからあなたの部屋のドアを開けたままにしないでよレオンあなた朝すごくうるさくするから耳栓をしたってもあなたの声が聞こえるのそれから明かりもちゃんと消してよこの間はつけっ放しだったんだから。彼女はクッションを整え、猫と編み物を抱き上げた。恐ろしいほどの額のお金で街全体を再建してさ今でもそうしてるけど最近はすごく迅速であんまりに速すぎるくらいだよちょっとでも何かあればみんなして倒れてしまうだろうけど誰も責められないと思うんだ後世のことについて問うなんてもはや的外れもいいところさ。ああ今夜は私たち死だとか不吉な考えに取り憑かれてるみたい洗濯したパジャマが乾燥機の戸棚の一番上にあるから。何だいもうベッドに入るのかい？　彼はパイプで肘掛け椅子の端を叩いた。あなたそれをするのはやめて駄目にしちゃうわよ。彼女は肩に猫を乗せバランスを取り、編み物を束ねた。これから仕事をするつもり？　うんそのつもりだ少しだけね。終わった時に暖房を消すのを忘れないでね。彼は頷き、新聞を手に取ると、それで顔を隠した。それじゃおやすみなさい。ああおやすみ。彼女は部屋を離れる前に一瞬だけ彼を、新聞をじっと見た。

彼は新聞を下ろし、テレビを消し、そして部屋の真ん中に立った。水の音、ドアの音、ルースの声。近くで彼女の足音。近づいてくる。彼は本を手に取った。彼女の日記帳はどこに仕舞ったの？　まだ寝室にあるんじゃないかな？　あなたの寝室ってことレオンそれならあなた日記帳を読んでるの？　そんなとんでもない読むなんてほとんど不可能だよ彼女の文字は読みにくくて一ページ読むだけですごく時間がかかるんだ。それでも構わないから見てみたいのあなた取ってきてくれないかしら。彼女はドアにもたれかかった。彼は近づき、両手を伸ばし、彼女の肩へと置くと、抑えつけた。彼女は彼を押して、手を払った。疲れてるのレオンそんな気には――やめてあなた今はやめてだめ……。いいじゃないか体調が悪いわけじゃないだろ？　だって――だって……。ああわかったもういいよ。あなたお願い日記帳を取ってきて？

彼は二、三冊のノートを渡した。一人の人間の人生がここに刻まれていることは確かだよ。わかるのは人生の一部でしょレオン読むことすらできないっていうんだったら。僕は聴く方がいいな。それだって彼女の話し方を辿るのは大変よまあいいわあなたが仕事を進められるように私もう行くわねあんまり遅くならないようにねそういう時は次の日すごく不機嫌になるんだからそれから電気と暖房のこと忘れないでね。彼は頷き、彼女が日記帳を小脇に抱えるのを見ていた。彼女の寝間着がドアに挟まり。大丈夫自分でやるわ――私は自分でやるって言ったのやめてレオンだめだって言ってるじゃない。彼は囁き、軽く触れると、自分の体を彼女に押しつけたが、彼女が頭を反らしたので舌と歯をドアにぶつけた。言ったでしょレオン……。でもさ……。だめなのでも明日なら多分——明日にねあなた。彼女は寝間着を引っ張った。彼は彼女の背中が、首が、頭が消えていくのを見ていた。彼の腕は前に垂らされたまま。

彼はゆっくりと移動し、静かにもう一つの部屋へと入っていくと、テープレコーダーの前に座り、ボタンを押し、音量を下げ、そして音の入っていないテープのリールが回転するのを見た。咳払いをして、彼はマイクを口に近づけた。

彼女はベッドによじ登り、枕を整えて、猫を撫で、猫は彼女のそばへと潜り込んだ。彼女は持ってきたノートのうちの一冊を開き、メガネの位置を直し、タバコに手を伸ばして読み始めた。

三月

今日ってでも何曜日？　わからないけどある日、ある時。春の。空気、音、においが残っている。昨夜の出来事が浮かび上がり。目の前に立ちはだかる場所。二人の人間。私が二人に対して――二人が私に対して？　まるで劇場の観客席のように並べられたその部屋の中のもの。その配置は変わるはず。自動で開き、閉じるドアには鍵がない。猫はそのことに気づいている。Rは愛し、Lは無視するその猫。体を丸めて、Lは隅を、廊下をゆっくり歩く。先陣を切り大きく一歩前に出て固い握手をする。Rはかつての彼女に戻ったように縮こまり、その場所からじっと目を凝らし、彼が一歩下がるのを待つ。そして下がり、ぎゅっと掴まれ、彼女だけが呼吸することができ、安心していられる高さまで流されていった。彼はへりを這って進み、それまでのよそよそしい形式ばった態度を幾分か緩めて息を吸い込む。私はおとなしいままだった。気を揉《も》むような笑み、お互い相手よりも上に立とうと気を揉む二人。僕たちは君にできる限りくつろいでもらいたいって思ってるんだ――本当に寒くはないかな――もしかして暑すぎる？　彼が体を前にかがめると、首が回転して関節が彼の満足のいくまで音を立てる。ダブルサイズのマットレスがあるわもしもう一枚毛布を増やしたい時は遠慮せずに言ってね。彼女は羽毛布団に優しく触れ、一方彼はベッドの上で飛び跳ねた。今の気分はどう？

気分――様々な感情のこと？　二人にとってそれは何を意味するんだろう今まで何を意味してきたのかこれからは？

いつから私は一瞬前というほとんど空間と呼んでいいものを、歩くことと夢を見ることの狭間に存在するものとして構築し始めたのか？　規定の形式に則って絵柄の変化する図案は自身にとって代わり得るすべての図案を予め内包しているのであり、ある種の一貫性の一つの尺度となる。狭間の空間は時間に占有された場所と同じくらい重要だ。私の確信は二人の混乱となるだろう。

何もない海岸線に面した二人の家で過ごす週末、その海岸線の防波堤のどれか一つまでがあの二人の私有地だ。その向こう側にはビン、積荷用の箱、オレンジの皮、バナナの皮、生理用ナプキン、ストッキング、避妊具、手袋、長靴、乳母車の予備の部品、車、自転車、缶詰、マットレス、人形、そして時には布張りすれば使えそうな椅子が一脚あったりする。Lは州議会と書簡でのやりとりを続けて、それは彼の父親が始めたことだけど、ここにゴミを捨てることを禁止する法を施行してもらおうとしている。二人が自ら作った数々の掲示は引きずり下ろされ、上からチョークで卑猥な文字が書き込まれ、前庭に投げ入れられ、彫像の間にぶら下がり、花壇に突き刺さって。

その家は灰色の家《グレーハウス》と呼ばれている。それはわずかに灰色がかった白色をしていて、ジョージ王朝のうちの一時代に属するものだ、といっても二〇年代初頭に建てられたんだけれど[009]。庭は一面に広がり、その奥の崖の先端にサギやカモメの占拠する砂浜に続く木の階段が設置されている。

到着すれば一人の女が川のそばで小枝を拾い集めており、白鳥たちが彼女の背中を追っていた。白鳥が鳴いた、少なくとも私は白鳥が鳴いたと思った、でも鳥たちに対して甲高い声を上げたのは女の方で、彼女は蛇行しながら進む、自分の丸まった背を追っていたものたちへと頭を振った。Ｌは階段の一番上まで急いで駆け寄ると、大声で叫び、両手の拳を突き上げた。その女は明らかに耳が聞こえておらず、白鳥だけが動きを止め、羽を広げ、そして首を上に伸ばした。浜辺には誰もいなくなった。階段は海藻と、小さな小石で覆われ。

昼食の後に私たちが下りていけば潮流は変化の直中。私は前を歩いたり、笑いながら風の中を走ったりして、振り返って手を振った。Ｌは時々返してくれる、Ｒは決してしない。私は自身が呑み込まれる以上に海を呑み込んでやろうと待ち構えているあの境界線まで辿り着いた。高潮の跡が残る石や煉瓦で構成された高く長くそびえるそれは週末の間か、二週間か、この土地にやってきて、一・五マイル離れたところにある海辺の宿泊施設《ホリデーキャンプ》に滞在している人々の休息場所となり、その人たちを驚かせ、当惑もさせる。二人はそう言う。私はまだ誰の姿も見ていない。時期としてはまだ早すぎるからね。シーズンはまだ始まってないけどイースターまで待ってみればわかるから。二人は警告する。Ｒは頷く。Ｌは唇を噛み、口をぎゅっと結んで、自分の姿を鏡で覗き込んだ時だけそれを膨らませる。

私はその防波堤の上に登り、真っ直ぐに伸びる鮮やかな水平線を見据えた。太陽は中ほどにとどまり、遠くまで続く海岸線に沿って途切れることなく様々な間合いで波が砕け、そしてその海岸線にはさらに多くの防波堤が岸辺を分断するように並び、暗い色のブロックが砂浜と海に覆い被さっていた。水飛沫の薄い層が重なり合ってできた水面があちこちで空を反射し、水溜り上の空はところどころ楕円形の、卵みたいなかたちのまま、岩と岩の間に挟まれていた。時々太陽の光が水溜りを直撃した。

もう私のすぐ近くまで追いついてきているに違いないと確信して振り返っても、二人は私が最初にいた場所から進んではいなかった。二人は互いを見据え、Rは静止し、顔を前方に傾けていた。Lは、海に背を向け、身振りで何かしらを伝えていた。指は自由になると自らの意思で勝手に動き出し、丸いもの、角度のあるものが宙に描かれる。突然Rの手が飛び出した。あまりに速かったので、今でも私は彼女が彼を叩いたのかそうでないのか確信が持てない。でもその場面を置き換えようとすれば行為はほとんど凍るように固まり出来事は正方形に切り取られ、簡潔にまとまった一枚の絵画へと仕立て上げられてしまう。彼女の手が彼の顔の片側を覆っていた。身振り、多分抱擁。というのも私が思うに彼は彼女の腕を摑み、もう一度彼女に自分の方を向かせたから。私は大声で叫んだけれど、風がその言葉をねじり取って、緑色に汚れたその防波堤から湧き上がる暗い渦の中へそれを投げ入れてしまった。私が再び視線を向ければLは波打ち際を歩いていた。Rは階段の上に座っていた。私には今でも彼女が両手で顎を下から支えるように頬杖をついている姿が見える。その後で彼女は片方の腕を上の段に乗せてバランスをとったと思う。私が靴を、靴下を脱ぎ、慎重に防波堤の端の方へ移動し、Lと平行に並ぶと彼は立ち止まっていて、腕を上げ、目に入らないよう光を遮っていた、それとも手を振っていたのだろうか？　私は自分の靴下を上に掲げて、それが頭上で一つに織り合わされトビウオへと変身するのを見ていた。丸い鉄の構造物から吹き出した下水は、粘液の塊の中へと円を描きながら取り込まれるか、岩にぶつかった流木と継ぎ合わされ一体化するか、まるで地下からの誘導があるかのようにたまに位置を変える長方形に盛り上がった砂礫《されき》の上へと乗り上げるかした。

海の冷たさでどことなく麻痺した感覚はあったものの、私はLがすぐ近くに来るまでその場にとどまった。彼は震えているように見えたけれど、それは寒さや寒いという考えからか、またはひょっとすると向こう側の世界が、排水が岩の間を滴るもう一つの世界が見えてしまったからだろうか？　そこにいたのは子どもたち、最初私には見えていなかった子どもたち、それから周りにはいろいろなもの、その子たちが遊びに使っていた、とても大きなもの。作ったものが崩れたり、またはひっくり返されたりすると、すぐに新しいものが組み立てられた。その子たちは沈黙したまま遊んでいて、時々後ろに下がってはこれまでの成果を、またはこれからなすべきことを見据えていた。Lは私の足を見た。彼の態度は曖昧で、彼自身の内なる混乱で身動きが取れなくなっているようだ。私は彼にも靴を脱ぐよう言った。彼は顔をしかめ、寒いし、遅い時間になってきたと言って、低くなった太陽を指差し、来た方へと足早に戻っていき、決して後ろを振り向かなかった。海が足跡を辿れなくするまでは私は彼の足跡を辿った。

カマキリのように私はたくさんの気まぐれな悪巧みに覆い被さり、ごまかして遊ぶ。何が感じられるべきか考えたいという欲望を検閲しようとする数々の試み。これが最も困難。無意識の反応はすっかり慣らされ切っていて霊廟の一部を成すくらいだけど、感情が周囲のものよりも優先される時にはやわらかい物体をノミで彫って奇怪な形態の像が作られて。そんな時は思考が削られて散らばり、小さく切り分けた御馳走のように見物する人へと撒《ま》かれる。待っている。

その内側を外側に晒しながらどうやってかたちを見つけ始めるのか――再び始め始めるのか――ある記憶と婚姻関係を結び喜びを得るために伴侶の隣に横になる記憶をどうやって見つけ始めるのか？　達成は不可能に思える。[010]

習慣。二人の習慣に取り込まれるのはいとも容易《たやす》く。倒錯的とも言え。今日はRの誕生日。Lは彼女に二匹の金魚を贈り、以降彼は四六時中餌を与え、じっと覗き込み、猫をガラス製の水槽から追い払い続けているが、当初その水槽からは水が漏れていた。

数人の友人が夕食に招待され。Rが結婚する前に知り合ったカップルたち。招待客が到着する前Lは極めてヒステリックな興奮状態に陥った。どれもこれも正しいように思えず、すべてのものを変更し、逆にし、配置し直さなければならなかった。家具。食べ物。レコード、本、雑誌。照明。絵画。金魚の水槽の位置。Rは度々ワンピースを着替えた。私も一着貸した。彼女は持っているすべての宝石類をとっかえひっかえ身に着けて、私の安心させるような言葉を耳にするまでは髪型が決まらないと涙を流した。

招待客が到着する前に私たちはあの独特な暗闇に沈む部屋の中に座り、隅から投げかけられる光の下でなすがままに操られていた。影絵芝居の役者たちが姿を現わし、それぞれの回転式の舞台の上でお互いの解釈など気にも留めず、時にくっつき一緒になって、時に宙に放り出すようにしてその舞台を揺らしていた。私は待ち、厳選された色に染まるその小さな領域が、二人が昔から保持してきた原則に基づき作り上げたそれが、二人の言葉によって解体されていくのを聞いていた。

そしてあの人たちがやってきた。二人一組で。逐一細かく探り合い互いの外見の冴えないところを断罪しながら。最後の招待客が現れないとなってようやくLはその晩のお楽しみという誘惑に屈した。Rと一緒になって反抗的で、近寄り難い、一体感を演じた。すぐに全員が期待されるものになろう、期待されることをしようと気を揉み。まるで模範を示すためのトランプが二組あってそのどちらを選択するかの権利が与えられてはいるが、実際には姿の見えない第三者によって誤った方向に導かれてしまっているかのよう。

Lはテーブルの上座で手を擦り、自分とその仲間の男たちが企てるいたずらについて考えを巡らす少年のように含み笑いをしていた。会話の合間にシューッと音を立て、待ち、他の人たちがその合図を受け取ってくれることを期待した。大抵はRの「昔の恋人」によって遮られ、計算された巧みな話術で邪魔される。フランス語で。イタリア語で。葉巻は肥え太っており、リキュールグラスがそっと撫でられる——その脚の部分が。雰囲気が温かくなり、煙で満たされ、静かな音楽とキャンドルの明かりでぼんやりしたものになるに連れ、議論の場も寛容になって。

私は自分が話し、笑うのを聞いていた。テーブルで姿勢を正し。部屋を出たり入ったり素早く移動して。そして踊る。私はハイになりたかったけど、他の誰よりもハイにはなりたくなかった。Rは不安そうで、まるで何かを忘れてはいないか問い質そうとする、新しい人形をもった子どものような騒ぎ方をして、私たち一人一人がちゃんと決められた席に着いていることを確かめた。Lはその瞬間に、人に、主題に専念した。Rは彼が少しの間動きを止め、彼女のネックレスに、ブレスレットに、指輪に触れる時だけ笑顔を浮かべるということをよくする。そこにいる女たちを眺め、品定めもする。もしLがあまりにも長いことある一つの方向に彷徨い続けた時には彼女はタバコはないか尋ね、彼以外からの申し出を断る。彼は話し続け、宙に、テーブルの上に図を描きながら度々言葉を中断し、使い終わってからもずっとライターをカチカチさせる。Rは付け爪を見せびらかす行為や、美味しいものを一口ずつ食べる合間になされる、結婚前の思い出話のやりとりへと逃げ込み難を逃れ、彼女のレパートリーが尽きることは決してなくて、聞き手に選んだ者を誰でも親友にしてしまう。私は彼女の隣に座らされた。

この日の午後に化石の半分が見つかり、沈み彫りのそれは、岩から切り取られ、頬に当てればひんやりして。私の両手。彼の両手に添えて。

Lと川沿いを丘へと向かい遠くまで散歩、辿り着いたその丘で息も切れ切れになった私たちは仰向けで寝転んだ。私は彼の両手の、額の、湿り気が増していることに、彼の目の強烈さに、それが青くて、まるで変わり映えのない小石をたくさんかき分けた後に見つけた小さな宝石みたいだということに気がついた。私たちは何かしらの会話をし、何の話をしたのか正確には思い出せないけれど、でも唯一Lがとてもいいと思っていたあるフランスの本のことだけは覚えている。私もしきりに同意した。帰宅すると彼は一冊の本の元へと一目散に向かい、ほとんど勝ち誇ったかのように、これは自分が話していた本とは違うものだったと、宣言した。

金曜日

私の両手は拷問の道具。彼女の両手が蝶なのは、興奮していたり、狼狽している時。彼の両手は金魚に餌を与える。彼が部屋に入ったり、出たりする時は、長く伸びた草地のコオロギみたいに指が素早く動く。

車のバックミラーに映る彼の顔。パニック。スピードメーターの針は激しく振れ、戻り、また振れ、さらに弧を描き、まるで一旦美味しそうな餌が見つかれば、宙で動きを止め、それから素早く巣へと戻っていく一本の触手。

日曜日

午後はずっと包囲されたまま、新聞を交換して。私は次の記事を偶然見つけた。

「私は収容所《キャンプ》の所長の補佐官で、ただ自分の執務室に座って自分の書類仕事をしていただけです。信じられないかもしれませんが、私は収容所の中に実際に足を踏み入れたことは一度もありません」

「あなたは六万人の人間がその場所に閉じ込められていたということについて何かしら確認しようとはしなかったのですか？　その人々には休める場所があったのですか？　食事はどのように与えられたのですか？　給水設備はありましたか？」

「私は苦情を聞いたことなどありません」

「誰が苦情を伝えることなどできたでしょうか？」

「誰も中には立ち入ることが許されていなかった。そんなことしたら死刑だったんですよ！」

「この地図を見てください、その灰色の建物を、その中庭を見てください。あなたはそれについて知っていましたか？」

「いいえ。いいえ」

「あなたはその中庭に三台の絞首台があったことを知らなかったのですか？」

「三台の何ですって？」

「絞首台です。人の首を吊る絞首台です」

「私の窓からは見えませんでした」

「何かとてつもなく、とてつもなく間違ったことが行われていると感じたことは一度たりともないのですか？」

「私は何の質問もしませんでした。気をつけていたんです」

「人々が死ぬまで殴られていた時にあなたは何をしていたのですか？」

「私には知る由もありませんでした」

「あなたは一度もいわゆるウサギ狩りについて耳にしたことはないのですか？」

「ありません」

「あなたは人々が有刺鉄線のフェンスまで追い詰められて撃たれたということについて一度も耳にしたことはないのですか？」

「そういったことは一切私の記憶にありません」

「司令官はあなたに対して不満を抱いたりしていましたか？」

「そうですね、紙不足の時、私は自分なりのやり方で節約用の封筒を折っていたんです。彼は私に恐ろしいくらい腹を立てました」

「あなたはこれらの収容所は何のためのものだと考えていましたか？」

「私たちの国家の敵が再教育されている場所だと」

「あなたは到着した収容者たちの名前の載ったリストを目にしましたか？」

「そういうリストは複数ありました」

「あなたはいくつかの名前に黒い十字記号がつけられていたことを知っていましたか？」

「何となく覚えています」

「あなたはその黒い十字記号が何を意味していたのか知っていましたか？」

「いいえ。いいえ」

「それは帰還は望ましくないことを意味していました。あなたは収容者を立ったままの状態で閉じ込めておく独房について知っていましたか？　砂利採取場のことは？　あなたは配給が一人の男性が最大で三カ月間生き長らえるくらいに計算されたものであったことを知っていましたか？」

「いいえ。いいえ。いいえ」

「あなたはガス室があることを知っていましたか？」

「ええ。でも私にはそれについて話したりする理由もありませんでした」

「あなたの司令官に対して一度もなかったのですか？」

「彼は変わっていて近寄り難い人物だったんです。私は彼に質問するのを避けていました」

「あなたは特別処理が何を意味していたのか知っていましたか？」

「特別処理は殺人だ！　私はそのことにすごく動揺したんです」

「あなたは十六歳までのすべての子どもたちが母親とともに毒ガスで殺されることになるという規定があったことを知っていましたか？」

「私は子どもたちなんて見たことがないし、私は病気で、当時はひどく体調を崩していたんです、私にはどうしようもなかった、もし私がそれを通報したとしたら自分自身に対する刑罰まで自ら書類に記すことになったでしょう。私はただ外側からそのすべてのことについて書き留めただけです。それは私の知ったことではなかった。それは政治部の仕事だったんだ」

月曜日

はっきりとした吐き気が呼び起こすのはあの二人の営む生活において何らかの存在になりたいという欲望

だ、どんな存在だって構わない。あらゆる存在に。でも次は誰が行動する番?

Lが数日間留守にしていた間に金魚のうちの一匹が死んだ。Rは死んだ金魚を近所の家のゴミ箱の中に入れた。Lは帰宅し、入り口で少しの間動きを止めて、その場所を探り、その領域が自分が立ち去った時とまさに同じ状態であることを確かめるかのように、周囲を見渡した。彼はもう一匹が弱るまで金魚がすでに一匹いなくなってしまっていることに気づかなかった。Lは一日中何も話さなかった。彼はすっかり近寄り難い存在となった。

金曜日

私は壁の模様を縫うように辿る。すると枝が風に揺れ、そのせいでベッドの横で何かが上に持ち上がったり下におろされたりする——枝の影だ。隣の家の呟く声。バスルームに行けば何と言っているのか聞こえる。

今夜は反射した私自身の姿に石の壁の真ん中に刻まれた顔に驚き、しかしもう一度見た時にはそれを見つけるのは困難で。
無数の時間をかけてその日の行為を、反応を振り返っていると、閉ざされた場に辿り着き最終的にテントは暗闇の中で倒壊する。そして沈黙するようそそのかす二人の動き。二人の沈黙。思考が宙返りをすれば、そのうちくらくらしてきて私は眠りにつく。

自分自身もそうなのかもしれないと気がつくずっと前は代用品を愛するふりをすることについて思索に耽っていた。そうなのだ素質はあるのだ、物真似をするのは得意だし、感情は自己表現のための抜け道で、もし他の人たちがちょっと協力してくれようものなら、それはかなりやりやすくなる。歓喜の日々、でも瞬間ごとに断面になる感情。私はどうやったらすべてを説明し、明らかにして、ある種の明快さに辿り着くことができるのか？　これらのとてつもなく大きな、口には出さない思考の領域を塗り替えて。二人の声。願望充足——復讐？

火曜日

すべてのドアが開いたままでの忘却状態。二人の部屋へと歩いていく。彼女のベッドの上に横たわる。彼のベッドにも。目の前で向き合う鏡。Rの一番新しい口紅、ワンピース、たくさんの帽子をあらゆる角度で。彼女のクローゼットの片側はおもちゃでいっぱい。片目の取れた大きなテディベア。彼女が日記をつけていないなんて残念。手紙は直ちに破棄されて——自らの足跡を覆い隠す一匹の動物だ。まさに中産階級《ブルジョワ》の牙城と呼ぶに相応しいこの場所を危機に陥れたいという衝動に追い立てられて。以前はしょっちゅう軽蔑していたのに、すぐに理解し、ほとんど屈してしまったもの、それはまやかしに思える贅沢品《ぜいたくひん》とか、あの二人と一緒にいると働く生まれついて備わった直感といったもの。

ここでは私の夢が中断されることもあるのかもしれない。窓からは非常階段がよく見えて、開けばキーキーいって、ガコンとぶつかるエレベーターの音。Lの足音。Rの足音を識別するのはもっと難しい。ドアを椅子にひっかけて半分開けた状態で私は二人の部屋の寄木張りの床を、本棚の端を見る。芸術や、考古学に関するLの本、百科事典、それは受け継がれたもの。子ども時代は遊ぶ友達がおらず、というのも彼の育ての母が許そうとしなかったのだ、だから本が彼の唯一の相棒だった。王の地位に立ち彼は一人で遊び、夢を見た。人との交流というものはほとんど理解されることなく彼の再創造した世界には長い間存在しなかった。今でも彼には突然部屋いっぱいの大人の中に連れてこられた小さい少年のような魅力があり、目を擦り、目をぱちくりさせて辺りを見回し、自分がまだ夢を見ているのか目覚めているのかわからなさそうにしていることがある。彼は、実際には、ちょうど四十歳になったところで、髪は薄くなってきているけれど、それでもある種の美しさを持ち続けている。例えば襟足より上の部分のブロンドの髪だとか、手首だとか。Rは鳶色のヘアマニキュアを使っていて、髪を入念に巻き、そうやって日焼けしていない首のうなじを晒し、それは自尊心のために手入れされているもので、彼女は身をかがめ、まさにその場所に光が当たるのを意識しながら、彼が触れるのを待つ。二人のうち彼の方がちょっとした恋の戯れに手を出すことが多い、といってもあくまでも自然なかんじで。Rはいつも意識を張り巡らせ、手に、目に注意を向け、結論へと早急に飛びつく。すぐに赤面して——彼がどのくらいの時間私の手を握っていたかあなたは気がついた——あの人たちの子どもにキスをする時に何で彼はいつも私の方を見てくるのかしら？　Lは自分の鼻を叩いて、彼の目から下の部分で作るふざけた顔に、彼の腕の、足の伸ばし方に注目するよう注意を促す——まるで自分の生まれた土地以外の場所でいい鴨になったガリバーだ。

かつての私は自分自身が見せる反応に、返答に今よりも傷つきやすく、他の人が何と言うかだけを考えて、声の抑揚に、身振りに注意を払っていなかった。マイムのレッスンを一通り終えた後、それは仮面を被って行なうものだったけれど、私は多くのことが単に動きだけで説明できるということに気がついた。淀《よど》みなくほのめかして本当のことを偽るのは何て簡単なんだろう。動物が習性としてもつ緊張感、でも決してそんなに予測できるようなものではない。

私はほとんど影になったも同然だ。壁に登るように広がり、天井を覆い、徐々に縮小して別のもっと大きい影へと取り込まれていくようなそれ。私の部屋で。あの二人の部屋で。時々二人はラジオから流れるコンサートを一緒に聴こうと私を招き入れる。私たちはミイラみたいにくるまって横になり、天蓋付きの真鍮のベッドの上で何となく数インチずつ離れて、頭を背け、目を閉じる、するとつるつる滑る羽毛布団の感触。二人の温かさ。Ｒのブレスレットの音。大抵は一週間で少なくともコンサートを二つ。女子修道院学校時代、愛はキリストの腰巻きの背後に隠されたものを想像することだったのを私は覚えている。これも同じで想像するということだ。でもここで私は踏み込んで可能であるなら想像のまさに極限に至るまで浸ってみたい。別の水準を、さらなる次元を獲得するんだ、できれば私と一緒に二人も連れていって。でも感情はどれくらい遠くまで広がり得るものなんだろう？　とはいえ当面の間私は存在すること以外を、あの二人が生きているように生きること以外を求めはしない。

誰よりも早く起きた時は私は家の中で紅茶を飲む。Rは突然飛んで入ってくる生き物に怯《おび》え、その生き物が上から飛び降りてきて、暗闇の中で自分の顔の上を這っていくものだと思い込み、だから彼女は窓を閉めたままにする。この間彼女がカーテンを開けた時、私は彼女の右側の脇にほくろが一つ、左側の脇には以前の膿瘍の跡が一つあることに気がついた。光が飛び込んでくると彼女は身震いした。

Lは興奮を掻き立てる夢から起こされることの苦痛をスローモーションで再生することに喜びを覚えており、後から順を追って説明し、進むごとに身振りも交えて詳細に述べる。私たちの恐怖感が高まると彼は速度を速め、私たちがお互いの解釈を組み合わせようとすれば彼は同意してぶつぶつうなる。

木曜日

あの二人の生綿《コットンウール》の顔が、ジッパーの口が膨張し、萎んで、収縮するのを見るために。二人の塩の容器を窓から投げ捨て、防音の壁にドリルで穴を開けるために。

　この日の晩二人は大喧嘩《おおげんか》をしLは嵐のような剣幕で外へ飛び出していった。Rの声はまるでサイレン、エレベーターの音が聞こえた時だけ低くなり。Lはすべてのドアを開けっ放しで出ていった。彼は考えを改めたかしら？　私たち二人は少しの間動きを止め、頭を上にあげて、待った。彼女はクッションで体を覆った。私は彼女の腕を撫でた。その後私たちはLが戻ってくるまでお茶とお菓子を前にくすくす笑い合った。彼女の息はウィスキーとフランスのタバコのにおいがした。

　数々の感情は道具のように扱えて、あちこちに動かされ、落とされ、拾われるけれど、でも子ども用の一組の手袋みたいにいつもお互い繋がっている。

また別の週末。私たちは眩しい朝に乗馬に出かけ、Lは蘭の世話をするというので家に残った。私たちは振り返り手を振ったけど、彼は没頭しており、庭の小屋の中で背を丸めていた。私たちは笑って、馬の背に身をかがめた。Rの髪が彼女の馬のたてがみと混ざり合った。私は家に向かう道すがらのそのほとんどを先頭で走った。速くああもっと速く、Lが出てきて庭を横切るとRは叫んだ。私たち競争するために下に行くからあなたも見にきてよ。彼女は大声で叫んだ。私たちが砂の上の土手を飛び跳ねていくと彼は手を振った。私は後ろでRが笑い、甲高い声をあげるのを聞いた。Lが階段のところに立っているのに気がついて。一人の子どもが防波堤の上で凧《たこ》をゆらゆら動かしていて、風がそれを上へと飛ばしたかと思えばその後凧は落下し、うねりながら私たち目掛けて飛び込んできた。馬たちは驚いて飛び退《の》き、海に向かって駆け出した。振り返ればRが落馬したのが目に入った。彼女は転がり、立ち上がりかけたが、Lがやってくると同時に倒れてしまった。

一日中、そして次の日も、彼女は暗くした部屋で横になり、頭痛薬を服用してから次の分を飲むまでの合間に彼女は泣いて、Lの腕を、または私の腕を、手で探った。私たちは彼女と一緒に食事をして、ベッドの両端にそれぞれ腰掛け、そして囁くように話した。彼女はまるで水中にいるみたいに動き、頭を持ち上げ、腕を毛布の、シーツの盛り上がっているところで羽ばたかせた。Lの頭が急に動いた――おかしな音を立てる鳥の嘴《くちばし》。彼に向かって撒かれた小さく切り分けた御馳走をすぐには飲み込まず、蓄えて、その一方でまだ返せていないと思われる何かを探し回っている。手のちょっとした動き、彼の目の黄白色の斑点。Rが病気の間中彼がずっと履いていたガーデニング用の長靴、それには数カ月分の土がこびりついたままだった——誰かが少しずつ噛んだかのような白い跡が。

Rは二日間ずっと二階の部屋に籠もり、顔は丸くふっくらし、目は輝いていた。私たちは彼女の周りをクッション、雑誌、果物、お菓子で囲み、テレビを運び込み、そして私たちは一緒にそのテレビを見て、彼女の両側に寝転んだ。

病室の香り。日の出や日没時の看病する人の動き。中断中。その後彼女は起き上がって座ろうと決意し、上掛けで半身を覆って、庭で過ごした。Lは彼女に一匹のハムスターをプレゼントし、二人はそのハムスターを食事の時に机の上に放すようになった。昨夜Rが自分たちの新婚旅行について思い出そうと決めたのは、おそらく記念日だったからだ。その海外旅行についての一人語り、美術館や、教会を歩き回ったこと、当時Lがまだ文通をし、詩を送っていた女の子のこと。彼はその場でじっとして、ハムスターが私たちのお皿とケージの間を動き回る様子を静かに見ていた。ハムスターはその小さな黄色い体が横に伸びて膨れるまで頬袋に大きなトーストの欠片を蓄えた。それから急いでケージの中に戻り、保存食とするために巣の中に食べ物を吐き出した。Rがのんびり歩いていた時に私が一、二度Lを見れば、彼の目はどんよりしているようだったけれど、でもきっとそれは光だったのだ、彼がケージの扉を閉めていたあの瞬間、そして私たちはハムスターが後ろ脚で立ち上がり柵を引っ掻くのを見ていた。

　今日私はLの日記を偶然見つけた。頭痛、約束、図書館、夕食や昼食の日々。とりわけ変わったところのない日記で唯一不可解な黒い小さな十字記号、それはどうも何らかの暗号のようだ。私は机にコーヒーをこぼしてしまい、それが一枚のページに染みを作った。私はそれを慎重に拭き取ったけど、それでも薄く汚れが残ってしまった。すぐさま襲ってきた恐怖感、狂ったような動悸をもたらすそれと重なるのは、母親が保管していた箱からりんごや、花や、銀の三ペニー硬貨を盗んだ時に子どもが覚える喉を締めつけるような恐怖感、でもたくさん入っていたからお母さんは少しなくなってもきっと気がつかないよね？　私はほとんど知らなかったけど彼女は時々確認しており、クリスマスプディングの中の硬貨の分をちゃんと把握していた。その汚れたページをちぎってしまうのが最良の手だっただろうか、彼は気づかないかもしれない。一枚のページには黒い十字記号が二つついているっていうのに？　私は日記を引き出しの中に戻し、もう一度取り出して、ぱらぱら捲ってみたけれど、そのページは明らかに汚れていた。紙が薄く、もっともっと薄くなるまで、私の手が熱くなるまで、そしてエレベーターの音を聞くまで私はその汚れを擦った。私は日記を慌てて戻し、それ以降は思い切ってもう一度見ることもしていない。

Rの戸棚の中に私はある少女が写っている数枚の写真を見つけ、その写真はどことなくRを彷彿とさせるものではあるけれど、彼女ではないのだ、だって顔立ちが全然違うから。でももう一度見てみる必要があるだろう。Rを思わせる要素って正確には何なんだろう、その少女の立ち方、少し丸まった肩、彼女の顔の傾け方？　Rには姉妹はいない。もしかしたら親戚かも？　その写真がこんなにも私の興味を惹くなんて不思議だ。私は彼女に家族写真があるかどうか絶対に尋ねなければ。

四月

人に取り憑いた執念はどれくらい遠くまで広がり得るものなのか——想像に色をつけて？

暖炉の火の近くで過ごす晩、もやが低く立ち込め、そこからのぞく地面は中国の島々だ。何らかの光か、またはは空気によって活気づく探索される地域。訪れた国々、これから目にすることになる国々。今この瞬間のことを忘れないと誓いを立てる時はあれど、それがあの一瞬の閃《ひらめ》きと同等の現実感をもつことはない——思いがけず開いたドアが見慣れない場面に通じていて、目印になるような物事が徐々に蘇ってくる。その時に味わわれるのはノスタルジアのようなもの、正確に同じものになることはもう二度とない何かについてまさにその瞬間に得られる知識だ。イメージは凍りつき。上にも下にもいかないエレベーターの中で佇んでいるかのよう。

土曜日

私の提案でLは舞台を、両脇から伸びる階段のついたそれを、空っぽになったプール内に作った。私たち二人でそれぞれ短い台本を書いて、そしてRが気乗りしないながらもそれに参加する。進行するに連れ私たちは即興で演技をする。仮面を使った私のお気に入りの劇は私たち三人だけで行なうもので、そのうちの二人が一人を拒絶したり、またはそのうちの一人が二人を拒絶したり、または三人全員がお互い拒絶しあったり、等しく受け入れあったりするものだ。Lは彫像を何体かそこに下ろしてきて、整列させ、舞台の方を向かせた。私たちはマイムをして、歌い、その合間に踊り、花を放り投げたり、青銅や金属でできた彫刻作品、頭部のない数体も含めてそれらを覆う古い布を放り投げたりした。私たちが家を飛び出してそこに下りていけるとなればLはそれが嬉しくて仕方ないみたいだ。時には私たち二人だけで、仮面を交換し合い、彫像の後ろに隠れ、それと愛の営みをしているふりをする、そうしているとLの笑い声は大きく、どんどん大きいものとなってやがて暗闇が私たちを追い立て、家へと帰るように促す。

復活祭翌日の月曜日か、復活祭の日曜日だったか、私たち三人はとあるマイム劇を演じていて、それは私が概要を作ったものだったけれど、まさにその日私は影が、私たち以外の影が、地下の劇場の中へと入ってきたことに気がついた。私が顔を上げるとプールの縁の向こうに二つの顔があって、手で口を覆っているのが目に入った。RとLは身振りでの演技を続けており、互いの周囲を動き回っていたが、私たちの観客がいることには気づいておらず、やがて土の塊が私たちの頭上から降ってきた。Lは土を体から払い落として、階段を駆け上り、一番上でふらふら揺れ動いていた。何か生き物の仕業に違いない、あの猫か、穴を掘る動物だ。彼は結論づけた。花壇の近くに足跡が残っていたので、私はそれを覆い隠した。

週の半ば

ドアが風にぱたぱたと揺れる。梯子。梯子の半分が庭の小屋にかかっている。壁の上の蜘蛛。足を引っ込めて。星が星である場所、そして窓はガラスである。結局のところ。

ホテルの上の階の部屋、それは広大な荒野に面しており、その荒野にもやが立ち上ぼり、沈み、そして再び立ち込める中、窓を指でいじった。戸棚は折れ曲がったハンガーで埋め尽くされ、そのハンガーは逆向きにかかり。この場所は予約客で埋まっていると伝えられていたけれど、私たち以外誰も泊まっていないことがわかった。シーツは白い、でも黄色い。接客係が廊下を延々と足を引きずって歩く。バスルームの中で浴槽から出た時に私は一度誰かが中を覗いていると感じたことがある。私はLに違いないと思ったけれど、鏡の中には、あの年老いた接客係の窪んだ顔、唇の上の乾いた舌、私の目に向けられたピンク色の目。その後彼は私たちのベッドの間をうろうろして、Lがもう大丈夫ありがとうと無愛想に繰り返し述べるまでその場を離れようとしなかった。私の膝が、骨がマットレスの大きな塊の隣に並ぶ。私は聞いたことのない音を聞いた、そして静寂。Rの呼吸。Lの鼻音、絶え間ない寝返り。光が忍び寄り、鳥たちが小さく鳴き始めてやっと、私は断続的に息を止めるのをやめ、夢遊病という概念についてあれこれ空想に耽って、それでも実際に自分のベッドと二人のベッドを隔てるその空間の外側へ出ていったりはしなかった。でも悪夢を想像してみると？　叫び声を上げ、向こう側へと走り、Lのベッドに飛び込む、でもすぐにベッドの傍らの電気スタンドの眩しい光の中浮かび上がる彼の顔と向き合うことになり、まるで蛾が家の中に入ってきて、そっと捕まえられる時のように手が伸ばされ、窓が開きそれからRが言うのだ、大丈夫、ほらもう戻って、もう大丈夫だから、朝になったら何があったか私たちに全部教えて。

沈黙したまま私たちは誰もいない食堂で食事をした。重々しく過度に装飾の施された家具は古代の王様や女王様たちみたいに、自分たちの王国が侵略されたことに苛立ちを感じ。その間あの接客係は跳ね上げ戸のそばに立ち、私たちが食事をするのを見ていた。その後私は彼が紐で繋がれた二頭の大きな犬を連れて荒野を横切っていくのを目にした。昼食時彼は震える手で、充血した目で給仕をした。Rはあらゆるものがまともじゃないと判断し、接客係は咳をしながら急ぎ足でやってきて、去り、そうでなければ跳ね上げ戸のそばで縮こまり、一方私たちはコーヒーを、ブランデーを啜った。Lは機転を利かせておかわりをし、愉快な話を語ろうとした。それは私に父親と過ごした週末のことを思い出させた、というのもはっきりと間《ま》が空きそうになった時、彼は長い物語を話し始め、くっくっと笑い、私をその話に加わるよう促すのだった。私は今彼の姿をその時のまま思い浮かべているけれど、背はそんなには高くなく、太鼓腹なんじゃないかと気にしていて、使い終わったマッチの入った箱に新たに使い終わった一本を詰め込んでいる。腕時計を確認して、そして出発予定の何時間も前に駅へと急ぐ。そこで私は彼の娘ではなくて、多分愛人か何か、共謀してそういうふりをしようと詳細に説明した、たとえば立食用のテーブルに覆い被さるようにして、冷たくなった紅茶をかき混ぜてから、お母さんのことで感情的になるんだとか。そしてその後に彼女の出迎えを受けるのだが、彼女は改札口の向こうで待っていて、非難めいた顔はしているものの、でも心は決まっており、だから許してあげる、そういう恋人のような表情を浮かべている。その日どう過ごしたのかを細かく伝えないといけなかったけれど、私が思い出せたのはあの冗談だけだった。でも夜に彼女の隣の部屋にいると、彼の笑い声が聞こえてきて、彼が再びパイプに火をつけ、ツイードのズボンからタバコを払い落としているのが見えた。

私たちがホテルから去る時に私はあの接客係がパン屑を拭き取る手を止め、窓の方にやってくるのが見えた。どこかであの犬たちが鳴いていたが、それと同じタイミングで私たちは車のドアをバタンと閉め、スピードを出してその道路を、ポプラの並ぶその道を、走り抜けていった。ホテルはもやの中へと消えた。私たちは曲がる角を間違え、何時間もかけて道路標識を探し、地図を見るために車を停めた。そうこうしている間にもやが周囲に立ち込めどんどん濃くなり、私たちにのしかかった。Lの声は次第に大きくなり、Rはどんどん静かになった。私たちは結局ホテルへと戻り、もう一晩をそこで過ごした。前に私たちが使っていたテーブルはすでに整えられていて。私たちは別々の部屋をお願いしたけれど、ホテルの所有者はスタッフが不足していると説明し、そして私たちが一緒に過ごしていた部屋は準備が整っていたので……。夕食の後Lと私はチェスをし、一方Rは雑誌に目を落としていた。廊下、そして玄関から続く通路では、もやがすべてのものを包み、あちこちで時計がチクタク音を鳴らしていた。あの接客係は足を引きずりながら歩き回り、フケが両肩に、背中についていて、口の周りは花粉のような黄色いもので覆われていた。ココアを持ってきた時彼の背中は曲がっていた。彼が部屋から立ち去る時に私には彼が足を引きずりながら離れていく音が聞こえず、時々鍵同士がぶつかってガチャガチャいう音や、ぜいぜいいうわずかな息遣いが聞こえたような気がした。Mおばちゃんが客間のドアの外にいた時もそうだったが、彼女は鍵穴の高さまで体をかがめる必要はなかった。五歳の時の私の偉大なる野望は彼女よりも背が高くなること、自分でドアを開けることができるくらいまで背が高くなることだった。今でもその時のまま思い浮かべることができる彼女のチッチッチッと動かされる人差し指、紅茶に浸されたバター付きパンを口いっぱいに頰張ったまま彼女の歯がカチカチ音を立てる。私の父が家で休んでいたり、そろそろツアーに出るところだという時には、彼女はさくらんぼのブランデーや、ニワトコのワインを、思い切って飲んだりもした。彼女は丸テーブルの隅に、あの欠けていた隅の部分に座り、椅子の座面ぎりぎりのところに腰掛け、足を宙に浮かせたまま、口の周りについた食べ物の跡を拭うのだが、その部分にはうっすらと灰のような産毛が生えていた。私たちと一緒にテーブルを囲んでいる時には彼女は決してたくさんの量を食べなかったけれど、私は後で彼女が食糧棚からブリキの缶を取り出すのを見かけたことがあるし、それにビスケット、焼き菓子、砂糖菓子でいっぱいの紙袋を、彼女はとっておいて、ベッドへと持ち込み、齧ったりもしていた。お母さんはネズミが出るからとそうすることに強く反対していた。食べ物の欠片は床中それにベットの上にもネズミのフンと一緒になって散らばっていて、そのことが明らかになったのは家の中で唯一の切れ味鋭い包丁を——ハンドルの壊れたもので、私が隣の家の女の子を殺すと脅した時に使ったそれを、探していた時だった。

私はホテルの部屋のドアを乱暴に開けた。接客係は廊下の曲がり角へと消えていき、燕尾服が彼の曲がった脚の間でパタパタとはためいた。

翌日、眩しく、視界も良好、そして私たちが道の端の窪みのせいでスピンして、光と、木々の合間から降り注ぐ白くて催眠効果のある不思議な光と踊るように回転した時も、荒野は溶解した鉛となって一面に広がり。太陽はきのこ、盛り上がった茂みから生えて、そこにある葉っぱを金属のように光る表面の奥へと取り込んでいた。鹿が、驚いて、飛び跳ねて奥の暗い場所へと去っていったのは、Lがラジオの音を大きくしたのと同時だったが、Rは笑い声をあげて、ああ見てあぁぁぁあれ見てよあなたたちは見えたの——あなたたちあれが見えた——ああ何てかわいいの？　Lはハンドルに覆い被さるように前かがみになって、角を曲がる時にはブレーキをかけた。鏡に映る彼の顔は青白く、しかし目は輝き、正面の道路を見据え、誰かが目の前に割り込みそうになれば罵るような言葉を吐き、車体を寄せ、再び戻り、追い越せればいいのにと願うのだった。二人は途中どこに立ち寄って食事をするかについて言い争った。町を一つまた一つと通り過ぎ、一軒の狭苦しい喫茶食堂を除いて、すべての店が閉まっている小さな海辺の行楽地へと辿り着くまでずっと。私たちは背の高い椅子に座り、そして鏡を覗き込まないようにした。

目の前には言葉、名前、日付。ジグソーパズル、実は密かに暗記してしまっている、それでもばら撒いて、繋ぎ合わせるのをもっと難しくする――どのピースが厳密にどの場所に収まるのか？　衝突を引き起こすのは、手を引きたいという欲望が生まれそうな時。それでももし私がそうするとして――何だっていうんだろう？

馬鹿らしさ？

一冊の本。その見返しのページには、Lのものとすぐわかる横書きの書き込み。私から愛を捧げるあなたへ六月のあの日を偲んで。私はそのページを、さらに数ページを捲り、その本を下に置いて、もう一度開き、その書き込みをじっと見た。どの六月なのか、何曜日なのか、なんの理由で？　おそらく私が二人と知り合う前のいつかのことなんだろう——多分ある暑い夏の始まり、そこで二人は初めて出会い、ベッドを共にした？　その書籍にはシリーズで共通のカバーがまだかかったままだ。何ページか端が折られてはいるけれど新しい本に特有のそれを保っている——接着剤のにおい——あるいは日なたで乾かされた洗濯物。

昨夜二人は私をパーティーへ同行させた、二人の友達の主催するパーティーだ。中盤に差し掛かり、部屋が人で溢れていた時、私はRを探して辺りを見回した。家の中を探し回り、二階へと下りていって、ちょうどある部屋へと入ろうとすると打ち明け話をする時のような声色のRの声、力強く主張し、説得力に満ちたそれが聞こえた。廊下には何冊か本が置いてあり、私はその中の一冊を手に取って、そして聞いていた。男の声は低かった、といってもああそうだね、違うよ、あれは何でだったの以外に彼が発言することはほとんどなかった。Rが話し続ける中私はあの写真の謎に対する答えを見つけた——あの写真は整形手術で顔を変える前の彼女を写したものだったのだ。私は本を開いたまましゃがみ込み、部屋の入り口の向こうでソファーにもたれかかるRを、肘掛け椅子から身を乗り出す男を時々ちらちらと見た。なぜ自分の顔立ちを変えたかったのか彼女が説明を続けていた時だ、私からはRの顔は見えなかったが、その瞬間私がどんなにそれを見たいと思ったことか。でも君は今の自分を過去のありのままの君よりも美しいって思ってるんだよね？　男は尋ねた。ええそう思うわ、そもそも望む姿になることを選べない理由が私にはわからないの近頃ではそれを叶えてくれるサービスが提供されてるっていうのに。でも自分がどんな存在なのか自分で全然わからなくなったに違いないさ整形手術が君という個人を変えた？　そう思うわ。彼女はここで例の唐突な笑い声を発したのだが、それは彼女が退屈になって、話題を変えたいと思っていることをほのめかすものだった。もしくは彼女は単に不安になっただけなのかもしれない。階段上を動くもの、私にはLが下へとおりながら、飲み物を二つ持ってバランスを取っているのが見えた。彼は知っているのだろうか？

私たちが少し酔った状態でマンションの部屋へと戻ってきた時、私はRの顔をじっくりと観察した。肌はところどころ突っ張っており、口の周りには何かしらの圧力がかかっていて、もしかしたらそれが理由で彼女は笑顔を浮かべることが少ないのかもしれない。思い出す、子どもの頃、私が白い花を剝がしていくと黄色から徐々に水気を帯びた緑へと変わる層が見えたこと。Lはふざけて実際よりも酔っ払っているような演技をしたが、それがRをひどくイライラさせた、とりわけ彼女がパーティーの最中見知らぬ人物と一緒に過ごした時間に嫉妬するふりをした時には。彼女は自室の鍵を閉めた。Lはもう何杯かお酒を注ぎ、ジャズのレコードをかけ、そうやって私たちは踊っていたのだが、しばらくするとRが戻ってきて鼻を啜りながら部屋の入り口に立ち、頰をマスカラで汚していた。Lはふらふら揺れ動くように移動し、笑いながら、彼女を彼の部屋へと連れて行き、ドアを閉めた。私には二人がくすくす笑うのが聞こえたけれど、二人はまるでみんなのよく知るゲームをしていて、見つかってしまうと思って少しだけやましさを感じている子どもたちのようだった。あの喜びの中で起き上がり。そして沈黙。

暗闇の中、非常階段の輪郭、私は二人で共有した妄想の中で過ごした夜を選ぶ。空想したそこ以外の場所について、そしてベッド、床、壁の作る境界に置き換わる場所について。崖の先端、海は空へと溢れて。前後逆。膝をつき。犬みたいだ。彼は言った。腕が伸ばされ、体は弓のようにしなり、さらなる服従が求められて。そしてまるで波に呑まれたように転がる。波と一緒に。それは後でやってきて。その後もずっとやってくる。階段で、電話ボックスで、公共の場でお前を犯したい。縛りつけて、それでみんなにお前を見せて、犯させて、好きなようにさせて、それからお前を鞭打って、舐めて、また犯す。そこにいる全員で犯してやる、暗闇を急ぐ電車みたいに。そして彼は私の乳首に唾をつけ、私にもその存在を感じさせた——雨でべたついた芽。私たちは暖かく湿った場所に寝転がった、その日一日そのにおいの中で、彼のにおい、私のにおい、まるで水のよう、花はそこから取り除かれてしまっている。そのにおい、動き、言葉の内側で。触れる感覚は強風にさらされている木々、人目を引くほどにピンと真っ直ぐ立ち、その後ぽつんと残された木々のよう。でも待って。熱気の中ぴちゃぴちゃと音を立てて、その硬さを、柔らかさを。低い笑い声が叫びに変わる。何度やったって一度も同じ流れを辿ることはない。変化するリズムはお互いの多様な側面を暗示していた。あるところでは休憩して、他のところの速度を上げるように促す。無限に続いていくみたいだった。接近しては。それに対して抵抗が起こり。引っ込めてしまえば端から転落するだけ。ぶら下がって。まるでマンゴーが切り裂かれるみたいに中を覗かれて。広げられ。しずくが滴り。白く、濡れていて、積み重なった寝具の上からかすかな光を放ち。服の山が、噴火によって生まれた島々のようにあちこちに点在し。朝は体を寄せ合いごろごろして、半分寝ぼけたままで。触手が。舌が巣を、貝殻を見つけた。早朝の光が間に降りてきて、灰色は地中へと沈んでいった。指が円を描いて回転する太陽をいくつか摑んだ。再発見された領域のつるっとした表面を複数の月が反射していた。お互いの肋《あばら》から這い出て、半ば消化してしまった緊張を葬り去った。ある世界はお臍くらいの小ささかもしれない。脇くらいの。裂け目も同様に探索され、感嘆の声が漏らされて。成り行き任せのダンスの表現。糸で空間に吊るされ、別の空間が獲得されていく、それはまるで打ち寄せる波の力だけで移動する砂粒みたい。洞窟からいやいやながらも這い出て、そしてものすごい光を見つけて。私たちの感じた印象を室内の壁に刻んで残した。兆候があれば容赦無く追及される、だってまるで一面真っ暗な海の上に唯一投げかけられた一筋の光の中で浮かび上がっているも同然だから。口の中の髪の毛――束になった海藻。水飛沫が肌に。指先に。足を下ろし、岩の間に身を置けば、空気と暖かさだけが待っていて、私たちを乾かそうとしていた。

あの二人の属する次元の狭さが私を恐ろしい無気力状態へと引き摺《ず》り込む、あらゆるものが解放として歓迎されるだろう時だというのに。二人がお互いを左右に揺すって壁にぶつけ合ってもその壁は二人を跳ね返し元の状態に戻すのだ。

その日の午後古いバッグがRのクローゼットの奥に。もしかしたら手紙かもと期待したけれど、指は何か柔らかいものに触れた、動物の毛皮のようなもの、それは髪の毛だった――いくつもの暗い色の毛の塊。

火曜日

Rの整骨医がやってきて、彼女が服を脱いだから私は部屋を出ようとしたけれど、彼女からその場に残るように、椅子を持ってきて、彼女の隣に座っているように頼まれた。半裸の彼女を見るのは変な感じ、私が思っていたよりも胸が大きい。整骨医が叩いたり引っ張ったりすると、彼女はうめき、うなった。彼女がうなればうなるほど、彼はますます笑みを深くし、頷き、息を切らして、彼女に覆い被さって喘いだが、その一方で彼女は折にふれて身を捩り彼の手から離れようとした。彼女の目はぐるぐる動き、噛んだ唇から流れた少量の血が顎についている。整骨医は実技に妥協がなく。機敏なのに重さのある動き、作法。私は彼の両手が必要のない部分まで触っていたと後から聞いて驚いた——でももちろん、彼は絶対にそうだとは認めないとRはあわてて付け加え多分彼自身に自覚がなくて、それにあなたが一緒にいた間は彼も何もしなかったのかもしれないわ。彼女は私も施術を受けるように勧めた——数日後にはとても気分が良くなるの。その時に私の印象に残ったのは料金を請求する時の整骨医の静かで揺らぐことのない手際の良さだった。小切手を何回か確認するのだが、その様子から私が鮮明に思い出したのはあの精神科医たちの顔、大きなマホガニーの机の向こう側に陣取るそれで、彼らを前に私は糸を紡ぐように、子ども時代、恋愛、何で私が赤ちゃんを養子にすることに懐疑的なのかについて詳しく語ったのだった。彼らは私が何を話そうがそんなこと実際は重要じゃないと私と同じくしっかりわかっていて、お金が手元にやってくるのなら、それはすでに解決済みも同然のこと。でもその長引くゲームは続き、そこでは決まりきった質問が問われ、養子縁組についての、避妊についてのお説教、それらが永遠に繰り返された。私が過去実際に何人の男と寝たのか質問することで彼らはほとんど倒錯的といえる満足感を得ているみたいだった。数々の告白をすれば彼らはまるで寄生虫のようにそれにはっきりと群がるようになったが、それはどうやって、そしてどこから人工中絶のためのお金が支払われることになるのかについての質問も同じだった。「トラウマ的な経験」という言葉は宗教的な意味で言い渡されそれがおそらく後に乗り越えることになる私の問題なんだそうだ。でも自分の体を再び取り戻したという紛《まご》うことなき安堵の感覚をどうやったら伝えられるだろうか、彼らが組み立てたコンピューターシステムから切り離された自由の中で正常に働いていた精神と関係しているあの感覚を。Rは、言うまでもなく、そういう諸々のことには反対だし、まさにそういう考えが彼女を恐怖に駆り立てる。もし彼女が知ったとすれば彼女はどう反応するのだろう？　それからLは？　もし自分たちに子どもが一人、男の子が一人できたなら、その子をクローヴィスと呼ぼうと二人は決めている。

Rは不妊治療院へ行くのをやめてしまっていた、というのも専門家の方がそれよりも有益だと思ったのだ。あるインド人の霊媒師、友人の一人に勧められたその霊媒師が、二年後には子どもができるだろうと彼女に告げ、その言葉が彼女をしばらくの間は慰めていたものの、それも彼女が再び彼に会いに行った時、彼がそのセッションの最初に彼女には二人の子どもがおり再び結婚することになりそうだと発言するまでの短い間しか続かなかった。彼女は精神分析医との面談を予約し、その分析医が彼女には母親固着が見られると言うと、それで彼女は笑ってしまった、だって彼女は自分の母親のことを専制的で我慢ならないと思っているのだから。彼女は自分というものに耽溺し始め、そして精神分析の時間になると表面的な態度だけは興奮したようになった。彼女は彼のことを魅力的だと思っていて、毎回のセッションの後には、彼について詳しく話した。数日前に彼女ははっきりとわかるほど青白い顔で帰ってきて、ほとんど何も話さなかった。何で心理療法に行くのをやめたのかLが尋ねると、彼女はああ実のところ彼はそんなに腕がよくなかったのよ――お金の無駄だったわと答えた。彼女はそれ以降ずいぶん静かになって、外出の誘いはすべて、買い物や映画でさえ断っている。Lが、笑いながら、彼女は精神分析医に恋していたんだと言った時、彼女は激怒して、猫と部屋に閉じこもり、それは夕食の時間の前まで続き、その夕食の席で彼女は脇にまた膿瘍ができ始めている気がすると言って、翌日はベッドで寝たままで、医者と会うことも、Lが見に来ることも拒んだ。私は咳と、胸に痛みを覚えるようになったけれど、Lがものすごく不機嫌で接し方に注意が必要な時にその症状はすごくやっかいだった。だから私は体調をよくしようと決めて、でもおしろいをいつもよりたくさん顔に乗せるのに細心の注意を払ったりもして、そして口紅をつけるのをやめればその効果は絶大でそうすれば十分すぎる哀れみを引き出すことができる。二人は私がものすごく青白い顔になっている、もしかしたらある程度長い期間田舎で過ごす方がいいのかもしれないと騒いだ。全体的な安堵の感覚が今や家の中全体に広がりRは戸棚からスーツケースへと飛び回っているし、それからLは本を何冊か鞄に詰め、昼食の予定や、その他の約束も取り消し、明日は早い時間から行動しようと目覚まし時計をセットしている。

三日間雨。Lはその大抵の時間を蘭とともに過ごし、庭の小屋の中をゆっくり歩き回り、食事の時間にはぼんやりした表情で、テーブルの上に図鑑を広げている。一方Rは休むことなく部屋の中を動き回り、家具の位置を変え、町にいる時にはめったに会わない友人たちに長距離通話をし、週末に遊びに来るよう誘っている。私は海岸沿いを散歩し、防波堤まで足跡を辿り、到着するとそこに隠れるように身を置き、サギが闊歩し、貴族のように気取ってカモメを無視するのを目で追う。そこよりも、さらに遠くにあるまた別の防波堤の向こうでは、男たちが網を引き寄せ、黙って、ゆっくり、人々の好奇心をくすぐる抑制的なダンスを踊るように体を動かしていた。私は後ろに立って、彼らが引っ張っているのを長い時間見ていたが、彼らがとうとう網にかかった獲物の周りに集まると、一匹の大きな魚が宙に、男たちの頭よりも高い位置まで跳ね、激しく身を捩り、そして落下し、折れた魚のヒレに埋もれてバタバタ動き、網の中で血が流れ、一方で男たちはタバコを回し合い、そして振り向き半開きの目で私を見るのだった。

今や三カ月間二人の人間と暮らしていることになるけれど一向に近づいたりはしていない——近づいたりは。開始前からすでに作戦は難航している。答えなんてないように思える。だけどでも……。

ルースは写真の上にかがみ、ネガを手に取り、それを細かく破いて、灰皿に入れ、マッチをつけた。炎が燃え広がるのを、写真が丸まるのを見た。彼女はベッドの上で膝をついたが、その側には一枚の鏡が、ブラシが置かれ、それから猫が寝ていた。彼女が窓を開け、燃えカスを捨てると、灰はヒラヒラと飛んで、辺りに散らばり、通りに舞い落ち、その落ちた先では新聞が側溝に引っ掛かりパタパタ音を立てていた。一人の男が向かいの建物からこちらをじっと見つめ、タバコを一本放り投げた。彼女はカーテンを閉め、ドアを開け、レナードの部屋の前で聞き耳を立てた。彼女は音を立てないようつま先で歩いて戻り、毛布の下に潜り込んだ。自分自身に、そして猫に触れ、猫を持ち上げその頭を彼女の肩の上で休ませた。彼女は白いカーテン越しに一方向から差し込む光をじっと見た。ベッドサイドの明かりをつけ、鏡を手に取り、自分の口を見て、いろいろと髪型を変え、三つ編みを作り、口を開いたまま、そして閉じたまま笑った。寝具を放り投げ、寝間着を脱ぎ、自分の胸をじっと観察し、鏡を手に取って胸に向け、指を舐めると乳首を擦った。

レナードが枕を増やして上半身を起こし、図鑑のページを捲れば、何枚もの蘭のカラー写真が目の前に広がった。彼はすべてを脇へ押しやり、毛布を頭まで被って、膝を上げ、手は枕の下に忍び込ませた。暗闇を見つめた。彼はラジオを手探りしてグラスを倒してしまい、罵るような言葉を吐きながら彼はウイスキーが机の上に広がっていくのを、カーペットの上に滴り落ちるのを目で追い、ハンカチでそれを拭き取り、動きを止め、顔を上げた。ルース君《きみ》かい——ルース？　彼はドアを開け、パジャマを直し、ドアを蹴って閉めた。

カーテンを開き、腕を広げ、窓いっぱいを覆うようにしながら、頭を窓ガラスにつけて、目を閉じた。首を何回かひねり、窓を開け、上を見上げ、下の広場に目線を移せば柵の向こうでは鳩がベンチのそばをよたよた歩き、芝の上で椅子がいくつか倒れていて、それとは別に真っ直ぐな背もたれのついた鉄の椅子も池の水面から飛び出していた。彼は一人の男がポスターを貼っているのを目で追った。飛行機が上空を通過し、さらに上空へと昇り、残された白い飛行機雲が建物の向こう側へと消えていった。彼は胸を掻き、ベッドへ戻り、図鑑を一冊手に取り、ぱらぱらとページを捲り、閉じた。ドアを開けた。ルース紅茶を飲むかい？　彼は彼女の部屋のドアを軽く叩き、ハンドルを回した。寝てるかな？　彼がかがむと、彼女はぶつぶつと何かを呟き、身を捩り、瞬きをした。紅茶を飲まないかい――よければ僕が淹れてくるよ？　うぅうんいいわねよく眠れた？　そうだねまあ眠れたよ君は？　かなり遅くまで眠れなかったの。あの日記帳を読んでたのか何か面白いことが書いてあった？　あなたが言ったように読みにくかったわひどい悪筆ね。見つからないかな何かもしかしたら……。そういうものは特には――ないわやっぱり特にないわね――準備しながらボーボーに餌をあげてくれないレオンそれからあなたはいつもそうするけど紅茶はあまり濃くしないであと砂糖もたくさんお願いね。わかったよ何か食べるものは？　トーストがあれば嬉しいわ――今何時？　まだ早い時間だよ新聞だって届いてないんだ――変なにおいだな燃えてるとかそんなような電気毛布がついてるのルース？いいえほらボーボーを連れていって。彼女は猫を持ち上げ、彼に渡したが、猫はそこから勢いよく離れ、元いたベッドの上へと飛び乗った。見ただろ彼は僕のことが嫌いなんだよその動物はさ。馬鹿ね彼が嫌うなんてそんなことあるわけないじゃない可哀想に言葉を話せない生き物が人間を嫌うなんて何でそんなことできると思うのよレオン仕方がないわね彼のために何かこの部屋に持ってきてくれない——お願いよ？　君は自分の髪に何をしたのかなルース？　何で何かおかしいかしら？　三つ編みだよ君ったらああやめて違うんだ僕は……。そうしておけば髪が絡まないの——もうあなた早く行って紅茶を淹れてよすごく喉が渇いたわ。彼女はあくびをし、シーツを顎まで引っ張り、目を閉じた。彼はベッドの端に座り、部屋を見渡した。彼女は彼を見ながら、半目になって、そしてため息をついて寝返りを打ち、頭を枕に、猫に擦りつけた。ほら行ってよあなた。彼はかがんで、彼女の首に触れる。彼女はすぐに体の向きを変え、腕で顔を覆いながら、もう片方の腕で胸を隠した。おいおいいつも何も着ずに眠ってるのかい？　そうじゃないわ——違うのよ夜はなんだか妙に暑くって、風邪の引き始めかもしれないわ。そうじゃないといいけど——さて……。彼は立ち上がり、出ていった。

彼女は毛布の下を手で探り、寝巻きを身に着け、そして髪をほどいて梳かした。数冊の日記帳を引き出しの中に仕舞ったが、もう一度取り出し、そしてそのうちの一冊を開いた。彼女はページを一枚ちぎり取ろうとしたが、レナードが現れたのでそれをまた引き出しに戻した。二人は紅茶を啜り、新聞を読んだ。ここに書いてある男は妻を殺した後で自分も死んだんだとテープに遺言を残していたんだどうやら検視官はなぜその録音が証拠として認められないのかわからないと言ってるらしい。でも何で彼は彼女を殺そうとしたの？彼女がドアをバンバン叩きながら走り回るのをやめなかったんだ。何てことなのレオンそんなにも狂った人たちが存在するなんて可哀想な女の人そんなことだけで殺すだなんて信じられない。その男は近所の人からは落ち着いていてとても静かな人物だと証言されてるよ。ああ大抵そういうタイプの人がこんなことを仕出かすのよそれはともかくあなたは何でこんなに早くからそんなぞっとするようなものを読み上げたの？ほらテープっていうのでさ……。彼女のテープのリールはあと何本残ってるのレオン？　二本のはずだよ。念のために一通り聞いてみた方がいいと思う……。あなたは彼女があなたに恋をしていたと思うほらその……。一体何でまたそんなことを言い出したんだルース？　だって考えられることだしあなたってばなんだかんだ言って魅力的なのよたくさんの若い女の子があなたのことを見てくるのを私は知ってるんだからあなたも気がつかなかったふりなんてしないでよ。否定するつもりはなかったよ。実際あなたはどのくらい昔から彼女のことを知ってたの前から――ほら私が彼女と出会うよりも前からでしょ？　正確には思い出せないな僕のところで仕事をするようになってそうだな一年とかそのくらいだな。彼女が一度その中《ちゅう》ぜ――中絶をしたんだって知ってた？　いつ？　彼女がここに来る前よ実際はそれが彼女に起こったことで私たちがすっかり信じてたあの病気じゃなかったの。何とまあ。それだけしか言うことがないのレオン？　何を言えっていうんだい君がそういうことには反対だっていうのは僕も知ってるよでも彼女はいろいろな意味で現実主義的な子だったじゃないか。彼はさらに読み続け、ページを丁寧に捲った。彼女は枕に寄りかかり、カーテンのひだをじっと見ていた。紅茶のおかわりはどう？　いいえ大丈夫。濃すぎじゃなかったならいいんだけど。問題なかったわ。どうしたんだいルースまた頭痛かい？　少しだけ。薬を飲む？　いいえそのうち引くから。それなら僕は出ていくねできればもう少し眠って。彼は彼女の額にキスをし、彼女は腕を彼に巻きつけた。彼は彼女の方に体勢を崩した。レオンレオンあぁぁぁあなた。何だいどうしたの？　ああ何でもないの。君はいいにおいがするな。やめて……。何をやめてほしいの？　私は頭がああああなたやめて……。僕は君が欲しいんだルース――ルース。ああもうだめだって言ってるじゃない。彼女は体を捩って離れベッドから半分滑り落ち、震えていた。彼は彼女の背を持ち上げ、脚を開かせた。やめてレオン今はやめて――こんなふうにするのは。彼は体重をかけ、彼女の顔に、口に、胸と胸の間に自分の体を押しつけた。泣かないでシィィィほら。彼は指で彼女に触れる。レオンあなた以前にしたこと……。シィィィほら君はこれが好きだろこんなふうにそれからこんなふうに。彼女の腕が広がり、彼は彼女の両脚を持ち上げ、彼の背中にかけた。彼は何回かビクビクと震え、倒れ込んだ。彼女は横になったまま動かず、伝う涙は彼女の口の中へと流れていった。すまないルース僕は……。いつもそうレオンいつも――タオルを取ってきてくれるわよね？　彼は転がってベッドから降りた。すまないだけど……。もういいわあのタオルを取ってよそこの引き出しに入ってるやつ。ここにはないみたいだよ？　それならバスルームから取ってきて。毛布を頭から被ったまま、彼女はうずくまり、体を後ろに、前に揺らし、そしてシーツの湿った部分から脚をどかした。ほら持ってきたよもしよければ僕が君の体を拭こうか？　いいえそれをこっちにちょうだい。彼女は彼からタオルを引ったくってゆっくり擦り、脚の間は素早く、それから体の残りの部分を拭いた。彼はベッドの脇に立ち、ぐったりとした様子で、傍観していた。目を離す。顔はほてり、額には汗が流れているが、さっきまでは血管も浮き出ていた。彼女はタオルを体から離しそれを彼に手渡した。それなら君が少し寝られるように僕は出ていくね気分はどう？　ええそうして。ああルース……。肩をすくめながら彼は出ていった。

彼女はドアを、壁を、絵画を、窓を見て、枕を一つ手に取るとそれをカーテン目掛けて投げつけた。

彼は口笛を吹いて、ゆっくりと服を着ると、鏡に目を凝らし、歯を入念に観察し、ネクタイの並ぶ場所をじっと見た。彼はそのうちの一本をさっと摑み取って、そしてシャツの首元に合わせ、別のものを試し、首を伸ばし、ぶつぶつ言って、そのネクタイをピンで留めた。図鑑を手に取り、恐る恐る眺める写真に写っていたのは栗色を帯びた濃い紫色の蘭で、それはカップ型をしていて、無数のひだがついており、葉は一枚で、分厚く深緑色をしていた。ため息をつきながら彼は図鑑をテーブルの上に置き、振り向いて反射した自分の姿と向き合った。

彼女は羽毛布団を叩いて整えた。引き出しを開き、一冊の日記帳を引っ張り出すと、ぱらぱらと捲り、空白のページを開いた。彼女は文章を書き始め、時々手を止め、ペンの上部を口につけて、それから書いたものを読み、ところどころ横線を引いて消し、その後も素早く書き続け、しばらくしてページの一番下に辿り着くと、彼女は慎重にインクを乾かし、日記帳を閉じて引き出しの中に戻した。鏡台に向き合い彼女は化粧下地を、パウダーを塗り、瞼を引っ張って細い黒のラインを引き、それぞれ端は線を少し上向きに曲げて、それから緑のアイシャドウで陰影を作った。彼女は口紅を探してトカゲの革が張られた箱の中を探り、使われて小さくなった口紅の蓋を何本か外して、深紅色の一本を見つけ、それを上唇に突き刺し、下唇に押しつけた。鏡を傾けながら、彼女はまっすぐに背筋を伸ばして座り、背後の書き物机の上に飾られた一枚の写真を、教会の玄関ホールで撮った彼女とレナードのそれを、鏡越しに見た。

彼は窓際に座り、パイプをふかしていた。通りがどんどん混雑していくのを、道路の両側のバス停で列ができていくのを見ていた。広場にはすでに女たちが集い乳母車に覆い被さったり、離れたりして、それから杖を持った年寄りがベンチへと足を引きずって歩いて向かい、ポケットの、紙袋の中からパンくずをを取り出し、鳩へと撒いていた。突然彼は窓を上に引き上げ身を乗り出して、口を大きく開け、きつくそれを閉じた。彼は急いで部屋から、家から出ていき、エレベーターの扉が一度で閉まらず大声で悪態を吐いた。彼は左を、右を、道路の向こうを見て、通りを駆けていった。曲がり角で彼は動きを止めた。そしてゆっくり歩いて戻る中、コートを着ず、スリッパ姿の彼の姿を列に並びながらじろじろ見てくる人々から顔を背けた。窓辺に立つルースの姿が目に入り彼は手を振ったが、彼女は背後に退いた。道路の清掃人はくつろいで、静かに笑っていた。レナードはそっけなく頷いて、そそくさと回転扉を通り、エレベーターに乗り込み、その中で髪を撫でつけ、周囲を囲む金属の壁に映り込むぼんやりとした自分自身の姿に目を凝らした。

ルースは牛乳のボトルを手に取った。何があったの……。彼女の姿が見えたって思ったんだ――たった今あの通りを横切ったのは絶対に彼女だと思ったんだよ――同じだった――全部――でももちろん……。もちろん彼女じゃなかったの彼女だったなんてあり得ないでしょレオン。わかってるけど何てことだ突然それが目に入ってとてつもない衝撃だった――だってそうだろ死んだと思っていた人間が目の前に現れるなんてそれに……。そんな格好で外に飛び出すなんて本当に信じられないあなたみんなが何て思うと？　時間がなかったんだ――確認しないとって……。あなた本当におかしいわよ彼女だったかもなんて考えるなんて信じられないだって――だって状況的に……。彼女の歩き方とそっくりだったんだほらあの一歩が大きくて左右に揺れるような足取りとか頭の動かし方とかそれに髪型まで。あなたのお父さんから手紙が来てるわよレオン明日うちにやってくるんですって。勘弁してくれよ。お茶は少なくとも一緒にとるつもりよ前回みたいな彼のあの芝居がかった愚行には付き合わないんだから子どもみたいに振る舞って心底我慢ならないわあの映画の最中もあんなふうにげっぷやあくびを繰り返しておなかがイタタなんて大声で叫び続けたり映画なんて全然観れたもんじゃなかったしそれにあなたの育てのお母さん彼女あんなに彼に媚《こ》びちゃって少なくともこの家では彼のお茶を砂糖で甘ったるくしてかき混ぜたりなんてさせないわどうしてなのほとんど労働者階級の習慣じゃない。彼はもう歳なんだルースだって八十五歳だよ。彼は昔からずっとあんなふうでしょあの子どもの頃の写真ったら当時ですら明らかに甘やかされてそれを当たり前だと思って。二人は廊下で互いの周囲を動き回り、彼女は牛乳のボトルを摑んで、彼は壁に寄りかかって座り込んだ。ドアを引っ掻く音に二人は視線を上げ、顔を見合わせた。あの猫だわちょっとレオンあなたドアを開けっ放しにしたでしょ。知らないよ――思い出せない――僕は……。ああ可哀想なボーボー何てことなの見てよ彼嚙まれてるじゃないこの可哀想な耳を見なさいよ。彼女はボトルをレナードに渡し、猫を持ち上げた。急いで何か持ってきて何てこと可哀想なボーボーきっと道の反対側のあの意地悪な猫の仕業ねどういうわけか家から非常階段に逃げたに違いないわ。彼女はバスルームに駆け込んだ。まさか僕のハンドタオルを使うつもりじゃないよねルースおい本当に頼むから僕のハンドタオルはやめてくれよ？　黙ってこれはあなたのせいなのよあなたがドアを開けっ放しにしたの彼の可哀想な耳を見なさいよ全体が嚙まれてるんだから。彼女はハンドタオルでそっと押さえ、チッチッと舌で音を立て、その間猫は彼女の腕の中でおとなしく横になっていた。あそこの猫には容赦ないね君の猫の方が最初にもう一匹を攻撃したに決まってるよ。もちろんそんなことないわよボーボーは全然獰猛じゃないもの。ところで親父からの手紙はどこだい？　あなたの机の上。彼はぎこちない筆跡で書かれた文章にさっと目を通し、その手紙を引き裂いた。彼は窓の外に視線を向けた。通りは人がまばらで、あの道路の清掃人はさらに先の方へと往復し、柵の向こうの公園の管理人と会話をするため立ち止まった。レナードは机に近づき、一冊の本を開き、それを閉じて、さらに数冊の本を手に取った。ちょっと図書館に行ってこようと思うんだ。ああちょうどいいわそれなら買い物もしてきてよリストを書くから獣医を呼んだ方がいいかしらボーボーの耳ったらひどい嚙まれようなの。彼はすぐに元気になるよルースあっという間に治るさ。

買い物袋を脇に抱え、彼は閲覧専用図書館のドアの前で立ち止まり、向きを変えると、通りを足早に歩いて進み、横断歩道を横切り、公園の入り口を通り抜けた。彼は女と、子どもと、乳母車でいっぱいの中央園道を避けた。木々の下を通る狭い小道を進み、湿った芝生を横切り小さな湖へと向かえば、そこでは白鳥やカモが岸辺近くを泳ぎ、投げ入れられた椅子を迂回していて、ぬかるみの上に散らばる椅子の何脚かは、壊れ、緑色の塗料がところどころ錆びていた。空に浮かぶかすかな黄色の輝き、湖の向こう側の街のその輝きを背景に、木々は暗さを増す灰色の中へと枝を広げ、薄い霧の中を雨がゆっくりと舞い、湖の滑らかな水面を乱した。コートの襟を立て、彼は一人の小さな少年がおもちゃのヨットを捕まえようとするのを目で追った。ズボンの裾を捲った彼は、一切れの棒で、その小船を引き寄せようとし、一方少年は傍らに立って、手を叩いて叫び声を上げた。突風が吹くと、その小さな船は回転しながら向きを変え、湖の真ん中へとひょこひょこ遠ざかっていった。レナードがぬかるみから岸のコンクリート部分まで必死に戻ろうとしていた時、その少年が泣き始めた。一人の女が大声で叫び、二人のところまで芝生を走り駆け寄った。今や人けのすっかりなくなった公園全体を雨が吹き荒れる中、彼はポケットからスカーフを引っ張り出し、首の周りに巻いた。彼はオークの木の下に逃げ込み、おもちゃの小船が転覆するのを見ていた。

ルースは日記を閉じ、それをレナードの机の上の書類と、本の山の下に戻した。猫が、ぴくぴく体を震わせながら、眠っている椅子に近づいた。彼女は猫の耳を見て、ため息をつき、彼を撫でた。レナードの部屋でベッドを整え、図鑑を手に取り、一枚の蘭の写真を、そのオレンジがかった濃い赤色の分岐する葉脈、五本の隆起した黄色い線が入った花盤、両側にはそれぞれ短い五本、それらすべてがガラスのように透明な毛で縁取られているのをじっと見た。別のページには暗い色の丸い輪っかのついた蘭、横に並ぶ濃い紫の二つの目のついた複雑な唇弁の基部。彼女は図鑑をベッド横のテーブルに置き、低い位置にある備え付けの棚を見つめ、壊れた小さな彫像の破片を摑み、それから彼女はそれを丸く重ね合わせた手のひらの上に拾い集め、組み立てようとしたものの、いくつか不足している部分があるせいですべてを繋ぎ合わせることができないことに気がついた。彼女はそれを元の場所に戻した。窓を閉め、乳母車を引く女たちが広場から屋根のあるバス停へと駆け込むのを目で追った。彼女は部屋の中をゆっくりと動き回って、様々なものを手に取っては、元の場所へと戻した。彼女はウイスキーを注いだ。居間で彼女はタバコに火をつけ、炎が持ち手の端に届くまでマッチを摑んでいた。ラジオをつけ、スイッチを切り、手紙をまとめたファイルを開き、それをぱらぱらと捲り、また別の、そしてさらに別のファイルを手に取った。机の引き出しを開き、たくさんの書類の間をがさごそと探り、手紙の束を引っ張り出した。一枚の写真が落ちて裏返しになると、彼女は膝をつき、そしてその写真をひっくり返した。

彼は素早く公園を離れ、店の軒下で雨宿りをした。通りからは歩行者が消え、年老いた男が一人だけ補聴器の展示会のサンドウィッチ看板を身に着け体をかがめており、彼は歩道を行ったり来たりしながら、頭を、口をマフラーで覆っていた。一匹の小さな犬が彼の背中を追っていた。レナードは飛び出し、早足で通りを歩いた。閲覧専用図書館で彼は何冊か本を広げ、椅子を引き、その向かいでは老人たちが雑誌を開いてうとうとしていた。

併設された資料館内で彼は剝製になった動物、怪物、鳥、魚、爬虫類を展示するガラスケースの迷路を彷徨い歩いた。レナードが姿を見せるとガラスケースの背後でカップルが互いから体を離し、もっと大きな展示ケースの裏へと移動したが、彼にはガラス越しに少女の背中が弓なりに反るのが、並ぶ蝶の羽の向こうで、男の手が彼女の髪を撫で、そしてさらに下の方へ向かい、彼女がくすくす笑っているのが見えた。彼は陳列室を一つ二つと通り抜けたが、そのうちのいくつかでは学生たちが模写を、職員たちが隅で居眠りをしていた。女たちの集団がガイドの後ろをぞろぞろ歩き、レナードは脇に避《よ》け、彼女たちに道を譲った。通り抜けたうちの数部屋は他よりも暗く。人の少ない部屋で彼は腰を下ろし、《聖アントニウスの誘惑》の絵画を離れたところからじっと見た[011]。彼は近づき、細かいところまでじっくりその絵を吟味していたが、後ろからさっきのガイドの声が聞こえるとその場を離れ、あの女たちの声が、笑いが、辺りに響き渡る中、中央階段まで歩を進めた。

玄関の鍵をガチャガチャ回した後で彼はベルを鳴らした。何てことあなたずぶ濡れじゃない足を拭いてね一体全体どこに行ってたのそれに頼んだものも買ってないんでしょ？　ひどい雨だったんだルース僕は……。でもあなた図書館には行かなかったのねこんなに全身ずぶ濡れなのよ？　散歩をしてたんだそれでこんな目にごめんよ買い物できなくてほらあのまた後で行けるかもしれないからさ？　お昼ごはんに食べるものがないのそれに明日にはあなたのお父さんが来るのよだから家でケーキを食べることになるじゃない彼がいつもどんなにガツガツ食べるのか知ってるでしょ。こんな早い時間からお酒を飲んでたのルース？　少しだけね体が温まるからあなた何でそんなことわかるのよ？　少しにおいがしたんだほんの少しだけね。レオンあなたが作ったあの小さな彫像はどうしたの？　何でまたそんなことを訊くんだい？　あなたのベッドを整えていた時にふと思ったの机の上になかったから何となく気になっただけよ。壊れて――そう壊れたんだ――落っこちて。でも粉々になってたのよまるで……。ああじゃあ君はあれを見つけたんだね？　まるで踏みつけられたとかそんなふうだったわよレオン？　ほらそんなにいい出来じゃなかったからね。あれはあなたの自信作だったと思ったけど？　そうだったかな――ところで猫はどんな具合だい？　思ったよりも大丈夫そうね具合もそのうちよくなると思うけどあの人たちの猫ったら怪物ねほらあなた着替えた方がいいわ全身びしょ濡れよああお昼ごはんに一体何を食べたらいいのかしら。缶詰なんかでいいさルース心配しないでそれから夕食は外で食べるのでいいだろ？　あなた午後は仕事をするの？　多分ね——何で？　一緒に映画に行くのはどうかなって思ったのあの映画がやってるし……。僕たちのビデオを観るのもいいんじゃないかなルースしばらく観てなかったし昔の思い出に浸ってさ？　あなたがそうしたいなら構わないわこのひどい天気の中外出する必要もなくなるし。

暗闇の中で彼女は部屋の真ん中に座り、一方彼は映写機を操作していた。スクリーンは白い壁の一画。二人は、無言のまま、映像の中で自分たちが様々な友人たちと一緒にいたり、リビエラで、風景を眺め、車に乗り込み、降りて、カフェに座り、海へと歩いていくのを見ていた。花の、蘭の、彫刻のスチール写真が何枚か。そのうちの数枚は上下逆さま。くそおかしいな——ちょっとだけ待っ——ああよし直った。ビキニ姿の少女の映像、彼女は砂の上で顔を下にして寝そべっていた。これは誰なのレオン？　ごめんこれをかけるつもりじゃなかったんだわからなくなって間違えてちょっと待って変えるから。いいのよそのままにして彼女を見たいから。見てよ彼女の歩き方ルース僕が今朝見た女の子とそっくりだ。彼女はあなたがこれを撮っていることを知ってたの？　思い出せないな。一度もカメラの方を見ないなんて変だわ彼女の顔がいつもカメラとは違う方向を向いてるの。彼はスイッチを切った。ええこれで終わりなの？　そうじゃないけど。でもじゃあ残りは何が映ってるのレオン？　たいしたものじゃないよ蘭だけさそれと親父の彫刻がいくつかね。ねえあなた他に私たちが映ってるものはないの私が撮ったマイム劇は？　そうだなここのどこかにあったはずだええとどこにいったんだあああここだ見つけたぞ。あなたすごく変よレオン今のあなたの挙動あのフーリガンたちがやってくる直前もそんなふうだったわ。何てこったほら彼女の動きを見てよルース彼女ったらあんなふうにしてどんな役にだって入り切るんだ。そうね彼女にはそういう能力があったわねあなたすごく身長が高く見えるわレオンあのにやっと笑った顔の仮面を着けてそれにあの彫像も何でかいつもより大きく見えるし。君のフォーカスの合わせ方が少しずれていたんだと思うよルース。ほらあなたが突然マスクを取ったわ彼女は着けたままねちょっと見てよあなたったらお腹を抱えて大笑いしながら彼女を見てたわ彼女は全然気がつかないの彫像の間を縫うように進んでるあぁ何てことここで止まってるわちょうど彼らが入って邪魔した時ね他にはもうないの？　ないよこれで全部だ写真を映したいなここのどこかにあったはずだあそこだあったよ。それでこれは何ていう名前なの？　これはグラマトフィラム・スクリプタムだよ。何ですって？　モルッカ諸島の人々はこの種子から絶大な効果があると言われている媚薬を作るんだ。本当なのあなたはその蘭を持ってるわけ？　いいや持ってたらよかったんだけどねこれは美しい標本なんだこの唇弁と葉脈を見てよ。これはひどい臭いがするやつじゃないでしょうねあなたが持ってるものにそういうのがあるじゃない？　ああ君が言いたいのはバービゲルムのことだね。私が言ってるのはドアが開くたびに揺れる茶色がかった紫の毛が生えているあれよ私をぞっとさせるあれああ気味が悪いそうねもしもうこれで終わりなら紅茶を淹れるわ。もっと大掛かりな換気扇を設置しないといけないな空気をよく流せるようなものでもっと簡単に扱えるものがいい新しいバスケットも必要だあの少年に夏は植物を窓のすぐそばに置かないように忘れずに言わないといけないな少なくともガラスから一フィートは離しておかないとあまりに強い光に晒すと葉が焼けて傷んでしまうあの間抜けには何回も指示を繰り返し言わないとならないんだ彼は本当に頭の回転が鈍い。彼はテープのリールを片づけながら、ぶつぶつ独り言を言った。窓のそばにあった一本で手を止め、フィルムの端を床の上にたなびかせたまま動きを止めた。彼女の手元でコップが、お皿がカチャカチャ音を立てた。ねえその映写機を移動させてよあなたが今見ているそのリールは何なのまだ他にも蘭があるの？うぅぅぅん。何て言ったのそのフィルムって蘭しか写ってないの？　頷きながら彼はフィルムを巻き取った。次の夏はどこに行きましょうかレオン？　さてねそれについてはまだ考えてなかったよ――どこに――君はどこに行きたいの？　灰色の家《グレーハウス》以外ならどこでもいいわ。そうか僕はある程度の時間を確保してそこで過ごそうと思ってたんだ植物たちも庭に出したいし僕が交配したものがどんなふうになってるのか見たいしね。週末だけならいいわそれ以上はやめましょうよだって……。少なくとも二週間は必要だよルース。そうなるとあなたのお父さんが来たがるじゃないそれにJだって――あなたにとっては問題ないかもしれないけど私はあなた以上にあの二人に我慢して付き合わないといけないのよそれにあなたの育てのお母さんはずっと文句ばかりはっきり言って彼女もどんどんひどくなってるじゃない今じゃすっかり宗教に嵌《は》まっちゃって。それにあの壁も修理したいんだ。彼女は絶対私たちを改宗させようとしてくるに違いないわある意味では子どもがいなくてよかったのよね子どもがいたら今以上に彼女に干渉する隙を与えてしまうだろうし彼女のあの意地の悪い言葉ったらもう少なくともあなたのお父さんはそんな言動はしないわね彼女に意地悪くされてるっていうのに。僕の机を片づけたのかいルース？　少しだけね誰かがしなきゃならないんだから紅茶が冷めちゃうわこっちに来て座ってよそれからうろうろ歩くのをやめてよね言わせてもらうけどあなた時々年配の女の人みたいよレオン。このファイルを見てたの？　どのファイルのこと？　彼は一冊のファイルを持ち上げ、机の周囲を動き回り、そして彼女に顔を向けた。何かを探してたの？　何の理由があって私があなたの身の回りのものすべてを調べたりするっていうのよでも何でそんなふうに訊くわけあなた何か隠さなきゃならないことでもあるの？　違うよ――違うよただ僕はものを触られるのが嫌なんだ君も知ってるだろ。それなら普段からもっと自分の部屋をきちんと片づけておけばいいのにあの女の人がその場所を掃除する時に何て思うかわからないんだから。二人は沈黙したまま座り、コップの方に体をかがめた。

レストランで二人は隅の席に着いてメニューを眺めており、その間接客係はレナードの後ろに立っていた。ルースは顔を上げ、ネックレスを、ボタンを指でいじり、レナードがワインのリストを頼んだ時には接客係に笑いかけようとし、レナードはもらったリストを見ながら長い時間をかけて選んで、その間接客係は片方の足からもう片方の足へと重心を移動させた。ルースは椅子の背にもたれかかり、他のテーブルを観察したが、紫色の椅子に座る人々の頭は、前方へと傾いているか、それぞればらばらな方を向いていた。男たちは体をリラックスさせ、葉巻を頼み、吟味をして、接客係がそれに火をつけた。女たちは笑い声を上げ、慎み深く笑顔を浮かべ、誰が自分たちの仕草を眺めているのか周囲に目を光らせていた。今見るのはやめてねでもあなたの真後ろの一番奥の壁際の席にいるのはマーフィー家の人たちだと思うの。君本当かい？　彼は振り返った。彼女は唇を結び、顔をしかめた。あの人たちも私たちのことを見たわ知ってて私たちを無視してるのよ。考えすぎだよルース。そんなことなら私たちもあの人たちに後で挨拶するのはやめましょう……。おいおいそんなふうにするもんじゃないよ。彼は笑顔を浮かべ、頷き、グラスを持ち上げた。彼女ったらすごく気まずそうよそれに彼女のあの馬鹿みたいな笑顔ったら本当に。ルースはグラスを持ち上げた。そのうえ彼女何てひどいワンピースを着てるのかしら彼も太ったわねちょっと彼女のあのわざとらしい笑顔を見てよ。彼女は自分の料理に集中した。あの人たちのことを見続けるのはやめてよレオンどうせ気がついたらいつの間にかいなくなってるわよ。接客係が再びワインを注いだ。ルースは笑顔を向け、彼は一歩下がり、流れるようにスイングドアの向こう側へと去っていった。あの彼女のひどい笑い声すごく下品よね爵位をもった家の生まれだなんて誰も信じないわよ。彼女はさらに後ろへもたれかかり仄《ほの》暗い壁の窪みへと身を潜ませた。彼は素早く食べ、ワインを一杯また一杯と飲み干し、新たなボトルを注文した。彼は体をもぞもぞさせて、両足をテーブルの下で絶えず動かしていた。あのねルース僕はいなくなってしまって寂しいんだ——ほら僕たちと出かける時彼女はいつも陽気で一緒にいて楽しい人だっただろみんなもよく言うようにさ。でも彼女あの時なんかは飲みすぎてほら中華料理の時それでトイレで食べたもの全部吐いちゃったのよもったいないそれにその面倒を見なきゃならないのはいつも私なの。たった一度だけじゃないかルース君《きみ》はいつも誇張するね。どんな人とでもいちゃいちゃして接客係の人たちとまでよそれに芸術についてあなたたち二人で長時間議論してたけど彼女は芸術なんて興味なかったわでも少なくとも私たちと一緒にいて彼女も絵画のことをちょっとは学び直せたわよねああよかったマーフィー家の人たちが帰りそう。彼女は頷き、笑顔を浮かべた。彼は近づいていった。彼女はタバコを一本取り出し、接客係の方に差し出した。彼女が横目でレナードを見れば、彼は笑い声を上げ、頭を仰《の》けぞらせ、葉巻の申し出を受け入れていた。

ナイトクラブで二人はフロアショーを見た。肌と同じ色のタイツを纏い、スパンコールで体を飾った若い女たち、そのうちの一人がレナードに覆い被さるようにかがみ、唇を尖らせ、素早く離れた。ルースは彼が後ろを振り返り、火のついていないパイプを握るのを見た。その若い女たちが踊りながら捌《は》けると、バンドがワルツを演奏し始めた。踊らないレオン？　丸く区切られた狭い空間の中で、二人はお互いの体に、周りのカップルたちにぶつかった。これ私たちのあの曲よあなた覚えてる？　何ていう曲だっけ？　ああ私も思い出せないわでも素敵よねあなたが私を初めてデートに誘った時よ？　うぅぅん。彼女は目を閉じ、頭を彼の肩に預けた。彼は他のカップルたちを、パートナーの目を見つめる若い女たちをじっと見ており、蝶ネクタイを着けた男たちは、背中の開いたワンピースに身を包んだすぐ目の前にある肉体を抱きしめ、首に、耳に鼻をすりつけていた。背の低い男たちが背の高い若い女たちと、後ろへ、前へガクンと動く。スポットライトが剝げた頭部を照らした。接客係たちは柱に寄りかかっていた。音楽がどんどん速くなるリズムと一つに溶け合った。カップルたちはさっと離れると、体をツイストさせながら遠のき、また近づいた。レナードは左右にスイングしながら進み、一方ルースは両腕を前に突き出して、頭を素早く回転させた。この曲の間はちょっと座って休むよ。えぇぇそんなこといわないでよレオン素敵な曲じゃないそれなら私がやってみせるから見ていてね。彼女は体を後ろに思い切り反らせ、肩をぐいぐい動かし、手を自分の体の、そして彼の体の周りで揺らした。彼はゆっくりと腰を揺らし、その場にとどまったが、彼女の方はますます素早く体を振り回し、集中した表情を浮かべた。彼は彼女の顎についた口紅の汚れをじっと見た。彼女の口は開き、目は閉じたままで、髪はほどけていたが、バンドが演奏をやめてもなお、彼女は踊り続けた。息を切らしふらふら揺れ動きながら彼女はレナードの方へと近づいた。最高よ——私を抱きしめて——私を抱きしめて——抱きしめて……。彼は彼女の手を取りテーブルへと連れていった。彼女は倒れるように座り込み、ブラジャーのストラップを直し、髪を整えた。彼に火をつけてもらおうとタバコを一本前に差し出す時彼女の手は震えていた。ねえ次の飲み物はどうする？　君はもう十分飲んだと思うよルース本当に君だってわかってるだろそんなことしたら朝が辛くなるんだから……。そんな少しだけだからブランデー一杯だけよいいでしょ？彼女はグラスに息を吹きかけ、足をコツコツならし、そして目を閉じたまま、彼女は微笑んだ。あの初めての晩みたいもちろん今と違って当時の私はすごく内気で緊張してたけど。彼はパイプに火をつけ、それから椅子に沈み込んで、椅子を傾けたまま、彼はあの若い女たちがやってくるのを、大きな扇子越しに目で追い、すると彼女たちはその扇子を体から離すように大きく振って、再び自分たちの半裸の体を覆うよう元に戻した。それで私は眠っちゃったのよね覚えてるレオンだからあなたが私を車から降ろしてくれたじゃない？彼女はくすくす笑い、目を開き、グラスを手に取り、彼女は彼が前屈みになって、ネクタイを緩めるのを目で追った。彼女は一本の造花に手を伸ばした。あの子たち微妙よねひどい脚の子もいるし。ええそうなのかなルース他の店よりはいいじゃないか。バンドが最後の曲を演奏した。あの若い女たちが前方へと進み、頭を下げ、ウィッグを投げ飛ばした。人々は大きな声を出して賞賛し、喝采をあげた。ルースは笑い転げた。何だこれはこれを最高だってこの上なく最高だって考えたようなクソ野郎どもめ。想像してよ私と別れてあの中の一人と付き合ったとしてねレオンハーハハハハハ可哀想なあなたそしたら騙されたって思うでしょ――あぁぁぁぁぁぁ可笑しいあぁぁぁぁあなたが何て滑稽に見えるか。その男たちは身をくねらせて下がりながら、自分たちのウィッグを、扇子を高く掲げた。彼女は輪っかになった煙を吐き出し花に吹きかけた。

車内ではラジオが鳴り響いていた。二人が曲がりくねった、濡れた通りをゆらゆらと通過していく最中、雨が屋根に、窓に吹きつけた。彼女は脚を膝掛けでくるみ、目を閉じていた。起きて君ほら起きるんだ着いたよ。うぅぅん――ああレオン私自分で思っていた以上に酔ってるみたいどうしようもうやだ。彼は鋪道で躓《つまず》く彼女を支え、回転扉を押さえた。守衛は玄関にいて、おやすみなさいと言うと、エレベーターの扉を開けた。廊下で彼女が壁に寄りかかって、くすくす笑えば、涙が両頬を伝い、おしろいで覆われた肌に染みを作った。どうしよう私あの若い女の子たちのことがどうしても頭から離れないの彼女たちが出てきてそれであなたがそこにあなたがいてあなたはあぁぁぁどうしてあぁぁぁぁ。コーヒーを飲むかいルース？　あぁぁぁぁ。彼は彼女の部屋のドアを開け、彼女をベッドに下ろし、そこに彼女が横たわると、ワンピースが膝の上まで捲れた。ベッドの脇で、彼は見下ろしていた。彼女は突然目を開けた。何であなたは私をそんなふうにじっと見るの何かあるの？　眠っていると思ったよコーヒーを飲むかい？　そうね。ワンピースを下げ、彼女は鏡を覗き込んだ。何てこと顔がぐちゃぐちゃだわどうしよう何てことかしら。彼女は仰向けになり、手で鏡を覆った。

彼はベッドの端に座り、カップを見つめていた。レオンあなた妄想したりするその――つまりその私とベッドの上で愛し合う時とかあのほらするのかなって？　ちょっと思っただけ卑猥なことじゃなくてねあなたひどくいやらしいこととかじゃなくて例えば――例えば。そういうことについて君がどう思うかによるけど。どんな妄想なのレオン？　そんな僕にはわからないな場合によるし……。何によって決まるの？　雰囲気かな。誰のことを考えるの――誰を――あなたが……。そんな特定の人っていうのはいないよルース君《きみ》自身はどうなの？　そんな一度もないわよだっていつもあなたよあなただけつまり女ってそんなこと普通しないものなのよそうでしょ自分たちの恋人とかそういうもの以外の姿を思い描くなんてでも教えてレオンあなたは何を考えてるの私たちがベッドの上で愛し合う時あなた言うでしょ続けてねえ教えてよルーシー教えてくれないのくれるよねくれないの？　彼女はベッドの上を這うように移動すると、自分の顔を近づけ、彼の顔の真下から見上げた。彼は彼女の鼻を撫で、唇を引っ張った。そんな無理だよその時のことなんて何も思い出せないよ。彼女はしてたのよレオンひどいことをねそうでないとしても少なくとも彼女がベッドを共にした相手はそういう妄想を口にしてたのよ多分そうしないとできない人もいるのね何かを埋め合わせるようなものなんだと思うけど。うぅん君はどうするもし僕がそういうことをしたらほらそんなことを口にし始めたら。例えばどんなことレオン？　彼女は彼から離れ、自分の指輪を見て、そしてその指輪を外した。犯してやりたい？　そんなレオンそんな言葉を使うのはやめて本当に不快だわ。それだって他の言葉と同じ一つの言葉だよ——それは——そうだな直接的なんだ彼女だってそう言ったんじゃないかと思うけど。とにかく私はその言葉は好きじゃないの。彼女はワンピースをのそのそとたくし上げて脱いだ。彼は仰向けになって天井を見た。ねえお願いあなた脱がせてくれない？　彼はベッドに膝をつき、彼女のブラジャーのホックを外すと、両手で彼女の体を抱え、胸を持ち上げた。体の向きを変えて彼女は彼に覆い被さった。まるで踊ってるみたいだ。彼は上の方で彼女が身を捩るのを目で追った。片方の乳房を手で捉えて彼は吸い始め、そしてもう片方をぎゅっと摑んで、彼は彼女の顔が歪むのを、赤らんで、皺がよるのを見ていた。彼女はもがいて逃げようとした。笑いながら彼は自分の両足を彼女に巻きつけ、彼女の太腿に押しつけた。彼女の頭が左右に揺れ、髪が彼の顔にかかった。今何を考えてるレオン？　何も考えてないよただ感じてるだけさ君は？　こうしている時のあなたは赤ちゃんみたいだって。今はそれ以外の何者でもないさうぅんおおああ。彼は喉を鳴らし、吸い、もっと強くぎゅっと摑んだ。ああやめてよあなたったら痛くして私に傷をつけてるのよ私は肌が弱くて傷つきやすいこと知ってるでしょ。彼女はとっさに体を離した。見てよあなたがやったのよ血が出てるじゃないもう本当にレオン何であなたこんなことするの？　体を硬直させ、彼は枕を口に入れた。ただあの猫みたいに……。何ですって——何て言ったのレオン？　何も——何も。もううんざり本当にうんざり。彼女は着たままだった残りの服も脱ぎ、だるそうに鏡台まで移動した。ほらやっぱりあなたのせいで血が出てるじゃない見てよこれ紫色のひどい跡があちこちについてるでしょ。彼女はベッドに体を向けた。うめきながら、彼は寝返りを打って腹ばいになった。あなたは時々獣みたいよレオンあなたがあんなふうに……。なら他の人を見つければいいじゃないかルース気立てがよくて優しくて愛情深くて紳士的なそんな坊ちゃんを。本当どうしたらそんなことが言えるわけレオン？　彼女は寝巻きを摑んで引き寄せた。ああ最悪タバコがなくなっちゃったあなた持ってない？　いや持ってない。あのフランス製のやつも残ってないの？　ないよ。ねえお願いなんだけどあの角の自動販売機まで行ってきてくれない？　わかったわかった。コートを着てよあなた風邪を引くからそれからドアのことも忘れないでね二度とボーボーに外に出て欲しくないじゃない鍵は持った？

彼は玄関でたじろいだ、というのも何人かの酔っ払いが、肩を組んで、大声で叫びながら通りを横切っていたのだった。その人たちの姿が見えなくなるまで、笑い声が小さくなっていくまで彼は待ち、それから足を踏み出し、ゆっくりと通りを進んだ。バス停にいた一人の女が言った。ねえあなた今夜家に来ない？　彼は首を振った。彼女は肩をすくめると道路の向こう側の屋根のあるバス停へと歩いていった。彼はコインを自動販売機に入れそれそれを叩いたり蹴ったりした。何も起こらなかった。彼がしゃがみ込むと、雨が彼の顔を伝った。

彼女は頬に、鼻に、そして首にクリームを伸ばし、ブラシで髪を梳かした。彼女はラジオをつけて鏡の前で踊った。笑い声が聞こえ彼女は窓の方へ向かった。向かいの建物に明かりがつくと、一人の男がそこに立っていて、笑顔を浮かべながら、彼が手を振った。彼女はおののき、カーテンを閉め、部屋に向き直り、丸めた手を体にぎゅっと押しつけた。

彼は公園の柵のそばを歩いた。園内から飛び出ている枝が雨粒を滴らせた。横断歩道に設置されたオレンジ色の信号が無人の道路に光を放ち、反射で輝いた。歩道に響く雨の音、それから家に戻る彼の重たい足取り、手はポケットに突っ込んだまま。守衛の犬がキャンキャン鳴いて、ドアに体当たりをした。エレベーターのうなる音、ブーンと音を立てそれは減速した。彼はルースの部屋のドアをコンコン叩き、少しだけ開けて、そして閉めた。物音を立てないよう彼はそっと映写機の準備をして、一本のフィルムをセットした。一人の少女が、全裸で、海から姿を現わして、髪が顔にかかったまま、彼女は近づいてきて、そして顔を背けた。タオルを手に取り、風に靡くように広げた。彼女の背は真っ直ぐで、つま先は砂の中で丸まって。隆起する砂、防波堤の近くでは砂に波の模様が刻まれ、彼女はその防波堤に寄りかかり、タオルで体をくるんだ。スローモーションのようにゆっくりとカモメが円を描くと同時に彼女は再び近くにやってきて、体の半分に巻いてあるタオルをぎゅっと摑み、仮面で顔を覆っていた。彼女は踊りながら海辺へと遠ざかり、そこでタオルと仮面を投げ捨て、大波に飛び込んで、水面から顔を出し、髪とそれに絡む海藻には水飛沫がかかった。映像は減速した。彼が壁に投影された四角い光をじっと見れば、その真ん中には毛のような黒い染みがいくつか浮かんでいた。彼はスイッチを切った。暗闇の中で彼は腰を下ろし、両手で顔を覆った。

　海の音。
滝
木々は
風に吹かれ。
車の行き交う
夜の時間帯。
水溜まりの
中に浸かれば。
湿った晩。裸で
シーツの下。枝を顔に変えていく。
見知った顔
知らない顔。一つまた一つと顔が上書きされ
変形し。幻覚が
降りてきて。
林檎。半分食い荒らされていて。

フードを被った
頭蓋骨たちが
頷く。手が合図を送る。声が呼びかける
口の中から
その口は開いていない。目は砕け
その結果
切り裂かれた
薄い灰色の繊維の層になって色々なかたちを形成する。円を描いて動く。
雨が
水面に接触し。
唯一の羽音を鳴らす一匹のアオバエが
突撃するのは
自分自身の影。一匹のカニが棒切れの上に登り
ふらふら揺れ動き
落下した。大慌てで岩の方へ逃げた。二人の影でカニが進路を変え。斜め後ろへ戻った。彼はそれを押し潰

した。彼女は叫び声を上げながら崖の方へ走った。彼は彼女を追ってどたどた走った。横向きになって。
一匹の熊が
後ろ脚で立ち。カモメの鳴き声に反応し。砂の城
人型の像
要塞。潮が満ちた時には脚を開いて。日光の降り注ぐ日々
その後
草の中で。
雪の上
尾根。転がっていった。その丘を下りたところで
木々がいつも待ち構えていた。秘密を握っていた。
秘密
学校をサボった日々のこと。
松かさ
塔
どんぐり。それで目を。葉っぱでワンピースを作り。その村の教会に入るのは収穫時期だけ。ステンドグラス

光
花
傾いた先に。カビ臭い
においの
干からびた葉っぱ。湿り気。あの薄暗がりの中で。
お墓には
肥大化した苔。野生の花は
風から守られ、広がっていた
丘の向こうまで。
彼は私を愛している彼は私を愛して
いない
私を
愛している
いない
いる

いない。いない？　草の葉が
落ちる
指の間から。ネックレスを編み直し。そして光を放つ
一本のキンポウゲが
収まる
顎の下。彼の顎は前に出ていて。彼女のは
引かれていて。動きの色づく
今。水中の小石
取り出し
じっと見て。初めて星を見た時のように。歩いて
果てしなく続く
明かりの灯されていないあの裂け目を進み。彼女の涙
我慢してこらえ。彼は劇場の中に消えていき。ちょっとした口喧嘩よいい子ねあなたのお父さんは少し動揺
しちゃったみたい理由はよくわからないけど。広大な空
彼女の冷たい手。朝になると彼の手がドアをドンドン叩いた。

和解。しばらくするとコップが放られビーズカーテンの向こう側へ。
二人のあげる大きな声。
潜り込んだ
グランドピアノの下。ポリーおばちゃんの棺が運び出される時ついに倒壊したあの壊れた門の向こうから友
達が呼んでいた。
ポリーおばちゃんの黒いベルベットのワンピースはトランクの中に仕舞われて。
あのにおい
彼女の
皮が剝かれたオレンジの。その部屋を
譲られた
家の一番高いところにあるそこ。そこに一匹の鳥が落下し
煙突を真っ逆さま。風は
閉じ込められて。アリスおばあちゃんの最後の叫び声。彼女の部屋にはたくさんの
腐った焼き菓子
薬。半分までひびの入ったあの装飾の施された寝室用のおまるは

その後サラダボウルとして使われて。

片手鍋で作ったジャム。ちゃんとしたジャム用の大鍋があったことなんて一度もないんだ。彼女は言った。

慎重に瓶に日付を書き込む。最も貴重な所有物は一組の子ども用の手袋。彼女の母親がお金を貯めて手に入れたそれ。「希望と栄光の御一行《ザ・バンド・オブ・ホープ・アンド・グローリー》」に子どもたちが誓った宣誓[012]。

生涯

ピクニックに行きます。着ます

よそ行きの服《サンデーベスト》を。子どもたちの母親が作った服を。私たちは貧しかったけど誰もそのことを知らなかったの。でも弾薬工場から出てくる毛皮のコートを着たあの女の子たちのことを私たちがどんなに羨ましく思ったか。彼女たち戦争の前はボロボロな服を着てたのに。私たちは父さんが釣ってくる鯖で凌いでた私が今魚が食べられないのはそのせいなんだ。彼女の両頬は赤くなっていた

暖炉のそばで

思い出しながら。それから暖炉のそばに置かれて溶けた蠟でできたあのかわいい人形。妹がわざとやったかどうかわからないけど彼女はどうしてかいつも私に嫉妬してたんだと思う……私の赤髪をからかってそれなのに後で自分の髪を同じ色に染めたんだよそれから彼女が盗んだあのサファイアの指輪も何で彼女は絶対に私にプレゼントを買うなんて言い張ったんだろうって思ってたのその日はあの指輪が見つからなくて。

青い花
キバナノクリンザクラが
丘陵地帯に。ヒバリは染みに見えた。
その巣は
決して見つからず。

夢に出てくる馬
死体
あの家
それは一番先の突き当たりまであの大通りを進んだところにある。さらなる複数の次元。その部屋
グランドピアノが持ち去られた時。
その椅子を
マーミーおばちゃんが高くして。彼女が知っている唯一の曲を弾いて。

耳で覚えた。

「美しく青きドナウ」。何回も

何回も

繰り返し。七十歳で痴呆になり。甥を呼び求めても。彼がやってくることはなかった。彼女が箱の中に貯めたお金

彼のために

彼がツアーに出ている間に。僕が成功できなかったのはね――そうだねはっきり言えばあの人たちが僕をバリトンかバスバリトンか決めることができなかったからさ。それならお父さんってどんな役を演じたの？あら彼はコーラス隊以上にはなれなかったの。彼女は言った。あのホールで開かれたコンサートはいくつかあったけどね。でも彼のお父さんが資金繰りをしなきゃならなかったくらいよ。だから彼はビジネスを立ち上げたんだ。それも失敗した。眼鏡屋よ。あなたが生まれた当時はほら彼は眼鏡屋だったの。永遠にピアニストたちと恋に落ち続けて。彼の倍の年齢のね。劇団トップの女性歌手たちも。自分のことをトップ歌手だって思ってる人たちのことだけど。猫のことが大好きな人もいた。ベッドの上に十二匹もいて。猫か僕かどっちをとるかだ。彼は言った。飛び降りながら。彼が浮気をする度に私がいつも彼を連れ戻しちゃうことが問題だったの。その度に悔い改めるってそれが何回も続いたけど私の手には負えなくなってさ？　そうなのも

し私が別の男の人を見たりしたら私にやきもちを焼いて。君のお母さんと僕の繋がりはまさに肉体的なものだったんだ——ああそうなんだ彼女はすごくかわいかった——当時もかわいかったし今もそうだと思うよでも僕が欲しかったのは——僕は何が欲しかったんだろう？　すべてを共有してくれる人だなつまり真の芸術家だ自由とは何かを完全に理解していてそうだ自立とかそういうことを。私たちは泉のそばに座った。彼は鳩に向かって音を立てた。いろんな場所で起こったおかしな話についてはしゃべったよね。田舎での発掘。劇団でのジョーク。『仮面舞踏会《マスクドボール》』は知ってるだろそうなんだ僕たちはそれを『仮面の睾丸《マスクドテスティクル》』って呼んでたんだ。彼の目元に皺が寄って。それでコーラス隊だけが歌う歌詞があったんだけど驚き《コンスタネイション》って歌うところを僕たちは便秘《コンスティペイション》って言ったんだよ——そうだよ本当に便秘って——僕たちああそうだな僕たちあの頃はすごく楽しかったよ。それで彼は今どこで働いてるの？　一体全体彼が外務省で何をしてるっていうのよ？　違う違う我慢ならなかったんだたとえ年金がよかったとしても本当にやる価値がなかったんだそれで足の治療の通信教育を受けてるんだよ毎晩勉強してるんだ卒業するのももうすぐってところかなそうしたらどこかいい感じの場所を見つけることができそうだし行楽地とかね本当その仕事はすごくいい収入になるんだよほら最近ではね。ハハハ

あなたと私

茶色の小瓶よ

どれだけ僕がお前を愛しているか[013]

歌いながら。マーミーおばちゃんがスキップした。ピョンと跳ねた。キッチンで。ビーズのカーテンが捲られて。あなたのお父さんが明日家に帰ってくるんですって美味しいブレッドプディングを作るわね彼は私のブレッドプディングが好きなの。あなたのおばさんは決して料理が上手いわけじゃなかったけどものすごく美味しいブレッドプディングを作れたよね上の方を砂糖で綺麗に飾って今の私でもあれほど美味しくプディングを作ることはできないと思うよ。そりゃもう彼女はあなたのお父さんを溺愛してた。それで彼が出ていく時彼女は封筒を押しつけてそれが彼の手の中でジャラジャラ鳴るの。忘れないでね何があったとしても彼があなたの実の父親ってことは変わらないんだからね。

葉が落ちた

風が

うなった

裏戸のところで。請求書が

積み重なる

チェストの上。一番上の棚。

水道管が

凍った。走っていって配管工の人を呼んできてお願いねまったくいつになったら水道管を爆発させずに冬を
過ごすことができるんだろう？
薬局から帰ってきた彼女は言った。彼女はそこで働いていた。
硫黄のにおい。咳が最初の兆候
気管支炎だ。それに丘の向こうでは村の池に氷が張ったかもしれない
夜の間に。
厚くて
歩いて渡ることができた
人を避けていく
その人たちは持っていた
スケート靴を
ポニーを。そして互いに行き来しあった
日曜日に。その人たちにはいたんだ
ボーイフレンドが
パートナーが

ダンスの会場に。そこは公共のホールで。握りしめたハイヒールは
買い物袋の中。何着もの白いワンピース。
待っている
何でなんだろうと思いながら。
待ち望んでいる
ポール・ジョーンズのような人を
女性が男性パートナーを選ぶ時間《レイディーズ・エクスキューズ・ミー》。けしかけられて。勇気がなくて。最後のワルツの前でこっそり抜け出し
て。横切っていく
丘陵地帯を
裸足で。踊るのは野生の
ダンス。単独の狂乱の宴をそこで
露池の中で。風車小屋の周りで。召喚するのは四方の
風
それに乗って星々の間を駆け抜け。引っ張り上げる
地殻を

下に広がる世界のそれを。緑色の七つの海も含めて
そこでは
幽霊たちと神が打ち明け話をされ
議論をふっかけられていた。問いかけられるのと同時に複数の雲がぎゅっと身を寄せ合った。
離れて
いくつも弧を描いた。海を相手に月まで競走した。草はずっしりと重く
露で濡れている。
土の重さ。複数の影。しばらくすれば村の
時計が
鳴る。深夜。舞踏会で一番魅力的な女性に選ばれた？　ああそうなんだねいいんだよ気にすることないよあそこの人たちはいい人たちってわけじゃないから残念だったねあの私の作ったワンピースを着たあなたはすごく綺麗だったのに一曲も踊らなかったの？　もしかしたら表情が硬いのかもしれないよ？　他の子たちと一緒に帰ってきたんだよね？　カーラーのついた彼女の髪。温かいシーツとオーブンのにおいがして。彼女は本を閉じた。おやすみのキスをするために腕を広げて。あなたのために湯たんぽを中に入れておいたよそれからもしお腹が空いてたら焼き菓子用の缶にクッキーがあるからでも全部食べないでねいい子だからわか

るよね。
家へ向かう。その家のバルコニーは下に半分垂れ下がっていて。宙ぶらりん。
上の方
鬱蒼《うつそう》とした庭のちょうど上。彼女はなぜ毎日世話をしているトマトが緑とか黄色のままで成長しようとしないのか不思議に思う。スウィートピーが並んで支柱に結ばれて。雑草を掻き分けて進む。野バラが広がり覆っている
離れの崩れた壁。そして道の向こうには近所の人。その人の妻は昨日死んだ。それともその前の日か。内臓の癌《がん》で。その人は耳が聞こえず。自動ピアノを持っている。彼はよく蒸気船の絵を描く。膨大な原稿を象形文字で書いている。いわくエジプトの王女から命じられたもの。大英博物館も大層興味を示し。彼が日々書き散らした数冊の本。夜通し書き。自費で出版されて。彼は生まれ変わりについて話す。蜘蛛が殺されようものなら叫び声を上げる。その蜘蛛は親戚だったかもしれないんだ。補聴器を切っている。借金の相手が電話を寄越す時には。寝室のドアを封じたのは。彼の妻が死んだ後。日曜日は一日中レタスの葉を齧る。子どもたちがペダルを踏んで古風な曲を演奏しても放っておく。彼に拳を振るわせるのはあの。盗人たち
彼の林檎を奪い
彼の畑で遊ぶ

モグラの穴がいっぱいの畑で。屋根裏部屋で死んだ。本に囲まれて。
横たわっていた
硬くなって
一週間もの間。人々はそう言った。可哀想な老ヒューム。そしてホッグさん。
遠い親戚の一人。ここで過ごすためにやってきた。ある週末に。一カ月間過ごした。漂わせるにおいは。
ブランデーの
タバコの
汚れた下着のそれ。
血管が破れてできた痣《あざ》が
顔に。振戦せん妄の症状があった。誰も見ていない時に。子どもたちの体を触っていた。彼の
膝の上に乗せて。物語を語った
遠い昔の日々のこと。歌手が歌手であった時。そしてウイスキーが
パンとほとんど同じくらいに安くて。歌ったのは
三人のお婆さんたち
厠に閉じ込められ[014]。彼特有の調子で。踊り場の壁に映った自分の影と格闘した

可哀想な老ホッグ
彼はいかにも犬《ドッグ》
引っ張ったのはプラグ
勘違いしたんだそれは虫《バグ》
いくらかお金を借りた。二度と姿を見せなくなった。
毎週土曜の夜に開催されるコンサート。テーブルタッピングの後で。ひっくり返されたグラスの内側には額
縁のない一枚の鏡。
親族たち。そしてペットたちが
あちら側の世界から
おかしな言葉のスペルを一文字ずつ綴《つづ》った。そのことについてみんなが囁いた。その後何日間か。夢の中で
マーミーおばちゃんが入ってきた
その部屋
家の一番高い所にあるそこ。犬の頭と一緒に。そして前足がコツコツ音を立てて叩いた《タップした》のは。
ベッドの端。彼女が身を捩りながら煙突を登って行くと犬が吠えた。
去り際に残した

一枚の肖像画には
彼女の甥の姿。すべてが黄色で。皺が寄り。セーラー服を着ていて。一方アリスおばあちゃんは
ぶら下がっている
ドアのところで。両足がなく。喘息《ぜんそく》でぜいぜいいいながら反逆についての物語を喉から絞り出して。紅茶が
冷たいと文句を言った。自分の痰《たん》壺をポリーおばちゃんの頭にぶつけた。彼女の髪の毛は虫の精液の中へと
引きずられ。指輪を嵌めた指が
手探りして
潜り込む
あの大きな石の下。アリの巣の中。部屋の隅に。銀製のティーポット。陶器のカップ。引っ張り出され。土
曜の午後には。彼女の両手に
まだかすかに小麦粉の跡が残ったままで。スコーンをみんなに回した。そこにいる人たちが礼儀正しく拍手
をした後で。彼は鳩胸。革の肘掛け椅子に倒れ込んだ。クッションでその椅子の破れた部分を隠した。彼女
の座る傍らには日本製のテーブル。象牙が嵌め込まれていた。かつては。彼女が指を置いたカップ。彼女が
前にくっつけて直した。接着剤を使って。一方二階の子どもたちは小さなカップの中におしっこをした。人
形たちのお茶会のために。お互いの局部を描きあった。一番年上の子に依然として大きくなり続けているそ

れを見せろとけしかけた。自分の体のその下の方は絶対遊んで触っちゃだめ自分で自分を傷つけて大人になってから後悔するかもしれないよ。彼女は言った。それから何でトミーは出ていく時に泣いてたの？　それならあなたはもうジョーとは友達じゃないんだね？　お願いだからその新しいコートを着て外で遊ばないで私はあなたが一張羅として着るためにそれを買ったのすごく高かったんだから私が作ったあなたが遊ぶ時用のつなぎ《サイレンスーツ》があるでしょ[015]。上まで走るジッパー。
そして下へも。
他のみんなはそれを笑った。雪が降った時を除いて。あの子たちは押されて丘を下った。イラクサの中へと。
丘陵地帯。背後に。
携えていた窪み。握り拳。木々の群れ。草の海。
雲の動きとともに変化した。太陽が
ゆっくりと移動した
頭上を。何らかの不思議な力によって。作り替えた
ガラスから
水へと。鳥たちが自らの羽根から氷柱《つらら》を振り落とした。
案山子《かかし》は再び案山子に戻った。そして彼は再びツアーに出た。北の方へ。手紙はだんだん少なくなっていっ

た。しばらくして
あの一通
彼女のずっと
待ち侘《わ》びていたそれが
やっと到着した。それを彼女は読んだ。仕舞った。そしてまた読んだ。
もし彼女がもっと取り乱して騒いだりさえしてくれたらほら僕も……。
彼に自由を与える以外に私に何ができたっていうの多分私は彼が戻ってくるだろうって思ってたんだ最後に
は結局彼はそうするって前からずっとその繰り返しだったから。

一夜での変化が望まれていると言ってもよくて。まるで夢から目覚めて
そして戻っていく時のように。でも夢は自らかたちを変えるのだ。何が起ころうとそれが最善の結果に繋がるんだって私はずっと信じてる。あるドアが閉じれば別のドアが開くのそれが私の人生観なの昔からのね。
彼女はよく言っていた。おしろいで、口紅でかさぶたを隠しながら。上唇の。ああそうだねそれが人生なん

だよ物事は変わり続けるに決まってるの。多分それが最善の結果に繋がるんだ。彼女はよく呟いていた。足し算をしながら。新聞の余白を使って。そして紅茶がそこより二ペンス安い時には通りを二つ隔てたところまで歩くのだ。

競売で何時間も立ったまま。買う

ウィンザーチェアを

おかしな骨董品。大抵は青色。間に合わせの

壊れた眼鏡

歯

室内履き

それからすごく変な電気の配線。そういうものが男たちをたじろがせた。隙間風を防ぐための細長い切れ端。リノリウムを切り取ったもの。これが女手一つの最悪なところ。彼女はよく言っていた。ドアの近くにタオルを配置する。風が入り込まないように。はにかみながら植物を保護して。私ってば植物を育てる才能があるに違いないんだそうでしょ誰もこんなふうに植物を育てるなんてできないんだから。ホウセンカが窓枠いっぱいに育っていた。植物は花を咲かせた。花を咲かせるために育てていたわけでもなかったのに。彼女はその名前を忘れてしまっていた。彼女が自分のために作ったワンピース。ねえ聞いてよあの人たちこれを私が

自分で作ってしかも全部手縫いだって信じてくれなかったんだから。四つん這いになって床を移動し。型紙を生地の上に乗せる。ピンを口に挟んで。頓着せず。これを乗せて作業できる大きい素敵な机があったらいいのに。ちゃんとしたジャム用の大鍋も。それから隣の家の人たちが持ってるような銅製の鍋もね。彼女は真鍮《しんちゅう》の箱の上にかがむ。泥棒のねぐらの様子が描かれていて。そこに石炭が貯蔵されている。手元に残っているリキュールグラスをやさしく磨く。十二個セットだったもの。絵付けされたお皿。ガラスのキャビネットの中。鮮やかな色のクッション。それもまた彼女が作ったもの。手縫いで。今私たちが本当に必要なものは素敵なソファーだよねこの古い椅子を全部処分してさ。彼女はよく悲しげにため息をついた。偽物のサファイアの指輪を回転させる。新しいタバコに火をつける。次に何をすべきか心配している。まだできていないことは何か。すべきことは何か。どんなことが起こるのか。二週間後に。それは決して起こりはしない。おかしな夢について話す

彼女は覚えている

それが実現した後も。食べる

何束もの

クレソンを。それが彼女の腕の痺れを止めたんだと言い張る。子どもの時に骨折した腕の。クランペットを載せた一枚のお皿に描かれた熊たち。

自制をしている
ある静かな興奮の中で。彼女は椅子を引き寄せる。暖炉のもっと近くに。新しいモヘアのセーターを編み始める。休日を船に乗って過ごす計画を立てる。遊覧船の旅。島々への旅行。旅行会社のパンフレットをもらう以上のことは決してしない。このアパートの部屋でやることはたくさんあるでしょ植物だってあるし誰がその面倒を見るっていうの？

ある場所が姿を変え
別の場所になり。時間を打ち破り。逆らう
動きに抵抗して
複数の次元を示して。まるで丘の上から
見ているよう
まさにその草原は前日には
まるで

広大なジャングルのように見えたのに。皮肉。その内側で二人は理解していない
お互いのことを。
自身から離れて。彼は仕事をするため一人で部屋に籠もる。
紅茶を持って行く。ベッドは皺くちゃだ。彼の髪は逆立っている。紙は散らばる。
机の上に
床に。彼女は座って向き合っている
鏡の前で
何時間もの間。ある午後
ため息をつき
額の皺を覆う前髪を丁寧に櫛で梳かす。
毎朝運動して体を動かす。気温が暑すぎたり寒すぎたりする時以外は。私たちは車でピクニックに出かける。
笑い声を上げながら
しゃべるのは
目的地に向かっている時。帰りは沈黙したまま家に向かう。二人はどんな思考に取り憑かれているのだろう？
踏切で待っている間。夕暮れの時間帯。雨の音が鳴り始める。電車に

耳を澄ませる。
そしてそこに。トンネルから姿を現わして。一瞬だけ見えるいくつもの白い顔は
凍ったまま
窓にへばりつく。彼女は体を仰け反らせる。彼は身を乗り出す。フロントガラスを磨く。少しの間明かりを
つける。現れた二人の顔。目。彼女の目はショックを受けた人のそれ。
遮断されて
でも何から？
二人が小包のようにくるむいくつもの習慣
お互いに手渡し合うそれ。まるでその日まで開けないようにと書いてあるみたい。
八時に朝食
一時に昼食
四時にお茶
七時に夕食
猫には餌を三回。毎日。人間の御馳走を小さく切り分けて間食に。でも彼が鳥を殺したらそれはなし。野良
猫たちと。犬たちは怒鳴りつけられ。外に追い出され。家はすでにきれいに片づいた状態で。その後もずっ

とそう。あの掃除の人が来る前だって後だって。何日も
何時間も
かけて。散らかったものを片づける。不法侵入者たちのせいで。蘭が。鉢が。壊された。わからないのは嵐のせいでそうなったのか。それとも違うのか。彼は悪態を吐《つ》く。ぶつぶつ文句を言う。別の鉢に植え替える時には。木の下で。どうやって受粉を成功させるのか更に詳しく論を講じる。その黄色だったり白っぽかったりする小さい粒をこうやって雌株の柱頭の表面に置くんだ。すべてのラン科の植物はこのやり方で交配させる。受粉した花は数日以内に膨らむはずだ。彼は落ち着かない様子で待つ。三インチの卵型のものを見せてくれる。下に向かって細くなる
その先の茎は
がっしりとした質感。すべすべした質感の花。強い芳香を放っていて。彼女はそれから身を引く。彼はやさしく息を吹きかける。赤い模様の入った黄色い唇弁に触れる。突き出ている部位は紫がかった赤。
薄い質感の葉。集まってゆるい扇形を形成する。赤茶色の染み模様がつき。唇弁は小さく。黄色の模様が入り。円柱型で。そして彼は適度に肥料を使うことについて話す。豊富な水分
光。
稲光。彼女は尻込みする。テレビをつけることを拒む。家に落ちるといけないから。二人はキャンドルの明

かりを灯し座っている。雷のゴロゴロいう音を待っていると。
放たれる
山の方から。彼女は家を歩き回る。猫と一緒に。すべてのカーテンを引いて。椅子から飛び起きる。何が起こったの？　また彫像が倒れただけだよ。多分。そして彼らがやってきた。嵐の最中に。ある夜。懐中電灯を振り翳しながら。
投げつける
花火を
プールの中に。押し寄せた
彫像の周りに。その間彼は震えながら立っていた。庭の小屋の中で。暗闇の中。彼らは叫び声を上げた。花を引きちぎった。彼女は顔をクッションに埋めた。泣きながら。手で耳を覆っていた。そして彼らは去った。嵐が過ぎ去るのと同時に。帰り道には引きちぎられた花の残骸。
植物。破壊された銅像。
散らかった小道。
芝生一面。
無人のプールには風船が一つ浮かんでいた。細長く。黄色い。それはぶつかった。でも破裂しなかった。何回も壁にぶつかって。

あの湖
人里離れた
あの山奥にある。地図上には記されていない。みんなであそこまで行ってみよう明日にでも。二人は言う。
ああもう雨が降りそう。彼女は言う。
家に戻ってトランプでソリティアをする。彼は蘭のところ。霧吹きを操る。濃い水玉模様の蘭。
並べられ
いくつか縦の列に分かれているけど
合流して。花弁ははっきりと
垂らしていた
下に向けて
短い

オレンジ色の毛を。彼は触れる。小指で。そして話す
他花受粉のやり方について。見せてくれたのは平らにした爪楊枝。それを彼は使っている。彼の手のひらが
添えられる
ずい柱を下から支えるように。ほら柱頭が十分に育って受粉の準備ができている時はね――見えるかな――
もっと近づいて見るんだほら触った時にそれがどれくらいベタベタしていて湿っているかわかるだろ。
砂の中
砂丘
私たちの指が
触れた。偶然に。彼は立ち上がった。そしてタバコを吸った。その
砂は
流れ落ちる
上の方の草に向かって。そろそろ戻る時間だ。人々のあげる大きな声が
防波堤の向こうから。彼らの笑い声
トランジスタラジオの音
たき火が

夜に。

花火。打ち上げ花火のゴミが

プールの中に。眼窩《がんか》。彼の血。彼らがやってきた後で。飛びかかってきて。粉々になった金属の破片が彼に向かい。片方の手袋は。警察に引き渡され。決して身元は突き止められず。彼には包帯が巻かれ。夏至の日で。

庭の小屋の窓が一枚割られていて。今度あいつらが蘭に手を出したらあいつらを殺してやるめちゃくちゃに罵ってやるあいつら何でこんなことをするんだなぜなんだなぜなんだなぜなんだ？

彼女は座っている

ピアノを前に

窓から外を眺める。何時間もの間

忍耐強く

待つ。

何日も続く

じれったさ。お茶でも飲みましょう。トランプでブラックジャック《ポントゥーン》でもする？　チャイニーズラミー？

成り行き《コンセクエンシズ》ゲーム？　仮面はどこだろう？　核戦争後に唯一残された住人という設定で演じてみようよ。それ

ともみんなで一つの独房に収容された囚人たちとか。椅子が境界線の印だ。これ以上続けられないと言って
彼女は跨《また》いでいった。他方彼は目には見えない壁をノックして
そして押した
柵を。それはそこには存在しない。座って
そしていじったのは
一本の目には見えない紐。それで自分の首を吊った。
窓は空いており
そよ風が
揺らすのは
カーテン。テラスの階段には一匹のネズミ。彼が庭用レーキで捕まえたそれ。しばらくして彼女が下りてき
た。朝食を食べようと。
引き裂かれたトカゲたち。皮
輝いている
花壇の中で。イヴニングドレスに合わせてつけるあの赤い方のそれ。玄関で足を止める。招待客を褒め。褒
められるのを待つ。引き摺られ

かさかさ音を立てる
長いロングドレス
テラスで。週末に。あの人たちの足跡。彫像の周り
灰皿を空にする。グラス
瓶
朝には。噂話が繰り返されて。広がる。友達
そのまた友達。そのまま残って朝食を食べた
昼食も
夕食も。車のドアの閉まる音。窓から手を振る。彼女はピアノの方へ戻る。両手を重ね。ただほんの一瞬の
間あの沈黙に身を置き。一方彼は慎重に海外から届いた蘭を箱から出していた。書籍と書いて。ごまかした
関税。保健局。

毎日夕方になると漕いでいく

向かう先は
山。中ほどで。オールを休ませ。
浸した
透明な水の中に
緑色のそれに。魚が横たわっている
動かずに
水底で。山頂が
見えないのは
雲のせい。もうすぐ登る予定のそれ。
もうすぐ。
あそこでは道に迷うことがある突然もやがかかって転落してしまうなんてのはよくあることだ。二人は言う。
そうやって湖で溺れた人もいた。太陽が
呑み込まれて
沈む
あの紫色の向こう側で。広がっていく。ヤマアラシの針が

水一面に。音を立て
オールが
軋む。ボート。岸に飛び移る。水際で休憩していると。釣り船が水の中へと押し出され。
向こう側
あの防波堤を越えたところで
まだ残っていた人たちが何人か
荷物を詰めている。ビニール袋の中へと。最終のバスで戻っていく。海辺の宿泊施設《ホリデーキャンプ》まで。その場所を確保
しようとデッキチェアは残したまま
次の日のために。雨の時には避難場所にもなる。それから風が吹く時も。あのアイスクリーム売り。冬の間
は配管工。岩の上で売上を計算する。

日なたに寝そべる
テラスで。ビーチで。二人は氷の入った飲み物をちびちび飲む。お互いの背中を擦り合う。脚も。彼が防波

堤から大声で叫ぶ。水の中で出会う。落ちる
幻想の中へ。ベッドは海
下がって
上がって
浮かぶ。高いところでぶら下がって。そこで私を抱きしめて。飛沫《しぶき》が口の中に。丸く見開かれる目。動物園のガラス張りの建物の中に存在するあの目。眠っている——死んでいる？　かすかに脈を打っている。電気でそうなっているのかもしれない。ニシキヘビがとぐろを巻き。背後には白いウサギ
死んでいて。マッキントッシュのコートを来た一人の男がロバをじっくり見つめている。一人の年老いた女。灰色の服を着て。柵に寄りかかる。驚く彼女の視線の先にはたくさんの
アフリカの哺乳動物。ライオン
聞こえてくるのは
遠吠え。でもその姿は見えない。チンパンジーはじっと見ている。一本の棒の上にしゃがんで。ガラスの向こうで引っ掻く。ラクダは放尿する。アシカは魚と戯れる。カモメは集う
そこに
川からやってくる。

ここでは。夜にカモメのうめき声。彫像の上に止まり。待っている。
パンくずを
彼女が撒くかもしれない。

テラスで
比較的暖かい夜には。夕食。音楽が開かれたドアから流れてくる。
星々が
落ちて
消える。そして時々海の音が聞こえる。でもその姿はほとんど見えない。彼は壁に寄りかかる。夕食を終えた満足感でため息を吐く。
時々詩を引用する。ドイツ語で。イタリア語で。彼女は編み物を取ってくる。でも両手は
動かず
彼女はじっと見ている

庭を。震えて。そして室内に入る。彼女の寝室の明かりが斜め下へと降り注ぎ
テラスの壁に光が届く。彼は腕時計のネジを巻く。パイプを靴にコツコツぶつける。グラスの中の氷をじっくり見つめる。ライラックの香り。香水。彼女が耳の後ろに擦りつけていた。手首にも。彼の顔の輪郭。薄明かりの中。シャツのボタンが外れていて。首の部分。そこは脈を打っているに違いない。彼は話す。でもその多くは独り言。もし一人残されたとしても彼はきっと気がつかないだろう。だけど自分一人しかいないことがわかったら戸惑うだろう。ウイスキーのボトルと向き合い。泳ぎ終わって戻る
息を切らして
暖かい
湿っている
笑っている
理由もなく。あるのは
共犯の感覚。月の狂気。背中に。
沁みるような痛み
水のせい
そのにおいが染みつく肺。球体の部位。白い肉体の。

円は

暗闇でできている。冷たかった？　彼は飲み物を一杯注ぐだろう。テーブルの上にかがんで。満ち足りた状態の後に襲ってくる余波を吸い込むように。でも経験しようとはしない

海に入ることを

夜にそうすることを。日中の彼の白い脚。腕。茎は突然折られる。コンバインによって。白波のうねる時。彼は時々その波に飛び込んだ。立ち上がった。頭を振りながら。いくつかの薄い筋に分かれた髪が目にかかり。彼は分けた。誰か見ていた者はいないか確かめるために。彼女は手足を伸ばしていた。砂が地面を覆う一角。

守られている

岩のおかげで。彼女は水着を下にずらした。体の向きを変えた時だけ。うつ伏せになってから。彼女は髪から砂を払った。手からも。窪みができた

砂の上

彼女の足先で

脚で。その血管は果物の皮。

周りを囲むのは

帽子
タオル
ショール
バスケット。彼女は食べ物を渡していく
儀式のようにおごそかに。一方彼は梨の皮を剝く
りんごも
オレンジも。注意深くその皮を埋める。ページを捲ることなく読書する。彼女が背中を擦ってくれないかと頼んでくるまで。彼はそのページを素早く捲る。何事かをぶつぶつ呟きながら。彼の指は背中の窪みへ。食い込ませる
撫でつける。
彼女の呼吸に意識が向かう。クローヴにも。そして体が残す跡にも。
その後。
足跡が
自分たち以外の人々のそれが
朝に。一匹の死んでいるカモメ。翼は広がり。頭は横を向いている。彼女は身震いした。彼は海へと放った。

魚の白い骨。象牙の滑らかさ。侘しい場所で。離れたところには束になった海藻。

貝の呼吸音。潮が引いた後で。子どもたちの叫び声。向こう側。アイスクリーム売りの大きな声。

はためくデッキチェアの布地

旗。

オレンジの皮

新聞。放り投げられて。

紙袋。芝生近くの上ったところに黒い箇所。

ちょうど中間

砂丘と砂丘の間。たき火が行われたその場所。彼は皮膚の疾患でも見るかのようにじっと見る。彼はその原因を知っている。しかし治療法は知らない。彼はその上に砂を盛る。もっとたくさんの掲示を設置する計画を立てる。

壁

罠《わな》

防犯アラーム。シェパード犬を買うこと。庭で。そよ風以外入り込めないプール。

ポプラの木がギリシャの柱のように真っ直ぐ伸びている。空に目を向ける。カモメたちの無音の旋回。ツバメたちの突然のざわめき。いくつかの小さな雲が。
消えていく。山の向こう側に到達する前に。
向こう側。湿地帯の単調な景色。枯れた木の幹の上で死肉が待っている
枝が
ぐったりした腕が
ぶら下がっている。道はどこにも通じていない。蚊が絶え間なくブンブン音を立てる。そこでは水が太陽を
吸い込む。地面は植物の育つ浮島。木の大枝
埋め込まれ
固まった土。葉っぱの欠片が混じる
羽も
毛皮も。甲高い金切声を発する一匹の動物。鳥。見えない。その後には重い沈黙。再び。山にこだまし。山道で。周りを囲む岩の作るトンネル。それを抜けて湖を見る。まるで丸く重ね合わせた手のひらに収まるような。一枚のガラス。簡単に踏みつけられる。その距離からでも。でも何マイルも先にある。二人はそう言う。車の窓を開けて。でも車の外には出ずに。後ろで。草の茂み。花。岩から這うように伸びている。羊が

動きを止める。じっと見る。先を争うように谷へと下りていく。

何時間も
もしかすると何分間かだけかも。滝のそば
防波堤の上
砂
夜に。踊り。月が姿を見せるよう誘い出して。まだ暖かさが。太陽のそれが
岩の上に残る
日没から長く経ってなお。釣り船からの光。一続きに
連なる
光はまるで船など存在せずそれだけがその場に浮いているみたい。一直線で
分裂して。水が衝突して跳ねる
岩

体
手。もっと多くのものを求めていて。日中に二人が大胆になって求めるようなものより多くのものを夜から
得ようと。一本のタバコを分け合い。そうすることで確実に起こる接触。
落ちてくる
雨
逃げ込んだ洞窟は
壁沿いにあり。荒い息遣い。雨が激しく打ちつける音
かき消されているのかもしれない足音。
むき出しになって直面する
ある世界。笑われている
不安なまま。塩の味。蛇のようにするすると入っていく
他にもある洞窟の中へと。草地を通っていくみたいに。あの家の裏側の草地。あの大通りを越えて
丘陵地帯で。そこでは月が
ゆっくりと上り
この世界よりも大きくなった。きっと砕けて

裂けて
粉々になるのだ。だけど気がつけば他にいくつも別の世界が浮かんでいて。
統合されずばらばらなままで。いくつも余白を残している
眠りのように。ある午後の眠り。ある夢の全体は。理解され。一部がところどころ失われていてまるで帰り
道に落ちていた略奪された花のよう。

街に戻る。熱波。そんなに長く続くはずはない。みんな叫んでいた。公園はいっぱい。半裸の体。男たちは
オフィスで働いた
ジャケットは脱いで。マンションの部屋の窓は
すべて開けて。昼も夜も一日中扇風機がうなっていた
夜も昼も一日中。午後には彼女はソファーの上で横になった。
立て続けにタバコを吸って
縦長のグラスに注がれた冷たい飲み物を飲んだ。彼は歩いた

公園の中を
素早く。目は
前方の道を見据えて。
少女たちの笑い声。彼女たちのスカートは剥き出しの膝より上。シャツの袖を捲っている男たち。車は気怠げに進む。人々がオープンカーから手を振る。海辺の行楽地に向かいながら。またはちょうど戻ってきたか。
彼女は数え切れないくらいたくさんの雑誌をぱらぱら捲る。一日置きに髪を洗う。サナダムシに感染した猫のために様々な粉薬を買った。でも猫はすべてを隅に吐いて回った
部屋の隅に。
彼のベッドカバーの上に。彼は猫を廊下へと放り投げた。
彼女は叫び声を上げた
本を何冊か彼めがけて投げた。それが壁にかけてあった一枚の絵に命中して絵が壁から外れた。彼は呼び出された。一週間海外へ。突然。彼女は美容師たちの元へ出かけた。何着かワンピースを買った。帽子も。
外出をした
お茶のため
昼食のため。友人を夕食に招いた。そして映画へと出かけた。または劇場へと。四日間は。五日目彼女はベッ

ドで横になっていた。カーテンは引いたまま。ラジオをつけて。生理痛が酷くて。彼女は言った。あら出か
けるの？　私と一緒にいてよ。オレンジ色の明かり
内側を覗かせた異国の花のようなそれが
照らしていた
四方の壁。香るのは濃厚な香水。
体。彼女の。シーツから浮かび上がるかたちとしてだけ。私の髪をブラシで梳かしてくれない？
長く
豊かで
肩まで伸びた。もう少しだけ私と一緒にいてまだ早い時間だし。その黄色で囲まれた場所で
啜る
氷で割ったウイスキー。今回彼はまだ葉書一枚も送ってこないわね元気でやってるといいんだけど。彼女は
毎朝郵便受けへと急いだ。私たち田舎にいたらよかったもうここってすごく単調ですごく退屈なんだものす
ごく暑いしこの気候が変わったり何かが起こったりしてくれればいいのにそれだけで……。
その後彼が帰ってきた。一日早く。たくさんの
荷物と一緒に。

玄関のところに立って
紅潮した顔で
お辞儀をして。歓迎し。荷物が彼の腕から滑り落ちた。彼女は拾い上げて
笑いながら
開封した。でも一体全体これは何なの？　マイムの時に着るローブだよ。まあそれだけなの。彼女は言った
持ち上げたのは
三着のまったく同じ白いローブで
それぞれの箱から取り出した。他にはないの？
ルネサンスについての素晴らしい本が一冊と受粉についてのすごくいい本が一冊。もちろん蘭も——君は何
だと思ったの？

家具を配置し直して。あるゲームが行われる。彼女は自分用のローブを着るのを拒んだ。サイズが合ってい
ない。取り組んだのはおかしな演目

彼の頭の中では理解できているという
瞬間があり。そういう時には彼は笑い声をあげるのをやめて。被り直される彼の仮面。
熱さの中。ローブが纏わり付く。まるで週末に
ホテルの
部屋にいるみたい。食事が運ばれてきて。でも食べようとはせず。
避けている
問題を
可能性を。最後には。覚えているのは最初だけ。階段を登りながら
わかっている
フロント係が見ていたこと。
二日間
夜を
その中で過ごす
その上で過ごす。そのベッド。厚手のカーテンから放たれたのは
一筋の細い光。街灯の切れ端。話したのはここ以外の情事のこと

演じた役のこと。信じていた
無理矢理信じ込まされた。あの孤独が
太陽のもつそれが
浮かび上がる
海の上。ひたひた寄せる音
ひたひた打ち寄せる。打ちつけて音を立てる
水。砂が熱すぎて
裸足では歩けない。話すことを強要される
すべてのことについて。その場にあったもの以外
それは対比のためのものだから。話は
殻に籠もり外に出ることを拒んだ。シーツの上の乾いた汚れ。
りんごの芯が
灰皿の中に。タバコの火の小さな明かり。そぶりを装う前に
眠っているふりをする前に。
待つのは

あの
最初のかすかな光。暗くなった部屋の中で。痛めつけて私を痛めつけて
私を痛めつけて私を
そこで
ここで
どこでだって。こういうやり方で。もしあなたがそうしたいなら。話して私に話して。
話し
て
私に
それはこんなふうだったっけほら
今までと全然違う。こんなふうじゃなかった。今まで誰も私に触れたことはなかった
決して決して
こんなふうじゃなくて。前とは違って。波のように。それはやってくる
ゆっくりと。二役に
気がついて。そうねそうね

そうね
少年でいればいい。もしあなたがそうしたいなら。どんなものでも。いればいい
ただいればいい

暑い時期は続いた。公園は人で溢れ。戻ろう。
息をするんだ。二人は言った。海の近くで
もう一度。
向こう側。肢体の不自由な人たちが。下りてきた
松葉杖を突いて。それを防波堤のそばに置いたまま。その人たちは腹這いになって進んだ。
入っていく
水の中へと。早朝には。年老いた男たちが
白い服を着て
もたげていた

もっと白い頭。顔。その目は徐々に衰えつつある。
青い
紫色の血管の浮き出た腕。持ち上がる
太陽の方に。その人たちが水溜まりの中でしゃがんでいた時。または手のない人を助けていた時。
足のない人を。
腕のない人を。目の見えない人もいて
顔を上げていた
もっと高くまで
もっと大きな声で笑って。自分たちの杖を投げつけた
岩に向かって。
庭では。ポプラの木々が
硬直したまま
間隔をあけて立っていた。空。
滝は
水を滴らせた。そしてあらゆるものが

待っていた。待つのをやめて
順応した。そしてあの変化が訪れた。その変化の中で。理解したのは何がなされるべきだったかについて
これから何が
なされるべきかについて。葉が
色を変える時。空気は
身を切るように寒く。来たる
霜の兆しを
逃すまいと。日は短くなる。時間が引き延ばされる。風が海から巻き上がり
もやを運ぶ
あの家へと。そして身を埋める
石造物の中へと。かつて存在したかもしれないものの可能性は沈んで消える。残されているものの中へと。

レナードはスイッチを押し、ルースの方を見た。これで終わり？　これで全部だよテープのリールは二つしかないんだ。そして一言もないのねヒントになるようなものなんて一つも。何で君は何かあるなんて期待してたんだい？　私は考えてたのよ誰が……。彼が叩きつけるように蓋を閉めた瞬間彼女は自分の唇を噛んだ。誰が何だってルース？　いいえ何でもないの私は彼女がもしかしたら自殺について話していたかもしれないって思ってたの私たちに何か決定的なことを残したのかもってでも何もないテープには本当に何もないわねもしかしたら日記帳にはそうだわきっとそこには……。大抵の自殺者はその瞬間の衝動でそれを実行するものさどのみち深く考えてたなんてことはないよ。それは絶対に誤解よレオン四十年間ずっとそのことを考え続けてきたっていう内容の遺書を書く人だっているもの。そりゃそれについて考えない人なんていないさ。あなたはどんな理由があって考えるの？　彼はテープをじっと見つめた。もしかしたらね。もしかしたらってどういう意味？　ほら人生をもっとずっと奇跡に近いものにしてくれるんじゃないかな違うんだ本気でそう思ってるんじゃなくてさルース心配する必要はないんだまだ君が未亡人になることはないから僕は自分の順番が来るのを待つことにするさ。彼女は彼を見上げ、顔をしかめた。時々私はあなたのことが全然わからなくなるわまるであなたにはもう一つの顔があるみたい。あぁぁぁ心の奥底に隠された深淵がってことかなルース？　彼女は間違いなくそれを持っていたのよ彼女は私たちに何を求めていたのかしらレオン彼女が追い求めていたものって何だったの私にはよく理解できないの唯一わかるのは……。何だい？　彼女は変わったかたちであなたに少し恋をしていたのよそして誰が——誰が……。恋に恋していたんだと思うよルースそれにファーザーコンプレックスがあって。ああまったくあの男ったらはっきり言うけど彼のことを我慢できた人なんていないるはずないじゃない。彼は肩をすくめると、レコーダーを持ち上げてテーブルから下ろした。可哀想な彼女の母親には同情するわ。まあまあ彼はそんなに悪い奴ってかんじじゃないよルース惨めな敗北者ってところさ気の毒に思うべきは彼の方かもしれないよ。誰と関係を持っていたのか彼女がまったく話さないなんて変ね。彼女は君には言わなかったのかいルースほら女同士っていうのは……。一度もないわ彼女がひところ既婚者の人と関係を持ってたんじゃないかって何となく感じてはいたけどねでも……。でももしかしたら何回かそういうことがあったのかもしれないよ。だけど彼女が話したり書いたりしてるものからはたった一人だけっていうみたいに……。あの夏の異常な天気を覚えてるだろルース来る日も来る日もそんな日が続いて問題は単に僕たちがこの国で太陽に慣れてないっていうだけのことなんだ。彼女にはすごく肉体的な魅力があったと思うんだけどレオンあなたは彼女のことを魅力的だって思ってた？　確かに体の動かし方に独特なところがあったかもしれないな。あなたは一度も彼女に惹かれたことはないのレオン？　これは何だい尋問みたいだな彼女は子どもだったじゃないかルースそれに僕は——僕は……。何て？　彼女は体を前にかがめ、彼の方へと身を寄せ、そして離れた。ねえ何か言ってたわよね？　素直に認めよう僕たちは二人とも彼女のことを理解してなかったって彼女には安全な場所が必要だったけど同時に彼女は反抗してたんだ生い立ちや女子修道院学校や家族や与えられたものすべてに……。いつもそう感じてたけどあなたは彼女のことを理解してたわレオン私以上にもっとちゃんと。きっと——きっとでも……。彼女が私たちのことをあんなふうに見てたなんておかしな話ねはっきり言って彼女の書いたものを読んでもこれが自分たちのことだとは絶対に思わなかったと思うの。観点の違いだよただいろいろな観点があるってことさルース寒いのかい？　いいえ。君が震えてるのかと思ったんだ……。あっちの部屋に移動しましょうよずっと快適でしょ。出かけようよ。どこへ？　どこへでもこのマンションの部屋はほら何ていうかさ。あなたっていつも本当に落ち着きがないわねレオン。彼は机の上にかがみ、一枚の写真を見てそれを真っ直ぐに直した。どこに行くっていうの私は髪を洗おうと思ってたのよ？　公園とか？　寒すぎるわよ。きびきび歩くんだよルース健康にいいだろ。疲れちゃったの行くなら一人で行ってきて少し頭も痛いし。ため息をついて、彼女は椅子に頭を預けた。彼女が見上げるまで彼は彼女をじっと見ていた。じゃあちょっと出てくるよ新鮮な空気で肺を満たしにね。何か暖かいものを着ていってねそれからボーボーのためにお肉の缶詰を買ってきてくれない——お願いいね？

彼女は彼が自室を歩き回り、戸棚を、引き出しを、ドアをバタンと閉めていくのを聞いていた。玄関のドアも。窓辺に立って彼女はカーテンを指でいじり、それを引っ張って脇へ寄せ、そして外を眺め、後ろに下がり、待って、もう一度見た。一匹の鳩が外壁から飛び立ち、飛んでいった先の人けのない広場には、紙屑だとか、ゴミだとかを掃いたり突ついたりしている男が一人いるだけだった。彼女は部屋に向き直り、編み物を、猫を、本を順に手に取り、それぞれのものを一瞬だけ抱き抱え、自身の体に押しつけた。彼女はラジオを、テレビをつけたが、すぐに切った。レナードの部屋で彼女は積み重なる服を眺め、目に入ったベッドの上の図鑑を手に取り、またベッドに放り投げた。もう最悪もう最悪知ってさえいたら——知ってさえ……。彼女はクローゼットの鏡を覗き込んだ。もう最悪私はどうしたらいいの……。

彼が清掃人に会釈をすると、その人はベンチに寄りかかった。今日は寒いですね雨が降りそうだ。男は咳をして、芝生内立ち入り禁止と表示のある区域に唾を吐いた。火を持っていたりはしませんか？　ああありがとう雪が降るかもしれないな先のことは誰にもわからないですけどね本当にありがとう。ミトンをはめた手が不器用にタバコを扱い、レナードが向きを変え小道に向かう際には帽子に触れた。芝生を、折れた茶色の小枝の散らばる区画を横切って。灰色の枝はもっと灰色がかった空にぶつからんばかりに伸びていた。かすかな日光はもっとかすかになった。目抜き通りにはざわめき。彼は通り過ぎた。建築現場の足場。クレーン。人々の手にはブリーフケース。鞄。傘。彼は素早く辺りを見渡し、そして目線を落とした。カフェバーの店内で彼は奥まった席に座り、両手をカップに添わせて丸くしていた。雪になりそうですね。接客係の女はそう言って、彼の方に体をかがめた。でももし雪が降ったとしてもそこまで寒くはならないでしょ。彼は顔を上げたが、彼女はすでに立ち去りコーヒーマシーンを操作していた。彼はペーパーバックを一冊取り出し、それを開いたが、室内の薄暗い明かり越しに窓の外を眺めていた。小さな白いものがいくつか、埃なのか、塵《ちり》なのか、落ちて、止まり、そしてまた落ちていった。

彼女はテープレコーダーを持ち上げ、テープのリールを眺め、その中の一つを機械にセットし、静かに回転するに任せた後で、スイッチを押した。

……を覗かせた異国の花のようなそれが。照らしていた四方の壁。香るのは……。彼女は再びスイッチを押してテープのリールを手でいじった。

……彼の仮面。熱さの中。そのローブが纏わり付く。まるで週末に。ホテルの部屋にいるみたい。食事が運ばれてきて。でも食べようとはせず。

避けている
問題を
可能性を。最後には。覚えているのは最初だけ。階段を登りながら。わかっているフロント係が見ていたこと。二日間。夜を。その中で過ごす。その上で過ごす。そのベッド。厚手のカーテン……。彼女はスイッチを切った。タバコを探す。何の役に立つっていうの――何の役に？　彼女はテープのリールを回転させ、そしてスイッチを入れた。

……痛めつけて私を

そこで
ここで
どこでだって。こういうやり方で。もしあなたがそうしたいなら。話して私に話して
話し
て
私に
それはこんなふうだったっけほら
決してこんなふうじゃなくて。前とは違って。波のように。それはやってくる
ゆっくりと。そしてそれはどんどん押し寄せてくる。もっと多くのものを求めていて。でもゆだねることは
しないで。
二役に。気がついて。そうねそうね
そうね。
少年でいればいい。もしあなたがそうしたいなら。どんなものでも。いればいい
ただいればいい。
暑い……。彼女はスイッチを切った。注意深く機械を床の上に下ろした。猫が部屋の入口から見上げていた。

意味のない言葉なのよボーボー何の意味もないの。彼女は彼を持ち上げ、彼は彼女の顔を舐め、彼女の頬をさらに湿らせたが、彼女がタバコを吸うと顔を背けた。彼女は彼を下ろし、そして名前を呼び、指を弾いて鳴らした。彼女はチュッチュッとキスをするような音を立てて居間に入っていった。彼女は窓を開けて落ちてくる雪を摑もうとした。通りでは人々が歩みを早めていた。明かりがついた。降る雪は激しく、勢いを増しており、交通は停滞し、ほとんど動かず。彼女は大きな音を立てながら窓を下げ、そしてカーテンを引いた。暗闇の中で彼女はソファーの上に丸まった。

若い女の集団が入ってきて、くすくす笑い、頭から、コートから雪を払い落とし、買い物袋を開けた。紙の、ワンピースのかさかさいう音。頭を下に向けて、寄せ合っている。彼は立ち上がり、料金を支払った。ほらね雪が降りそうって言った通りだったでしょどうもありがとうございましたいい一日を。彼はガラスのドアを重そうに押して通りへ出た。人々は押し合い、ぶつかり合っていて。彼は歩道の縁から下りた。マッチありますよマッチはいかがですか——マッチは……。公園内で彼は上り坂の小道を進み、息を切らしながら、吹雪の中頭を下げていた。門は閉まっていた。彼は大きな声で呼びかけ、そして走ると、滑った。彼の帽子が落ちた。彼は罵ってそれを拾い上げた。彼は門を揺すった。芝生を思い足取りで横切り、そして柵によじ登った。彼は道路を渡り、角を曲がり、足を止め、そして信号のところで一台のバスに飛び乗った。

彼女はびくっとして目覚め、明かりをつけて時計を見た。タバコに火をつけると、彼女は窓辺に立った。

雪が完全に辺りの家の屋根を覆っていたが、歩道はただ濡れているだけだった。彼女は暖房をつけ、お酒を一杯注ぎ、ラジオをつけると、それに合わせて鼻歌を歌ったが、やめて、ため息をつき、そして入れたお酒を飲み干して、もう一杯注いだ。彼女は日記帳を開き、そして書き始めた。ラジオの音量を下げ、自分自身の息遣いを、猫のそれを、同じマンションの別の家からかすかに聞こえてくるピアノの音を聞いた。廊下で彼女は聞き耳を立て、エレベーターの扉が開かれたと同時にドアを開けたが、カップルが、笑い声をあげながら、姿を現わした瞬間、すぐにドアを閉めた。寝室で彼女は何着かワンピースを引っ張り出し、そのうちの一つに着替えた。髪型を、顔を、目を直す。鏡台の前に座り、彼女は鏡の中をじっと覗き込んでいたが、しばらくすると彼女の目から涙が溢れた。彼女は別の部屋へと入っていった。テープレコーダーを、テープのリールを、彼女は引っ張り出していった、一つまた一つと。他のものからは離れたところに置かれていたその一つを、彼女は機械にセットした。レナードの声、はっきりしたそれが、ゆっくりと流れてきた。彼女は音量を上げ、体を前にかがめ、目を閉じた。

僕がトランス状態だったのは間違いない。今となってはもはや信じることなどできない存在と向き合って。でも存在してきたものには何かしらの定義を与えることができると誰が言えるだろう？　三つの側面そうなんだそうなんだそのことは認識できた。ほら。少年。青年。大人の男。それぞれが相反しあっている。どうやって受け入れる？　妥協だ。暗闇の中の僕の手。両手。その両手は触れて知っていた——いやいやいやそうじゃないんだ。外側に立っていた第四の存在がいるのかもしれない？　見ていた。裂け目の内側でにやにやした表情を顔に貼りつける一匹のチェシャ猫。彼女はこのことを理解していた。そうじゃないかもしれない。確かに曖昧ではっきりしないところはある。分別のある夫。現実的。期待されていることをしたいと望む。受け入れられて。その役割に適応して。社会の一員。落ち着いていて。感情を出さず。行為によってのみ認識される。でも戻る――カーテンの後ろからみんなが猫をトンボを拷問するのを目で追ったり虫を切り刻んだり老婦人たちの帽子を叩き落としたりしていた寂しそうな丸い目をしたあの少年に戻るんだ。その少年の笑い声は喉にひっかかったままで本に覆い被さり眠りの中へと落ちていった。紙でお姫様たちを作ってそれに火をつけた。あらゆる人が平等であるようなより広大でそしてより良い世界を創造しようとして人々の実生活をおもちゃにするあの小さな兵隊。君はそれを信じていた。少なくとも彼はそうだった。当時あの信念は具体的といえるものだった。区切られた各部屋のことは知られていなかった。ただ全体としては一回の情事みたいなものでそうだよく似ている。ありふれた知識の中に人が本能的に準拠していた認識を構築するんだ。しかしそれでもやはりゲームなんだよ。そうだゲームだ君は――彼はそのゲームがごまかしの虚像を背景にして展開していくのを見ていた。暴力。拷問。決して目撃されることなく。鍵のかかったドアの向こう側で囁くように噂されるだけだ。資本家を打倒せよ。でもあの家族にあの少女にそんなことをしてはだめだ彼女は両親が連れ去られて泣いていた。それならあの時だろうか認識があの夢遊病者を揺さぶったのは？

あの理想主義者を。ブリキの兵士たちは人間の大きさになった。金切声を上げた。身震いした。兵士たちの脚の間には始まりも終わりもない橋が一つ。そのことを否定してみろよもし君にできるというのなら。僕にできるというのなら。でもそれも今となってはあんなふうな確かさをもたらしはしない。彼女にとってどんな意味があるというのだろうもし……。彼女はスイッチを切った。レコーダーのカタカタいう音だけを聞いていた。

土手沿いを、彼は歩き、瞬きをして目元の雪を払った。橋の真ん中で彼は身を乗り出し、その橋の影を、他の橋の影を見ていた。彼は歩き続けた。一件のパブに入りビールを一杯注文する。そこでは人々が身を寄せ合い、待ち、そして待つのも諦めていた。若い女たちは、赤い顔をして、目を上げ、興味を失い、飲み物に、タバコに関心を向け、親しくなろうとしたり、あまり親しくならないようにしようとしたりしていた。年老いた男が一人新聞に覆い被さり、自分のいびきでびくっと目を覚ました。一人の女が彼女の足元を、脚を、スカートのにおいをくんくん嗅いでいる犬に話しかけていた。誰かが突然大声で叫んだ、ちょっとその話を持ち出す必要あるかなやめようよ過去なんて今はもう意味のない死んだも同然のものだよ言ったよね過去を持ち出す必要なんてないよ信じてお願いだからもう黙ってくれるかな彼は知る由もないし彼女について言えばそうだな彼女に一体何ができるって——違う違う言ってるでしょ……。彼がもう一杯飲み物を注文し隅の方まで歩いていき、そのバーの様子を観察すれば、鏡が別の鏡を反射し、彼自身も三つの像に分裂し、それぞれの像はどんどん小さくなって、複数の次元は壁によって、テーブルによって、椅子によって縮んでいくのだった。店のドア。

外に出るとすでに雪は止んでいた。一陣の風が巻き上がり、雪を、埃を、紙屑を側溝へと、壁へと吹き飛ばした。彼には自分の足音が聞こえなかったが、振り返れば足跡が暗く歩道を汚していた。彼は丸めた両手に息を吹きかけ、手袋をしたままで握り拳を作るみたいにして、その手を擦り合わせた。白いかつらを、白い頭をもつ彫像の横を通り過ぎ。鳥たちは静かに川の上空を飛んでいき、時々風にぶつかって急降下した。どこかで一台の救急車がサイレンを鳴らした。電車。彼が角を曲がると、子どもたちが何人か走って通り過ぎ、叫び声を上げ、雪玉を投げ、その一つが彼の横顔に当たった。その子たちは家の中へと消えていった。女の声。一匹の犬。上の階の窓の明かりが一つ。戸口に続く階段には割れている一本の牛乳瓶、中に入っていた牛乳は凍っており、雪よりも白い。月、一つの粒、現れては消え、また現れた。彼は歩道橋を渡った。まったく同じ外観を、裏庭を、屋根をもつ家の集まり。車の屋根は雪のリボンで飾られて。枝のない、雪の積もらない木々が、道路の両側に並び、ベロンと剝けた木の皮。犬たちがたむろっていた木々の足元は黄色く汚れ。さっきよりも多くの家が、アパートの区画が、その地域を埋め尽くすようになったところで並木は終わった。彼が足を進める度にザクザク音がしたが、街の中心地へと近づくに連れ、それが徐々にいつものリズムへと変わり。移動してきた数台の車の上を除いて、ここでは雪の跡などなく。彼は何が上演されているのか確認することもせず一軒の映画館へと入った。そこは半分の人の入り。彼は最後列に近い席に座り、そして目を閉じた。

彼女はレコーダーのスイッチを押したが、視線は逸らしたままで、その後でテーブルの上に覆い被さり、腕に頭を乗せた。

細かく規定された環境はある程度の満足感をもたらしてくれる。それを否定することはできない。それでも――でも僕は彼女にひどいプレッシャーをかけていたのかもしれない彼女は確かに求めていた必要としていた。僕にはそうせざるを得なかった。彼女は答えなんてないと言っていた。それは理解できた。でもすべてひっくるめて考えてみてあの時はどういう状況だったかというと――どう言えばいいのかどうやって説明すればいいのか回想しながらどうやったら思い返したところで当時のそれとは別の人としか別の役割としか思えないものと折り合いをつけられるんだ？　あの独房に監禁されて時間が無意味なものになったあの時でさえあの場所においてでさえ僕には演じるべき役割があった。自分のことを大義をもった男なんだと信じていた一人の少年が幻想を捨て去ったとは言い切れないああ違う決してそんなことにはならなかった。どうしたらそうなるっていうんだ？　決してあんなふうに唐突なものではないんだそれは機をうかがっていて。自分は今まさに幻想を捨て去ったんだと誰かが言えたとしてもそんなのは全然意味がないんだ。でも振り返った時に人というのは正確にはどの瞬間にその幻想が打ち砕かれたんだろうかと考えてしまうものなんだ。その一方で他人から環境から影響されて変化をしたという感覚があるんだと示すことはできて山がちな地域の地図のように陰影をつけることもできる。変化は確かに知ることができた。でも認識できたのは僕自身だけだった。他の人にとってはその様式は決められているもので人々はそれを変えようとはしない。すぐに人はそれが自分自身だと考えるようになり起こった変化は隅の方に身を潜める。ごくたまに呼び起こされたりもする例えば刺激とか物によって。においとか。音とか。そういうものが思い出させるんだ。そしてそのイメージがぐらつく。でもそれでも誰も気づきはしない。とりわけ君の最も近くで暮らしている人々は。とりわけ……。そしてごまかしがあって人は自動的に求めに応じ続け存在し続け行動し続ける。というのもそれが一番楽なやり方なんだ。そのうえ人はすぐに忘れてしまう。習慣が浸透して、痛みは遠くから眺める対象の一つになる。

そのことで彼女が苦しんでいたのは間違いない。僕は不安に思っていた。それは不快だった。でも喜びもあった。共有されなかったわけじゃない。僕は……。

レナードの声がこもり、それから甲高くなった。明かりをつけ、彼女はレコーダーを見下ろし、電源を切り、そしてテープのスプールを取り出した。彼女は巻き直そうとしたがテープは破損していた。彼女がさらにほどいて真っ直ぐに直そうとするとねじ曲がり、しばらくすると彼女の膝の上には絡み合った塊ができていて、彼女の両手の中で渦を巻いていた。

彼はヌーディスト村を映したスクリーンを見上げた。体の大きな北欧の女たちが飛び跳ね、笑い声を上げ、木々の、草の中ではしゃぎ、長い髪に花を挿し、胸の前で花束を抱えていた。その映画館の座席には茶色の、灰色の中折れ帽を被った男たちがまばらに座り、湿ったコートは畳まれて空席に、または膝の上に置かれ。誰かが後ろでぜいぜい息をしていた。案内係の女たちはベルベットのカーテンのかかった入り口の前でくすくす笑った。明かりがついても懐中電灯は自動で辺りを照らし続けた。雪はみぞれへと変わっていた。彼は手を上げてタクシーを止めた。座席は濡れていた。彼は窓を閉め、座席に沈み込み、明かりに、信号に目をしばたかせた。そうですねとか、本当にとか相槌を打つが、運転手が大声で話す言葉は彼の耳には入っていなかった。彼は外へと飛び出し、料金を払い、そして回転ドアを押して中に入った。守衛が何か言ったが、彼にはその男の口が開き、閉じられたのが、エレベーターの格子越しに見えただけだった。

廊下で彼は聞き耳を立てた。マンションの部屋は暗闇に包まれ、唯一暖房だけ、その明かりが居間の壁を照らしている。ルース——ルースどこにいるんだ——ルース？　彼は寝室のドアを開け、ベッドを、その周囲を見た。自室のドアを開けた。彼は暖房の前に膝をつき、両手を、顔を擦り、そしてお酒を一杯注いだ。かすかな物音が聞こえ、彼は廊下に出て、ドアをゆっくりと押して開けた。ルースこんなところで一体何をしてるんだ？　この憎たらしいテープったらおかしくなっちゃってこれ見てよごめんなさい私がもっと絡ませちゃったみたいなの駄目になっちゃった箇所もあるし。彼女はねじ曲がった薄っぺらい茶色のテープが巻かれたスプールを彼に差し出した。どこに行ってたのこんなに遅くまでレオン私かなり心配だったのよ？映画を見にいってたんだあの吹雪に捕まっちゃってごめんよ電話をすべきだったね。あなたお酒も飲んでたのねうわお酒臭い。彼女は彼に一瞬近づいて、鼻に皺を寄せた。ところで何の映画を見たの？　ああ特に面白くもない西部劇だ。タクシーを捕まえられたんじゃないの？　うぅぅんそうだね。彼はテープに、空になったその箱の上にかがんだ。何でこのテープをかけたんだい？　彼女のだと思ったのごめんなさい気がつかなくてでもとにかく私がそれをいじる前からすでに半分はぐちゃぐちゃになってたのよ。彼はテープを巻き直しながら、彼女がキッチンでバタバタ動き回り、猫に話しかけているのを聞いていた。あなたボーボー用の肉の缶詰は買ってきてくれた？　ああしまったごめん忘れてた完全に頭から抜けてたよ。彼は大声で答えた。待った。キッチン内の動きと、蛇口から流れる水の音が聞こえただけだった。あのくそ忌々しい猫め。ぶつぶつ不満を言いながら彼はテープのスプールを箱の中に仕舞った。入り口のところで彼は彼女があちこち、順序立ってある器具から次の器具へと動き回るのを、頭を下げてシンクを、コンロを覗き込むようにしているのを目で追った。木のスプーンに被さる彼女の腕には血管が浮かび上がっていた。

彼はお酒を一杯注ぎ、テレビのスイッチを入れ、そしてソファーにもたれかかった。彼は自分の方に歩いてくる猫に対して蹴るような素振りをした。彼はクッションを手に取った。猫は彼の靴のにおいを嗅いでいた。シッシッシッシッあっち行けシッシッ。見下ろせば開いたままの日記帳が彼の目に入った。彼は体を前にかがめると大きな書体で広く間隔をとって書かれたルースの手書きの文字を読み始めた。

十一月一日

何も感じることができない。考えて不思議に思うだけ。疑念を抱きながら彼に対峙しているんだから私自身に責任があるのか？　いいやいいやそんなのきっと無意味なことだとわかるだけ。でも私は多分この問題について自分自身と対峙することすら怖がっているのでは？　私たちに子どもさえいたのなら。彼も同じようにそうだったらと思っているのだろうか？　もしそうだったとしてもそもそも私の考え方は変わったりするのだろうか？　返答などもはやそこには存在しない。そのことは十分にわかっている。彼はただ自分の絶頂を迎えることにしか関心がなく私はそんなふうに利用されるなんてまっぴらごめんだ。結婚当初は違っただろうか？　過去の感情を思い出すのは何と難しいことか。私は受け身で受け身すぎるくらいだったと今になれば思うけれど彼が私にそうさせていたのだ。要は喜ばせたいというその願い彼の望む最たるものを想像してそれを与えて満足させたいというその願いと同時にでも私自身は何か違うものを何か他のものを欲していて。でも正確には何を？　今朝彼は私のところにやってきて、視線を向けもしないで、彼の手の下の私の体は肉の塊のようだった。何日も何時間も何かが何でもいい起きてくれないかと願うことがある。ある種の柔さ。私はすごく疲れている。私の体は重くて積み重なる考え事と同じくらいに重くてそのうえ叫びも死産となってしまう。私は檻の中から彼を見ている。それで私は二人は繋がっているんだと考える。でもはっきりした根拠は何もない。言ってみれば物質的な証拠というのは何もない。少なくともここで私たちを囲んでいるものはすべて実体があり安全をもたらしてくれる。私たちが共に築き上げた我が家。でも近頃は自分のことがほとんど侵入者のように感じられる。なぜ？　私は自分自身の姿を見て五年後十年後に自分はどうなっているのか思い描く。状況は今とは変わるのだろうか？　許容や礼儀正しさそれは基盤となるような関係性を毎日の生活におけるある種の円滑さをもたらしてくれる。でも笑い声は決して生まれない。若い女の子のするようなあの大きく吹き出すような笑いは生まれない彼女ですらそうやって笑っていたのに、笑い声が終わる直前のあのわずかなあえぎ、私はそれをほとんど経験したことがない、若いんだとかはっきり確信があるんだとかそういう意識だって全然なかった。常に感情を抑えていて、物事は相対的に黒か白かどちらかでないとならなかった。私は結婚前に恋人を作らなかったことをひどく後悔しているそのことは事実だ。私たちが出会った時彼は神のような存在で、私にはいなかった兄弟のような、おそらく父のような存在でもあった。彼の罪なところは人好きのするところだ。私は理解できていると思っていた。彼の理想主義に、知性に畏敬の念を抱き、それになにより私に対して彼が敬意を払ってくれているという安心感。そのすべてが揺らいだのはいつだろう、何曜日に、いつの夜に私はこの恐ろしい分離を、アイデンティティのある種の喪失を感じたのだろう？　二人が一緒に出かけた日には、私は一人で家に残されて、あの壊れた彫像に向き合って、おそらくその時だ、おそらくそうだ私が見逃している何かを彼と共有している人がここにはいるんだと気がついて。私は彼女が死んだその時真っ先にほっとするような感覚を覚えたんじゃなかったか、私は以前からそうなればいいと願っていたんじゃなかったか？　私たちがあのベッドで一緒に寝転がっていた時だって、彼女の白い首があって、私の指はぞくぞくするようなおかしな感覚に包まれ、まるでその手は他人の手のようで、まるで殺人犯の手が移植されたみたいだったんじゃなかった？　それからその夢が頭を過《よ》ぎり、一日中付き纏って離れない後味を残して去っていった。でもどうしたら私に責任があることになるのか、あのことについてどうやって自分の責任を感じろというのか？　私の感じていることを知っているとでもいうかのような彼女が時折見せるあの目が、実のところ私の夢を紡いでいた。私には他にどうしようもないように思えた。あらゆることが可能だと思えたような時には、私はどういうわけか彼女の人生を、疑う余地もないほどはっきりと彼女が持っていたあの自由の感覚を羨んだ。でも同時に憐れみもあった、そうだ彼女の目の中に見つけたそれに対する哀れみ、それから彼女が必死で私たちにしがみつくあの様子。それについて今となってはそんなに確信を持ててはいないけれど。彼女は私たちから何を得たかったのだろうか、彼に、私に何を求めていたのだろうか？　おそらく私たちは知ることはないだろう。最近では自己憐憫を覚える夜があり、はっきりとではないけれど心のどこかで彼が私の元から去ってくれないかと願ったりもしている。私が出ていくことができればいいのに、でもその労力が。労力。そうやって私たちは居残るのだ。招待客がそうするように私は見ている。彼の次の行動を待ちながら。幾許かの自制は必要だ、少なくともそういう受け身な態度に力の感覚が備わっていることは確かなのだから。そして明日にはきっと。

ねえあなたテーブルの準備をして。彼は彼女がキッチンの中へ、片手鍋や、お皿の間へと戻っていく音を聞いた。料理のにおいが部屋の中に漂った。彼は日記帳をクッションの下に戻した。テレビを見て、音を下げた。一人の女、両手を自分の体に押しつけ、口を大きく開き、彼女は後ろへ、前へ体を素早く揺すっていた。

ナイフとフォークのカチャカチャいう音。彼女の瞼は濃い青色に塗られ。今夜はどうしようかルーステレビで何かやってる？　何もやってないわ野菜をもっとどうあなた？　もう結構。本当に？　ああ本当だよありがとう。まだここにたくさんあるのよもっと食べない？　そんなには僕……。彼女は芽キャベツを掬って取ると、それを彼のお皿の上に載せた。ワインを飲まないかい？　あったかしら？　ボージョレのボトルが半分残ってるんだ。そうなの。寒くはないかい？　大丈夫よ。ルース僕はずっと考えてたんだけどおそらく僕たちはすべきなんじゃないかな……。それで？　彼女はぱっと視線を上げ、彼のことが見えるようキャンドルを脇へどかした。彼はテレビの方を見ていた。何か言ったでしょ？　よければ僕たちクリスマスに出かけない？　海外にレオン？　違う違う灰色の家《グレーハウス》だよそれでやめるんだ――ほらここでの親父との家族行事とかそういうものすべてやめてさどう思う？　私はあそこには行きたくないのよあの場所はすごく寒くなるし暖かくするのに何日もかかって――それから……。僕たちはいつかあの場所の悪魔払いをしないとならないだろルース。そんなこと考えてもなかったわ。彼女はそこにあるお皿を重ねた。周りに友達がいればいいんだけどあそこは冬は人もまばらですごく寂しいでしょレオンそれに――ほら特にすることもないし見るものだってないしね少なくとも……。でも僕たちはここでだって誰にも会ったりはしないじゃないか。そうねそのことについてはこれから考えましょう時間はたっぷりあるもの。ああそうだな。彼は彼女がテーブルから離れ、部屋の中を移動するのを目で追った。キッチンで彼女の立てる音が聞こえた。窓辺で彼はカーテンを開けた。向かいの広場は完全に真っ白。通りには真っ暗な溝ができていた。風が木から、屋根から雪を撒き散らした。バスの、車の屋根、それはいくつもの真っ白いベッド。

　彼はデスクライトのスイッチを入れ、そして原稿を開いた。紙の上に投げかけられた丸い光をじっと見つめた。コーヒーをレオン――レオン飲みたいとか……。そうだねそうだね。暖房の温度を上げてよあなたこご凍えそうなくらい寒いわよレオン聞いてた？　そうだね大丈夫だ大丈夫だ。彼女は彼が暖房に身をかがめ、体を起こし、首を左右に動かしているのを目で追った。彼女は床の上にクッションをいくつか置いて座り込んだ。もしあなたが仕事をしたいんだったら私は違う部屋に行くけど？　いいんだいいんだ気にしないでただ読んでるだけだから。彼女はクッションの中で身を捩り、膝を高い位置に上げた。ルース君《きみ》は幸せかいつまり……。幸せよあなた何でそんな……。ああ特に意味はないんだ君がなんだかどういうわけか——そうだなどう言っていいかわからないんだけど最近あまり家の外にも出てないみたいだし何か心配事があるのかい？いいえ——何もないのあるとしたら多分——ああ大したことじゃないのそうよ私は幸せなの当然幸せなのよ私たちって幸せでしょレオンつまり……。彼は彼女のところまでやってきて、そして膝をつき、頭を彼女に預け、彼は囁いた。何？ただ……。何なのレオン？彼の頭は彼女に触れたまま、上へ下へ動いた。いいにおいだ新しい香水？単に石鹸かおしろいじゃないかしら。それに新しいワンピース？彼女のよ唯一サイズが合ったものなの。彼女は彼の髪に、頬に触れた。彼女の目は閉じたまま。彼の手がワンピースに触れ、デザインをなぞり、少しずつ移動し、彼女の太腿を、ストッキングとガーターの間の肌の上を這うように上っていった。つまみ、摑み、さらに上へと登り、中へと入っていく彼の指に彼女の手が添えられた。彼女は下を覗き込み、彼の顔を、目を見ようとした。目は窪み。湿りを帯びた彼の口元。血管が彼の首に、額に浮き出て。彼の指がさらに中へと押し入って。暖房に気をつけてやけどしちゃうよ。彼女はさっと離れた。彼は横に滑り降り、笑っていた。何がそんなにおかしいの？腕を大きく広げ、彼は仰向けに寝転び、依然として笑ったままで、口を閉じ、体を彼女の脚のそばに投げ出していた。彼女は立ち上がり、彼を見下ろした。彼は彼女の足首に手を伸ばし、そして見上げた。来て——僕のところに来てよ？今はやめてここはだめよレオンあなたなんだかすごくおかしいわよあんなふうにするなんて一体何なの……。彼女は体の向きを変えようとしたが、彼の手はさらに強い力で彼女の足首を固定した。来てよルース——ここだよ？　彼は口を尖らせ、舌で唇の先を舐め、舌を内へと吸い込んだり、それから外に出したりした。一本の腕が彼女の足首を滑る。いや——いやよレオン知ってるでしょ私は服を着たままするのは好きじゃないの。なら脱いじまえよ。あなた時々すごくがさつになるのよもう本当どうやったらそんな……。こんなの普通のことだよルースひどいな傷つきやすいんだよ男はみんなそうなんだ。足首を摑んでいた彼の手が離れた。彼女は立ったまま、腕を両脇で強ばらせ、口を開き、まるで何かを言おうとしているかのようだった。彼は体を縮こまらせ、頭を膝に乗せた。レオンごめんなさい——ごめんねでも……。ああ大したことじゃないよ。でも本当に私ったら。彼女は自分の髪をぎこちなくいじり、でも彼が立ち上がり、目を細め、顔を紅潮させれば後ずさった。何が起こってしまったんだ——僕たちに何が起こってしまったんだルース近頃何を……。何てことあなたはあなたはあなたは……。彼女は素早く向きを変え、そして走って部屋から出ていった。彼は彼女の部屋のドアがバタンと閉まる音を聞き、鍵が回されるのを待った。彼は寝転ぶと、両腕で頭を支えた。

彼女は枕に顔を埋《うず》め、羽毛布団の下で脚を抱えていた。彼女は時折震え、止まり、動かなくなると、鼻を啜った。彼女は再び震えた。寝返りを打って彼女は暗闇の中を、通りから入ってくる一筋の明かりを見た。涙が片側の頬を流れ落ちたが、彼女は拭わなかった。

彼はドアをノックした。ルースちゃんと話をしよう僕たちはこれ以上……。彼は明かりをつけた。スイッチは消してそれは消してお願い――お願いだから。彼はおぼつかない足取りで暗闇の中を進み、ベッドの上へと辿り着くと、彼女の肩に触れ、彼女を自分の方に引き寄せようとした。彼女はそれを跳ねのけ体を丸め、壁を背にして震えた。彼はタバコを探して、赤く燃える点が近くで、遠くで、くすぶるのを見ていた。聞いてルースもし君が望むなら……。私は何も望んでない――もう出ていって――お願いだから出ていってよ――お願いだから私を一人にして――一人に。彼は壁を背にしている彼女を見ようと、そこにぴったりと体を寄せた。彼は上体を起こした。彼女の手が伸びてきて、彼に、宙に、彼の周囲の暗闇に、拳を振るった。彼は彼女の腕を掴み、彼女の体を自分の下へと押し倒した。あなたなんか嫌い――嫌い嫌い嫌い……。彼が彼女のワンピースをたくし上げ、下着を下ろし、そして性急に彼女の中へと入っていけば、彼女は泣き叫び、腕を突き上げ、手で壁を引っ掻いた。彼女の体はベッドに沈み、その間も彼は彼女の上で動いていた。こんなふうにするのはやめてよ何てことをレオンやめてよ……。彼は息を切らし、もっと速く、さらに奥へとやっきになった。あなたったら痛めつけてるのよ信じられないそうやって私のことを痛めつけてるのやめて――いやよレオンあなた気が狂ったの？　彼女は両脚をくっつけて閉じようとした。彼の膝は彼女の脚をさらに開かせ、彼の手は彼女の腕を左右に貼りつけた。彼女は爪を食い込ませとうとう指が彼の血で覆われた。お前を犯してやるよお前を犯してお前を犯してそうすれば……。彼女は叫び声を上げ彼はさらに奥へと入っていった。彼女は彼の髪を、顔を強い力で掻きむしった。彼は動きを止め、顔を逸らし、再開し、より速く動くと、そのうちに彼女の剝き出しの太腿が、お腹が音を立てながら彼を打ちつけ、ベッドのスプリングが軋み始めた。彼女の体はぐったりとして、頭だけが動いて、左右に揺れ、持ち上がって、沈み、彼女の口は開かれたままで、しかしなんの叫びも発せられなかった。彼は体を後ろに引き、彼女の脚の上に体を倒し、頭をベッドに寝かせた。彼女は体を捩って彼の下から出ようとしたが、彼の体が彼女を抑えつけた。彼女が腕を振りまわし、押し返すと、やっと彼が体の上から転がり落ちた。彼女は電気スタンドのスイッチを手探りした。彼女は壁に背を押しつけ体を縮め、自分自身を、彼を、彼の足首に引っかかっているズボンを、靴を見た。彼がベッドの真ん中へと離れていき、羽毛布団を被ると、彼女には彼の体の盛り上がりと、飛び出ている髪の毛しか見えなくなった。彼女は立ち上がり、ワンピースを下ろして脱いだ。ルース僕は……。私に話しかけないでまさかそんなこと許されるとでも思ってるの……。彼女は出ていき、ドアをバタンと叩きつけた。

彼は浴槽の蛇口から水が流れる音を聞いた。うなりながら、彼は羽毛布団を頭まで被り、自分の呼吸がいつものリズムに戻るのを待ち、そして目を閉じた。

彼女はドアの鍵を閉め、そこに背を預け、左右の手を壁に貼りつけた。水が浴槽の中に勢いよく流れていくのを、蒸気が窓を、鏡を、壁を覆うのを目で追った。彼女は椅子の上に立ち窓を開けた。彼女が身を乗り出し、雪を受け止めるように頭を上に向け、口を開けると、雪片が口の中で溶けた。向かいの部屋から音楽が、笑い声が聞こえてきた。カップルがカーテンの向こうでキスをし、二人の影は一つになり、ゆっくりと離れ、また一緒になった。

彼はタバコに火をつけ、いくつか枕を重ね、それに寄りかかった。彼は鏡を一つ手に取り、にやっと笑ったが、そのにやりとした笑いは、彼が歯を軋らせ、顎を上下に動かせば、しかめ面に変化した。彼は持ち手をカタカタと揺らした。ルース——ルースあの僕は……。勢いよくどんどん流れる水の音、それに続いて水が飛沫を立てる音。彼はドアにもたれかかった。ああ何てことを何てことを。彼は居間に入って、一冊の本を、さらにいくつかを手に取り、それらを開き、閉じた。新聞を、ページを次から次へと彼は捲っていった。

彼女は石鹼を手で泡立て、そっと胸に触れ、持ち上げ、入念に観察し、赤くなったところはもっとたくさんの泡で覆った。彼女は体を沈め、首が、顎がお湯に浸かった。音楽と、笑い声はどんどん大きくなり、誰かが叫び声を上げれば、それは甲高い笑い声へと変わった。ドアを引っ掻くような音がして彼女は顔を上げた。彼女は浴槽を跨いで出ると、ドアをそっと、猫が身を捩って中に入れるくらいまで開けた。彼女はタオルを椅子の上に置き、彼を手招きし、そして持ち上げ、その場に下ろした。彼女は浴槽の中へと戻り、濡れている髪の毛先を左右に振って、手を猫の方に伸ばすと、猫も片方の前足を突き出し、ためらいがちに浴槽の縁へと飛び乗り、そしてバランスを取りながら進んで、彼女の顔の近くまでやってきた。彼は水のにおいを嗅いで、髭を、尻尾を震わせた。彼女は手を持ち上げ、水を滴らせた。彼は飛び降り、ドアを引っ掻き、彼女を見上げ、ニャーと鳴いた。彼女は素早く跨いで出ると、震えながら、体を拭いて、そして服を着た。窓を擦って彼女は外を、向かいの二つの人影がお互いの周りを動き回っているのをじっと見た。二つの煙突の間にはほっそりとした三日月が浮かび、やがて雲がかかった。一列に並ぶもっとたくさんの煙突、雪を被っていて、丸くて黒い上部のそれは、ぽつぽつと浮かぶ汽船の煙突で、そこに見える何本かの木々と区別ができない。たくさんの窓からこぼれる多彩な色の光。黄色い光が、通りから放たれ、濃いオレンジ色の明かりを空に投げかけていた。青い氷柱《つらら》が何本か非常階段にできていた。

ドアが開き、閉じる音、ルースが廊下を歩く足音を聞きながら、彼は本を開いた。寝室のドアの、それに続いて玄関のドアの音。彼が窓から身を乗り出せば、彼女が出ていくのが見えた。彼女が素早く通りへと車を走らせるのを目で追った。車は曲がり角でわずかにスリップした。大量のウイスキーを注いで彼はバスルームの中へと入っていった。外の喧騒を聞きながら彼は向かい側に視線を向けた。一人の若い女が、ジーンズを身に纏い、非常階段の一番上で一つのバレエのポジションからまた別のポジションへとふらふら揺れ動いていた。男たちの集団が笑い声を上げながら、窓辺に立ち、持っていたグラスを高く上げた。踊っていた女は下の方へと視線を向け、くすくす笑ったが、レナードに気がつくと、彼女は大きな声で呼びかけた。男たちも向かい側に視線を向け、手を振った。ジャズの音色が流れてきた。女の口は開いているが、彼には何も聞こえず、彼女は建物の白黒の骨組みの周りをゆらゆらと進んでいった。彼女が一握りの雪を手に取り浴室の窓へと投げると、その雪は窓にぶつかって粉々になり、小さな塊となって飛び散った。彼はカーテンを閉じたが、その笑い声は、音楽は依然として聞こえてきて、自分の影がカーテン上に広がっているのが目に入った。まったくふざけやがって。彼は蛇口をひねり、便座の上に座ると、ガラスに向けて息を吐き出し、ウイスキーをごくりごくりと何口か素早く飲み込んだ。

彼女は街の主要道路を車で素早く駆け抜け、脇道へと入っていき、それから車を停めた。彼女は車から降りて慎重に雪の塊の間を、黒くなった雪の小道を進み、階段を登り、そして呼び鈴を鳴らした。一人の女が玄関に立った。ごめんなさい先生《ドクター》は今都合がつかなくて。でも緊急なんです彼に絶対に会わないとならないんです彼は今どちらに？　申し訳ありませんが彼は留守にしているんです私ではお役に立てませんか何かないでしょうか――他の先生を紹介しましょうか？　いいえ――いいえいいんです私は……。バッグを抱えて、彼女は階段を駆け下りた。彼が戻るのは次の……。彼女は車のドアをバタンと閉め、エンジンをかけ、車の向きを変え、ゆっくりと狭い通りを、駐車している車以外には誰も何もいない、半分雪で覆われた通りを、車で走っていった。彼女は明かりのついた窓の正面に停車し、タバコを探した。外に視線を向けると何人かの年老いた男たちが、一人の女が、洗濯機の正面に背中を預けてもたれかかっているのが目に入った。その女はルースと目が合い、首に巻いたスカーフを引っ張って、それで顔を半分隠してから、彼女は再び後ろにもたれかかった。車が一台通り過ぎ、スピードを緩め、ライトをチカチカと点滅させた。彼女は鏡の向きを変えた。近づいてきた車が横に停まった。彼女は正面をじっとにらんだままだったが、男がにやっと笑っているのには気がついており、ヘッドライトも点滅し続けていた。それから彼女はその車がクラクションを鳴らすのを聞いた。彼女が車の向きを変えて移動すると、その男がハンドルを回して窓を開けているのが目に入った。彼女は急いで車を走らせ、雪を撒き散らして、信号機まで辿り着いた。男の車が停車し、すぐ近くにいて、そして男が大声で叫んだ。彼女はわけがわからないという顔をした。彼は身振りで示した。彼女はその時彼が彼女の車の上がりっ放しのウインカーを指差していることに気がついた。信号はしばらく赤のままだった。男は笑い続けていた。彼の背後で一匹のブルドッグが憂鬱そうに後部座席の窓から外をじっと見ていた。

彼は頭を浴槽に預け、ウイスキーのボトルに手を伸ばし、注ぎ、グラスはほとんど溢れんばかりになった。石鹸置きの上に乗せた本が落ちないようにバランスを取りながら、彼は読書をしたが、蒸気が彼の視界を曇らせた。彼は床の上に本を放り投げた。鏡を見て、目を擦り、それから鏡に映る自分に対してグラスを持ち上げた。お前は何て馬鹿なんだ——馬鹿だ——大馬鹿だ。彼は自分の手に、引っ掻き傷に、指の付け根の関節まで伸びる薄紫色の細い線に気がつくと、それに触れて、乾いた血を擦って落としたが、さらに新たな血がぽたぽたと流れた。彼が水で洗い流すも、それはまだ流れていた。彼はハンドタオルを巻いて、浴槽から出た。カーテンを開けた。向かいの部屋ではキャンドルが灯されていたが、窓の敷居の上で三つのそれが今にも消えそうになっていた。雪はみぞれになったり、雪に戻ったりしながら振り続けその向こうでいくつかの影が混ざり合い、離れた。背の高い建物群、そこの明かりは消えており、裂け目が、穴が、四角い暗闇が、儚《はかな》げな白で縁取られていた。

彼女は背の高い倉庫が両側に並ぶ通りへと車を走らせた。ネオンサインがぶらぶら揺れ、文字はところどころ雪で隠れていた。土手沿いでは木々の根元に、壁際に雪の吹き溜まりができていた。川は、黄色に染まり、紫色の泥の渦を巻いていた。死んだ鯨のような船が何艘か、ひっくり返っていて。白鳥たちは、折り重なるように身を寄せ合い、橋の下に避難していた。彼女はゆっくりと車を走らせ、時々窓を擦った。地面に所々張った氷がタイヤの下で粉々になった。何羽かの大きなカモメが川の上空で旋回したり、橋の欄干の上に並んでとまったりしていた。頭のない雪だるまが一つ、枝の腕をつけたまま、公園の真ん中に座り込んでおり。一組の老年のカップルは建物の入り口でフィッシュアンドチップスを食べていて、車のヘッドライトがそこを照らすと顔を背けた。イヴニングドレスを着た一組のカップルがホテルの外でタクシーが来るのを待っていた。とけかけた雪が小さい塊となってポロポロと車の窓の上を滑り落ち。目の前の道路はすっかりきれいになっていて、雪はすでに側溝の中へと掻き集められていた。彼女は行き止まりに突き当たり、車を後退させ、くるっと向きを変えて街の主要道路へ入っていった。川からの水飛沫が歩道に降りかかり、はっきりとした暗い跡が残った。彼女は車を停め鏡を覗き、ハンカチで目の下を抑え、顔におしろいを塗った。

彼は自分の日記を閉じ、それをもう一度開き、そのページ上に一つだけある黒いマークをじっと見て、そして彼は特に意味のないいたずら書きをした。いくつかの小さな円、それから染みのような点が彼のペンから端へと飛び散る。ドアの開く音が聞こえ、彼は日記を閉じ、新聞を手に取って、電気スタンドの向きを変え、見出しに光が当たるようにした。彼女が廊下を歩く足音が聞こえ、彼女の影が壁に、机の上にかかり、そこで揺れるのが彼の目に入った。彼は新聞をひっくり返して裏面に進み、気づけば彼女の影は小さくなって、彼女の足音がして、それからドアが閉まるのがわかった。彼は暖炉の上の一枚の絵画をじっと見た。彼の手は蘭の図鑑の表紙の上で丸くなった。

素早く服を脱ぐと、彼女はベッドの中へ潜り込み、猫を腕に抱いてあやした。暗闇をじっと見た。一点の光が鏡の中で揺らめいていた。

彼は電気スタンドをソファーの近くのテーブルへと持っていった。彼は新聞に手を伸ばし、見出しをざっと確認して、そしてそのページの一番下にある小さな記事のところで動きを止めた背や腹に複数の刺し傷のある、身元不明の若い女性の裸の遺体が、昨日シュガーローフマウンテン近くの湖のそばで発見された。血のついた釣り用ナイフとハンマーもともに発見された。

六月

この突然の熱波のせいで夜に活動することが増えている。太陽が沈めば大抵すぐに海からそよ風が吹き、そうすると庭の木々が、茂みが揺れて、まるで人がまだそこにいるみたいに見える。おそらく彼らはいるのだ、だって防波堤の向こう側の浜辺は毎日人でいっぱいだし、それに暗くなると、彼らのトランジスタから流れる音楽が近づいてきて、笑い声が庭の向こうの下の方から聞こえてくるのだから。足跡で覆われた朝の砂それから砂丘の近くには燃やされた芝。Lは時々下りていくけれど、彼が階段に辿り着く時には、人の姿は見当たらない。おそらく彼らは洞窟の中、岩の背後に隠れているのだ。彼は頂上に立ち、浜辺へは決して下りずに、懐中電灯で辺りを照らし、そこにいるのは誰だ？　と大声で叫ぶ。この間の夜、泳いでいる時に、彼の懐中電灯の明かりが目に入った。長いことその明かりは小石の並ぶ浜辺へと、浜辺に並ぶ防波堤へと光を放っていた。その後の暗闇、でも私には彼がまだ階段の頂上に立っているのがぼんやりと見えた。私が海から出て、服を着た時には、彼はすでに立ち去っていた。

Rはゆっくりと、だるそうに動き回り、暑さに文句を言っている。猫はテラスの日陰で、または彫像の陰で、一日中眠り、動くのは芝生からトカゲが慌てたように出てきた時だけだ。プールにはまだ水が入っていないので、私たちは以前と変わらずその中へと下りて、仮面を身に着け、彫像を周りに移動させる。時折その場所は、花が辺りに散らばれば、寺院か、暴かれたお墓のようにも見える。下着を何も着けずに薄手のワンピース一枚だけでいても、私の体は汗でべたべたして、このすべての四肢に意識が向く感じ、冬のばらばらになった感覚とは大違いだ。

昨日の午後私たちは浜辺に行き、食事をした。Rは眠った。私は太陽に身を晒した。そんなぼうっとした暖かさだけがもたらすことのできる夢を見ながら。Lは並ぶ岩に、水溜まりに棒切れを突き刺したり、指で石の下を手探りして、貝殻をいくつか引っ張り出し、割って開いたけど、中身は全部空っぽだった。彼は上手いこと仕向けて大きなカニを棒切れの上に乗せ、そして私たちに大声で叫んだ。見て見て僕が見つけたんだ。Rは上半身を起こし、驚いて、目の端を擦った。ああもう元の場所に戻してよ。彼女は言った。可哀想に——生かしておくのよ。でも笑い声を上げながら、彼はそのカニを持ってきて、それが棒切れから落下し、動かなくなったので私たちはそれが死んだと思った。でもLがそれを拾い上げようとかがむと、私たちが眺める中、カニは彼の影の中へと踊るように横向きに進み、慌てて避難場所を探して、向きを変え、砂を掘り始めた。Lがカニを棒切れで突つけば、それは岩の方へと急いだが、でも私たちの影のせいでカニは再び進路を変えることになった。それが自分の方に向かってくるとRは叫び声を上げた。ハサミが一つ欠けていた。Lは、依然として笑い声を上げ、カニの上に飛び乗って何回か足を動かしてから、ぐちゃっと潰れた甲羅、ハサミ、緑色の液体となったその亡骸《なきがら》を見下ろした。Rはすでに崖まで辿り着いており麦わら帽子で自分自身を扇いでいた。Lはカニの亡骸を拾い上げ、彼女に向かって狂ったような踊りをしてみせ、手を、腕を触手のように動かした。私は波打ち際に立ち、彼の作ったお城を跨ぐように足を置いた。振り向いたが、私には二人の姿が見えなかった。二人の笑い声が聞こえてくるだけだった。Rの声は最初は大きく、そして小さくなり、洞窟の中から聞こえてきて。外の、砂で覆われた岩棚には、カニの亡骸と、長く細い魚の骨、カモメの羽が、Rの帽子の周りに散らばっており、麦わらは色褪せていて、崖以上に白く。私は防波堤の端まで泳いで行き、よじ登り、寝そべって、遠くから聞こえてくる人々や、海の音を聞きながらうとうとしていた。私は寝ていたに違いない、はっきりそうだと確信はもてなかったけれど、思っていた以上に潮が高い位置まで到達していたのがその証拠だ。二人の姿はどこにも見えず、もしかするとまだ洞窟の中にいるかもしれないと思い私はそこへ向かった。中は真っ暗で目がその変化に慣れるまでしばらく時間がかかった。私は大声で呼びかけたが、自分の声のこだまが返ってくるだけだった。足の下にはたくさんの魚の、貝の死骸。周囲の岩から何かを啜るようなおかしな音が聞こえてきた。私は引き返そうと、四つん這いになった。まるで何かの怪物の下の方から這い出てきたかたちをもつ肉体のように外からの薄暗い光が徐々に大きくなっていった。

夜に私たちは翌日シュガーローフに登るための計画を立てた。Rはあまり乗り気ではなかったけれど。こんな暑さの中出かけるのは骨が折れるだろうと彼女は言った。私たちはあるところまでは車で行って、どこかその近くに車を停めておこうと決めた。私たちは地図上で経路に印をつけた。私はあの湖の近くまでどうしても行きたかった、というのもその湖のことは遠くからしか見たことがなかったけれど、それはとても現実離れしたものに見えて、時にはまったく水と思えず、まるで一枚の鋼の板のようでもあり、または単に青い花の咲く野原のようでもあった。私たちは早朝から行動できるように準備をした。ちょうど真夜中を過ぎた頃から何かが屋根に打ちつけるようなかすかな音が聞こえ始め、最初私はネズミかな、それとも猫かなと思っていたが、徐々にその打ちつけるような音が途絶えることのない雨の音、まるで家に釘が打ちつけられているような音へと変わり、それが今日一日ずっと続いていた。Rはほっとしたようで、ピアノを演奏し、歌い、カードを持ってきた。一方Lは一人庭の小屋に籠もり、食事もそこで済ませた。私は少しの時間そこにいて、彼が蘭に霧吹きで何かを吹きかけているのを目で追った。色のついていない小さな蕾を彼は下におろし、私に見せるために葉をかき分けたけど、それはまるで子どもと一緒にいる人が、フードを下ろして、目から髪を払うみたいだった。近くまで体をかがめて、彼は片側にいて、私自身は下をじっと覗き込んで、その場に相応しいことを述べ、彼が見るもの、感じているものを理解しようとして。そして外では雨が小道を、彫像を切り裂くように打ちつけていた。何週間も乾いた状態だった地面からは蒸気が立ち上っていた。

この日の午後に雨は止んだ。鮮やかな緑色の下生えの上ではあらゆるものが水を滴らせており、それはまるで画家が、その色にのみ執着し、可能なあらゆる光と陰で、何枚ものキャンバスに一気に筆を走らせ、それから出鱈目《でたらめ》にニスを塗り、そのニスが端から零れているかのようだった。

Lと私は散歩に出かけた。雲は既に山から消え、山はこれまでになく大きく、そして近くにあるように思われた。海は広がり、ほとんど動かないものの、波は小さな島々にぶつかり飛沫を上げていて、それはまるで繰り返し向きを変える魚の群れの集まりのようだった。砂は、地下何層にも渡って、すっかり湿っていた。とはいっても砂丘の中には他と比べて乾いている箇所があって、私たちはそこで休んだ。かすかな風が吹き、私たちの脚に砂を吹きつけ、草をさざ波のように揺らした。山は青から紫へと色を変えたが、水面に反射するのは緑色だった。Lは放心状態のようで、私が言葉を発したり、言葉を発しようとした時も、彼は聞いておらず、またタバコを一本差し出す時に、彼が私の方をちらりと見ていたとしても、彼の目は虚《うつろ》だった。彼の腕にとまった一匹の蝿ですら彼の思考を乱すことはなかった。円を描く蚊の集団が上の方で絶え間なく音を立てていた。一人の小さな少年が防波堤に腰掛け、脚を揺らして、彼は私たちの方をじっと見つめていた。一台の車から人が集団になってどっと降りてきた。その人たちが踊りながら彼の横を通り過ぎた。Lは、まるで突然体を揺すられ目覚めたかのように、砂を自分の服から、髪から払い落とすと、私が立ち上がるのを助けてくれた。私は防波堤の少年に手を振ったが、彼は反応せず、自身の大きな帽子をさらに目深に被り直して、脚で蹴りつけるような動作をし、それから腕を振り回した。

この日の夕暮れ時に浜辺のたき火が目に入り、下りていって、いくつかの集団と交流した。ギターが奏でられた。女の子たちはお互い同士、または一人で踊った。カップルたちは防波堤の背後へと消え、再び姿を現わし、その時にはすでに手は繋いでおらず、たき火に近づくと離れ離れになった。星はいつもよりもっと近くにあるようで、とても近くて、ほとんど触れられそうなほどに思えた。花火がいくつか打ち上がり、流星と見分けがつかなくなった。山はピラミッドか、またはエジプトのミイラで、海の向こうに浮かび上がった。帰宅すると、家は暗闇に包まれていた。ドアを開け、自分の部屋へ向かう時、私は自分のことを単なる一人の不法侵入者以上の存在のように感じた。でも何を盗むというんだろう、特に狙われそうなものから気を逸らすためにおとりとして飾られているもの以外の何を。結局私は今や犠牲者になってしまった、そしてそこから引き返すことはできないのだ。

木曜日

終わらせないとならない仕事がたくさんあるから、邪魔をしないでくれと言い残して、この日の午後Lは自室に向かった。私は紅茶を持っていった。確かに机は書類で、本で溢れていたけれど、ソファーも、クッションも同じように散らかった状態だった。彼は盗んでいるのが見つかって、でもやってないふりを貫き通す子どもみたいに見えた。私がRの部屋に入ると、彼女は彼が頑張って働いているのか尋ねてきた。参加しないでいるのが難しそうなゲームの数々。そしてそういう秘密には、それがどんなに小さいものであれ、私が彼や彼女と共有しているそれには、とある感覚が内包されている——何と言ったらいいんだろう——親密さの感覚のようなもの。ある意味では共謀のようなもので、そういう時には私だけがしようと思えば裏切り者を演じられるのだと彼も彼女もわかっている。

金曜日

私たちは車でピクニックに出かけた、というのも出発前には天気がうららかに見えたのだ。でも正午までには霧雨が降り始めた。そしてすべてが広範囲に立ち込める濃いもやの中に包まれ、時々木々が人間のように見えたりもして。私たちは引き返し、沈黙したままで、まるで無言の喧嘩が勃発して、誰も負けなんて認めるつもりはないと心に決めているかのようだった。車内は煙くなり、暗くなり、湿気が充満した。電車が通過する時には私はどこかに向かっていたり、または帰っている人たちのことを羨ましく思った。ある地点と次の地点の間にあるあの時間を超越した場所に収容された人たち。しかしおそらく客車の窓から顔を向ける人々は絶えず変わり続ける景色の中に身を置く私たちになりたいと思っていたのだろう。でもあの家の内側ではほぼ何も変化しない。二人の気分でさえ統制され得るもので、認識され得るもので、各々が意識的または無意識的に遂行するだろう行為や、行為の放棄から生み出され得るものなのだ。でも私自身の様々な表情で二人を欺くのは何と容易いことか。それに自分の本当の感情とは真逆である、上辺の態度を装うことにある種の喜びを覚えていることも否定できない。その結果今日の夜突如嵐に襲われて、人々が懐中電灯を、花火を持って庭に入ってきた時には。それに加わる代わりに、私は窓際に残って、膝の上で手を組んでいた。でも私の内側では底の方から笑い声が湧き上がるのだった、特に、稲妻が明滅する中、庭の小屋のガラス越しに見えるLの顔に気がついた時や、Rの恐怖に怯えた叫び声が聞こえてきた時には。すべてあっけなく終わってしまった。それでも庭が生き生きして見えたのは初めてだった。あの影像ですら人に見えて、もしかしたらあの人たちがいるのかなと時に思ったくらいだし、もしくは実際に何人かはあの場に残っていたのかもしれない。懐中電灯を照らせば、潰れた花の残骸は投射図のようにも、または小道に残された爪痕のようにも見えた。空っぽのプールに残された風船が破壊された彫像の周りを漂っていて、まるで軌道を外れてしまった惑星のようだった。

夏至の日の晩

私たちはマイムをすることに決めた、正確にはLと私が、一方Rはシネカメラを持ってやってきた。でも私たちがマイムを始めて間もなく、あの騒動が起こった。私が最初に彼らに、プールの縁から覗く六人くらいの顔に気がついた。それから物が投げ込まれた。そして突然三体の彫像がR目掛けて前進した。叫び声を上げながらRはカメラを落とし、舞台の上を一直線に走った。Lは少しの間立ったまま動かず、それから状況を把握し前方へと飛び出した。Rは叫び声を上げ続けた。しばらくの間私には何が何だかわからず、土が、金属の欠片が、破壊された銅の破片が辺りに降ってきた時も、ほとんど何も見えなかった。ようやく見えるようになった時には、Lは地面に横たわっていた。彼はまさにその瞬間三人の男たちによって袋叩きにされており、その三人の顔、腕、脚は白く塗られていた。彼らはものすごい忍耐強さで、動かずに、私たちが下りてくるのを待ち、彫像の中に身を潜め、息をすることすら我慢していたに違いない。Lを殴り、蹴っている時、彼らはまるで何年にも渡り抑圧されてきた感情を爆発させている道化師のようだった。私が彼の元に辿り着いた時には、男たちはすでにその場を離れていて、大声で喚きつつ、階段の一番上で手を振ってから、姿を消した。Rは壁を背に、隅の方でしゃがみ込んでいた。私はLが起き上がるのを助けたが、彼の顔は血まみれで、洋服は破れていた。彼は片方の手袋を握り締め、絶対にあいつらを捕まえてやるこれを証拠にあいつらを捕まえてやる奴らめ今回は逃げられないぞと喘いだ。庭は荒れ果て無秩序な状態だった。彼らは庭の小屋に押し入って、蘭を鉢から引っこ抜いており、その残骸が粉々になった彫像の欠片とともに辺りに散らばっていた。

いくつかの痣と、それから目の周りの内出血を除いて、Lの怪我はそうひどいものではなかった。でも彼は頭に包帯を巻くと言い張った。彼はその日の晩遅くに警察署に行き、手袋を渡し、長々と陳述をした。彼は帰宅したが、警察署の人たちも狂っているのだと確信していた、というのもどうやら警察は彼のことを本当には信じておらず、仲間同士でお互いにわかっているとでもいうように目配せを、ウインクをし合っていたように思われたから。まるで僕がわざわざあんなことをでっちあげているかのようにさ。彫刻の欠片を貼り合わせながら、彼は言った。あなた雄鶏の頭が前後逆よ。Rが指摘した。その鶏の青銅の目が今テラスから家をじっと見つめている。

私たちは数日かけて庭を、プールを片づけた。そして太陽が一日中輝いていたというのに、私たちは今日の午後を家の中で過ごした。すべきことも特になく、私たちはマイムをすることにした。Rはしばらくの間参加していたけれど、すぐに飽きたか、もしくはLの凝った演出指示に始まる前から疲れ切ってしまっていた。ここは今刑務所だ――君たちは左右に三歩までそれから前後に六歩までしか進むことができない。私がLの仮面から汗が流れ落ちているのに気づいたその時、彼は空間に対して押すような動作をしていた。カーペットの上で身悶《もだ》えた。空気を引き裂くように手を振り回した。時々彼は私たちがマイムだけすることになっているのを忘れてしまうようで、椅子を並べて生み出した空間の中を這いながら、はっと息をのみ、大声でうめき声をあげようとした。彼はしばらく膝をついて、仮面を被った顔のそばで、両手を、指をひねり、とうとうRが、笑って、彼が何をしているつもりなのか尋ねた。僕は首を吊ろうとしてるんだ。彼は囁いた。彼は一脚の椅子の上に立ち、それから並外れてグロテスクな場面を、私が見た彼の演技の中で最も長いそれをマイムで演じた。その場面が終わったのだと思った時私は熱心に拍手をした。でも彼は自身の首に触れながらその椅子に乗ったまま体を上に伸ばした。頭を素早く下へとおろし、ついに椅子から飛び降り、頭を回し、だらりと舌を垂らした。彼は床の上に倒れ、笑い声を上げた、そして笑い続け、頭から足まで全身を震わせた。あんなふうにして人は勃起するって言われてるんだ。彼はRに向かって大声で叫んだ。でも彼女はすでにお茶の準備のために出ていってしまっていた。それで実際にしたの？ 私は尋ねた。彼は首を振り、上半身を起こして座り、仮面を何度もひっくり返し、自分の顔に当てて、隙間から覗きながら言ったのだったいいや――ほら厳密には違うというか――見ての通り自分の足元から生えてくるマンドレークなんてものはないんだ……。

月曜日

週末はあっという間に過ぎていったから、すべてを詳細に思い出すのは難しい。ものすごくたくさんの人が、いっせいに、突然にやってきた。パーティーへと発展し、それはとても盛り上がり夜中続いた。彼女は早くに休んだけれど、私の朧げな記憶では寝巻き姿で階段の一番上にいたRを見かけたような気がする。彼女は私を、私の足にキスをしていた男を見下ろした。その後で私は再び彼女が庭にいるのを、まるで人間の姿になりたいと思っている幽霊みたいに、彫像の間を漂っているのを見かけたように思った。でも白の、水色の、ピンクの、ロングドレスを着ていた女の人たちはたくさんいたし、それにあの薄暗がりの中で誰がその場にいて誰がいないのかを判断するのは困難だった。私の足にキスをしたのと同じ人が、その後に頭部のない彫像を抱きしめて、石でできた重量感のある胸に飲み物を注ぎ、その傍らでは一人の若い女が、彼の腕にしがみつき、彼をそこから引き離そうとしているのを目にした。私はLを探したのを覚えている、でも彼は見つからなかった。一度私は彼が彫像の背後で女の人とキスをしているのを見かけたように思ったけれど、通り過ぎた時にそうではないのだとわかった。その時の感情を要約しようとするなんておかしなことだ、常に変化するのに。朝になって私たちが昨夜の残骸に囲まれ、人々がテラスに置いてあったコートに身をくるみ、一枚のレコードが無音のまま回り続けていたあの時なんかは特に。それでもその日しばらく時間が経ってからは、静けさ、それを破るのはRのピアノの演奏だけ。そしてLは二日酔いを訴え、もう二度としないと言った。すべてが今や一つの夢のように思える、繋ぎ合わせようとする数々の試み、そしてそれとは別の他の夢だけがいくつも思い出されるのだ。

ボートを浮かべ、山に向かって漕ぎ出し始めてから幾晩か経過した。全体を貫くあまりの静寂に私は自分を侵入者だと感じ、しばしばボートを潮の流れに漂うままにさせる。多分あの考えが生まれたのは丁度そんな晩だった――でも書いてしまえばそれはその行為自体を遂行したも同然になってしまう。そうだその考えを育つままにさせておくのが一番いい。時間はまだあるのだから。そのうえ夏に山に登るのはひどく大変だろう。それに秋になれば、小潮になる。体が沖へと漂い、潮に流されたまま、決して発見されず、誰も確かなことがわからなくなってしまうなんていかに容易に起こることか。今はその時ではない。この夏は生き延びねばならない。どうにかして。あの二人とともに。何で私はこんなにも長い間とどまり続けてきたのだろうかと思う瞬間は確かにある。初めに希望はあったのだろうか？　自分自身の行為すら鑑定するのは何と難しいことか。唯一無二の理由があるようにはまったく思えない。

昨日の晩ボートを漕いで防波堤を越えた時、私はLを袋叩きにした男たちのうちの何人かがそこにいることに気がついた。彼らは砂の上でナイフを使ったゲームをしていて、私を手招きした。それと同時にLが階段の一番上に座っているのが目に入ったが、それはL以外の人のはずがなかったし、彼の頭が突然動き、揺れ、左右に動く様子、あんなに遠く離れていても私にはわかった。私はボートを素早く漕いで戻った。彼は私を迎えに来て、ボートを引き寄せるのを手伝ってくれた。私はその時何かを言いたかった、何でもいい、あらゆることを。でも彼は突然家まで競争だと言って、前方へ跳び出し、走り、丸石を、砂を蹴り上げ、それが入らないように私は目をつぶった。

夜は風変わりな音で満ちている。コオロギは自転車の車輪のように飛び跳ねて去っていく。カモメは鳴いて、時には一晩中続いて。とても近い。近い。時々私にはそれがRの泣き声のようにも聞こえる。でも確かなことはわからない。単にそう認識したのであればそれだけで十分だ。多分後に私が原因で二人はそのことに気がつくだろう。でも後にだ。日が短くなった頃に。

昨夜、テラスでの夕食を終え、私は下まで泳ぎにいこうとLの説得を試みた。彼は首を振った、といっても私が話していることにもほとんど気づいていなかった。庭を半分進んだところで振り返るとRが彼女の自室の窓辺に立っているのが見えた。Lはグラスに向かってかがんでいた。でも私が崖の先端まで辿り着いた時には、彼のタバコのかすかな明かりしか見えず、Rの部屋の明かりは消えていた。満月で、砂が氷のように見え、岩にぶつかり砕ける波は雪のようだった。遠くでは釣り船がひょこひょこ上下に揺れていた。山は空の一部。海から上がり、私はカモメの死骸を踏んだが、その翼は広がったままだらんとしていて、でもすぐにでも飛び去ることができそうに見えた。私はそれを拾い上げ、岩と岩の間にある砂の部分へと持っていって、そこに置いた。翼が両側の岩を覆った。血の跡はなかった。とても白い。滑らか。家に戻ると、Lは私に会えて嬉しそうにしてそれからお酒を一杯注いだ。彼の首は、胸は、白く、その部分のシャツのボタンは外され。でも彼の手はすっかり茶色く焼けていて。

今朝私たちはみんなで浜辺に出かけた。Rはその時には蝿がたかるようになっていたあのカモメの死骸を見つけた。羽が、血が辺りに散らばっている。Lは片方の翼を持ってそれを拾い上げ、海に投げ入れたが、潮がそれを浜辺へと押し戻すので、彼はさらに遠くにそれを持っていった。防波堤の向こう側の浜辺は人でいっぱいだった。私はそれを越えて進み、アイスクリームを買った。ボールが私の方に転がってきて、私はそれを投げ返した。戻った時には、Lはあくせくと砂丘の近くのたき火の燃えかすに砂を被せていた。彼はその日に幾分かの時間をかけて不法侵入者たちが入ってこないようにする計画について述べた。

昼食後には風が強くなった。崖にできた避難場所の中でさえ、私たちの服が、紙がはためいた。私たちは車で山の向こう側に出かけようと決めた、というのもそこにはこれまで行ったことがなかったのだ。まるで別の国に入るみたい。風もなく、またはあったとしても、山がそれを防いでいた。私たちはたくさんの道を車で走ったが、それはどれも結局は湿地帯に続く小道にしか通じていなかった。枯れた木々が浮いており、いくつかはまるで緑の塊からにょきっと飛び出た巨大な頭のようだった。向こう側の、触れられるものへと変化したあの土地ですらその存在を実感するのは難しかった。私たちは登っていき、トンネルを通り抜け、そこで止まると、眼前に広がる渓谷を眺めた。その湖はあまりにも小さかったので、もしかしたら太陽の光を反射して光る一枚の鏡だったのかもしれない。

今夜再び私は一人で下まで泳ぎにいった。風はすでに止んでいたけれど、水は昨晩よりも冷たかった。その後で私は洞窟の中に身を潜めた。それからタバコを吸った。他の洞窟のことを思い出した。私たちの自作の洞窟、それは私たち自身の変化に応じて形が変わることのあるものだった。

何日もの間雨が降り続けた。私たちは町へ戻ろうと決めた。でも戻った途端に再び熱波に見舞われた。人々はパブの外に、庭に、バルコニーに、公園に座っている。人々の顔は前よりも膨張しているみたいで、回復期の患者のように、自分の体に対して、周囲の環境に対して、すごく敏感になっている。でもその状況はそんなに長くは続かず、すぐにみんなが文句を言い始める。

猫がサナダムシに感染し、Rは様々な粉薬を買ったが、猫はそれを摂取するのを拒み、強制されると、即座に吐き出す。昨日はLが自分のベッドが一面吐瀉物まみれになっているのを発見した。怒り狂い、彼は猫を持ち上げ、部屋の向こうへと放り投げた。二人は大喧嘩をして、それがちゃんと解消されないまま、Lは出版社に出向くため海外へと呼ばれた。

Rは突然子どもみたいに、両親が家からいなくなってしまった子どもみたいに、落ち着きがなくなった。私たちは遠くまで買い物に出かけた。美容師たち。数々の映画。劇場。まるでまた人形遊びをしているみたい、彼女がそう言ったのは、私たちが彼女の部屋であれこれとワンピースを試着していた時だった。でも手紙が、葉書一枚すら、Lから届かず彼女は一層不安気になった。今日彼女はベッドで過ごし、私にそばにいるように言った。その部屋は空気がこもっていたけれど、彼女は窓を開けたり、カーテンを寄せるのを嫌がって、横たわり、シーツの下で半裸になっていた。私はブラシで彼女の髪を梳かした。彼女のためにお風呂にお湯を溜めた。その間彼女は絶えずしゃべり続けた。ある種の親密感が私たちの間に生まれたが、それはLがいる時にはどういうわけか決して生まれることのないものだ。気づけば彼がもっと長く家を空けてくれればいいのにと願っていたくらい。まるで彼が私たちといる時Rは役を演じているみたいで。ただしそれが、私たちだけしかいない時に、彼女が私と一緒に演じるある種の役柄とは違うものなのかどうかと思ったりもするけれど。

Lは予定よりも一日早く戻ってきた。彼はマイム劇のための白いローブを何着か買ってきた。彼は服の上から羽織ろうとした。Rは彼女のローブは小さすぎるとはっきり言った。熱波が続く中私は自分のローブを着て、それ以外のものは身に着けず、マンションの部屋の中を自由に動き回ったが、そうしていると不思議なことに力のみなぎる感覚を覚えるのだ。まるで何かの宗教の女祭司みたいに見えるよ――女神のようなものだな。彼は言った。何か下に着た方がいいわほらそれけっこう透けるもの。Rは言った。数ある新しいワンピースのうちの一つに袖を通し、オーデコロンをつけて。もう絶えられないこの暑さこの気候が変わってくれさえすれば。彼女は言い続けた。そして夜シーツの下に潜り、私が思い出したのは昔ホテルで過ごした別の夜、カーテンは閉まったままで。私たちの体の、お酒の、タバコのにおい。眠っているふりをしながら、彼が私を見下ろしていることには気づいていて、それから遠くから聞こえる他の部屋の人の立てる音。三日目に外に出れば、その時にはあらゆるものが、あらゆる人がはるか遠くに感じられた。私たちは不可視の存在だった。自分たちの体の中に収まり、その体は今まで認識もしていなかった境界線をすでに越えていた。お互いのにおいを手放さないようにしようとしながらも、あっけなく、すぐにそれが消え去ってしまうだろうことはわかっている、思い起こすこともできなくなるであろうその何か。でも触れるような感覚があり、妄想にもう一度飛び込んで。私がベッドに縛りつけられてるっていうことにしてみようよ。すると彼の舌が表面を、全面を、下を素早く移動する。三人でしてみたことはある？　あなたはあるの？　今三人になってみようか。それに近親相姦？　髪で鞭のようにぶって。胸の間でいかせて。口の中で。耳。背中の窪み。彼の胸の毛はタバコの火で焦げている。薄暗い室内で自分の髪をブラシで梳かす、鏡には斜めに進む一筋の光が刺し、半裸の状態で、彼が見ていることを意識して、でも振り返った時には、彼の目は閉じたまま。何を考えてるの？　君のことさ。今は？　これがこんなふうに続けばいいなって。次はいつ相手してくれる？君が望むならいつだって。窓の外。ボートの中で。飛行機の中で。動く必要などない。でも私たちはベッドの端まで移動した。彼は立ち上がり、自分自身を抱え込み、身をかがめて。雨の森の幻影。一面に広がる揺れる植物。濡れた岩にしがみつくと、魚の飛び跳ねる音、それともそれはただ単に私たちの体だったのか？　そして一本の茎が下生えから上の方へ伸びて。

私たちは歩いて公園に入ったけれど、座る場所はほとんどなかった。私たちは川に浮かぶボートに乗り込んだ。その後二人は田舎に戻ろうと決めた、すっかり秋になる前にと。今の時点で既に葉の色は変わり始めている。夜は起きたまま横になって考える。考えて。計画を立てて。

今朝私は早起きをして散歩に出かけた。あの防波堤、それからさらにいくつか越えて。そのうちの一つの背後で手足の不自由な人たちが集まり寝そべっていた。腕を失った男たちがちらほら水の中に入っていた。何人かは水溜まりの中に腰を下ろしていた。彼らの背後には、もやから姿を現わしたシュガーローフの山頂が見え、それはまるで宙に浮いているようだった。目を閉じれば私にはその湖が見えた、静寂でできたあの平らなかたちのものが、太陽の光できらめく様子、まるで月の欠片が落下したかのような姿が。でも私にはそれは触れられるものなんだと、そして私が触れてもばらばらに砕け散らないものなんだとわかっていた。

今日は初めて空気の中にぴりっとした鋭さの兆候。もやが地面から立ち上ぼりうっすらとした霜の中に横たわる。ボートの準備はできている、計画通りだ。今や他に必要なものはメモだけ。私には何も変わらないだろうことはわかっている。

註

001――クリュタイムネストラはギリシア神話上の人物で、アガメムノンの妻。アガメムノンが娘の一人を戦勝祈願のための生贄としたことに怒り、愛人と共謀して夫を殺害したが、後に愛人共々殺された。

002――この部分はイングランドの都市ブライトン近郊に位置するデビルズ・ダイク（Devil's Dyke）の神話への言及と考えられる。

003――ナーサリーライム「ヘイ・ディドル・ディドル（Hey Diddle Diddle）」からの引用。

004――新約聖書「ヨハネの黙示録」第九章第二節からの引用。

005――ポーシャ（Portia）はウィリアム・シェイクスピアの戯曲『ベニスの商人』の登場人物を指しているのではないかと思われる。

006――聖体行列は聖体を祀って行なう行進。カトリック教会で行われる。

007――ベルナデット・スビルー（Bernadette Soubirous）はキリスト教の聖人。

008――お告げの祈りは聖母マリアの受胎告知およびキリストの降臨を記念したカトリック教会の儀式。

009――ジョージ王朝といえば一般的にジョージ一世から四世らが即位した十八、十九世紀ハノーヴァー朝の時代を指すが、この家は二十世紀ウィンザー朝のジョージ王朝時代（正確にはジョージ五世の治世）に建てられたものということになる。

010――テクストに明示されてはいないが、この段落はアメリカのモダニスト詩人ウィリアム・カーロス・ウィリアムズ（William Carlos Williams）の『パターソン *Paterson*』からの引用。ただし引用をするにあたり「語句（phrase）」という一語が「記憶（memory）」に書き換えられていたり、不定詞のtoも一部省略されるなど改変が見られる。なお『パターソン』は日本語に翻訳されている（沢崎順之助訳、思潮社、一九九四年）。

011――《聖アントニウスの誘惑》の絵画はキリスト教の聖人である聖アントニウスが女性たちから誘惑を受ける場面を主題としたもの。

012――「希望と栄光の御一行」は、イングランドの愛国歌「希望と栄光の国（Land of Hope and Glory）」と、十九世紀半ばから二十世紀半ばにかけて子どもたちに禁酒について教育を行っていた団体「バンド・オブ・ホープ（The Band of Hope）」とを掛け合わせて創作されたものと思われる。

013——「茶色の小瓶（Little Brown Jug）」の歌詞からの引用。

014——「厠に閉じ込められた三人のお婆さんたち（Three old ladies locked in a lavatory）」はイングランドに古くからあるフォークソング。

015——サイレンスーツ（Siren suit）とは第二次世界大戦中のイギリスで防空壕に逃げ込む時に着るよう作られたつなぎのこと。

アン・クイン［1936–73］年譜

▼――世界史の事項　●――文化史・文学史を中心とする事項　**太字ゴチの作家『タイトル』**――〈ルリユール叢書〉の既刊・続刊予定の書籍です

一九三六年

三月十七日、イングランドのブライトンで、アイルランド人の元オペラ歌手モンタギュー・ニコラス・クイン（Montague Nicholas Quin）と、スコットランド人のアーン・リード（Anne Reid）の間に生まれる。

▼合衆国大統領選挙でフランクリン・ローズヴェルトが再選［米］▼人民戦線内閣成立（〜三八）［仏］▼スペイン内戦（〜三九）。オーウェルを含む多数の作家が参戦。ロルカ、スペイン内戦の犠牲者に［西］▼スターリンによる粛清（〜三八）［露］▼二・二六事件［日］●クリスティ『ＡＢＣ殺人事件』［英］●Ｏ・ハックスリー『ガザに盲いて』［英］●Ｍ・アリンガム『判事への花束』［英］●Ｃ・Ｓ・ルイス『愛のアレゴリー』［英］●チャップリン『モダン・タイムス』［米］●オニール、ノーベル文学賞受賞［米］●ミッチェル『風と共に去りぬ』［米］●Ｈ・ミラー『暗い春』［米］●ドス・パソス『ビッグ・マネー』［米］●キャザー『現実逃避』、『四十歳以下でなく』［米］●フォークナー『アブサロム、アブサロム！』［米］●Ｊ・Ｍ・ケイン『倍額保険』［米］●出版社兼ブッククラブ、ギルド・デュ・リーヴル社設立（〜七八）［スイス］●サンドラール『ハリウッド』［スイス］●ラミュ『サヴォワの青年』［スイス］●ジッド、ラスト、ギユー、エルバール、シフラン、ダビとソヴィエトを訪問［仏］●Ｊ・ディヴィヴィエ『望郷』［仏］●Ｆ・モーリヤック『黒い天使』［仏］●アラゴン

『お屋敷町』［仏］●セリーヌ『なしくずしの死』［仏］●ベルナノス『田舎司祭の日記』［仏］●ユルスナール『火』［仏］●ダヌンツィオ『死を試みたガブリエーレ・ダンヌンツィオの秘密の書、一〇〇、一〇〇、一〇〇、一〇〇のページ』（アンジェロ・コクレス名義）［伊］●シローネ『パンとぶどう酒』［伊］●A・マチャード『ファン・デ・マイレーナ』［西］●ドールス『バロック論』［西］●S・ツヴァイク『カステリョ対カルヴァン』［墺］●レルネト＝ホレーニア『バッゲ男爵』［墺］●フッサール『ヨーロッパ諸科学の危機と超越論的現象学』（未完）［独］●K・チャペック『山椒魚戦争』［チェコ］●ネーメト・ラースロー『罪』［ハンガリー］●エリアーデ『クリスティナお嬢さん』［ルーマニア］●アンドリッチ『短篇小説集三』［セルビア］●ラキッチ『詩集』［セルビア］●クルレジャ『ペトリツァ・ケレンプーフのバラード』［クロアチア］●ボルヘス『永遠の歴史』［アルゼンチン］

一九四六年頃［十歳］

父が母と娘の元を去り、親族であるおばやいとこたちと共に暮らしていた家を追われる。以降貧困の中、母と二人で生活を送る。その後ブライトンの女子修道学校に入学する。

▼国際連合第一回総会開会、安全保障理事会成立▼チャーチル、「鉄のカーテン」演説、冷戦時代へ［英］▼フランス、第四共和政［仏］▼共和国宣言［伊］▼第一次インドシナ戦争（～五四）［仏・インドシナ］●D・トマス『死と入口』［英］●H・ホークス『大いなる眠り』（H・ボガート、L・バコール主演）［米］●ドライサー『とりで』［米］●W・C・ウィリアムズ『パターソン』（～五八）［米］●J・M・ケイン『すべての不名誉を越えて』［米］●**サンドラール『切られた手』**［スイス］●フリッシュ『万里の長城』［スイス］●**ラルボー『聖ヒエロニュムスの加護のもとに』**［仏］●P＝J・ジューヴ『パリの聖母』［仏］●ルヴェルディ『顔』［仏］●パヴェーゼ『青春の絆』［伊］●ヒ

メネス『すべての季節』［西］●S・ツヴァイク『バルザック』［墺］●ヘッセ、ノーベル文学賞受賞［独］●レマルク『凱旋門』［独］●ツックマイアー『悪魔の将軍』［独］●アウエルバッハ『ミメーシス——ヨーロッパ文学における現実描写』［独］●マクシモヴィッチ『血まみれの童話』［セルビア］●アストゥリアス『大統領閣下』［グアテマラ］●ボルヘス『二つの記憶すべき幻想』［アルゼンチン］

一九五三年［十七歳］

十七歳で学校を卒業した後、俳優を志ざし舞台監督のアシスタントになるが六週間でその職を辞する。詩作をして賞を受賞するも舞台への思いが消えることはなく、王立演劇学校（RADA）のオーディションを受ける。しかしながら緊張でその機会をふいにしてしまい、その出来事をきっかけに作家になろうと決意する。

▼スターリン歿［露］●チャーチル、ノーベル文学賞受賞［英］●フレミング『カジノ・ロワイヤル』［英］●ウェイン『急いで下りろ』［英］●A・ミラー《るつぼ》初演［米］●バロウズ『ジャンキー』［米］●チャンドラー『長いお別れ』［米］●ベロー『オーギー・マーチの冒険』［米］●ボールドウィン『山にのぼりて告げよ』［米］●ブラッドベリ『華氏451度』［米］●J・M・ケイン『ガラテア』［米］●S・ランガー『感情と形式』［米］●クロソウスキー『歓待の掟』（〜六〇）［仏］●サロート『マルトロー』［仏］●ロブ＝グリエ『消しゴム』［仏］●ボヌフォワ『ドゥーヴの動と不動について』［仏］●バルト『エクリチュールの零度』［仏］●サンドラール『世界の隅々でのクリスマス』［スイス］●デュレンマット『天使バビロンに来たる』［スイス］●ヴィトゲンシュタイン『哲学探究』［墺］●バッハマン『猶予の時』［墺］●クルツィウス『二十世紀のフランス精神』［独］●ゴンブローヴィッチ『トランス＝アトランティック／結婚』［ポーランド］●ミウォシュ『囚われの魂』［ポーランド］●カリネスク『哀れなヨアニデ』［ルーマニア］●ベケット《ゴドーを待ちながら》初演、『ワット』、『名づけえぬもの』［愛］●トワ

ルドフスキー『遠い彼方』［露］●ルルフォ『燃える平原』［メキシコ］●カルペンティエール『失われた足跡』［キューバ］●ラミング『私の肌の砦のなかで』［バルバドス］

一九五四年頃［十八歳］

一年間職業訓練を受けた後、生活費を稼ぐためにロンドンの新聞社で秘書として働き、帰宅後に作品を執筆する生活を始める。体調を崩し、しばらく療養をしながら絵画の夜間コースを受講する。その後ブライトンの法律事務所に職を得る。

▼ブラウン対教育委員会裁判［米］▼ディエンビエンフーの戦い［インドシナ］▼アルジェリア戦争（〜六二）［アルジェリア］●K・エイミス『ラッキー・ジム』［英］●ゴールディング『蠅の王』［英］●トールキン『指輪物語』（〜五五）［英］●フレミング『死ぬのは奴らだ』［英］●ヘミングウェイ、ノーベル文学賞受賞［米］●カザン『波止場』（マーロン・ブランド主演、アカデミー賞受賞）［米］●ヒッチコック『ダイヤルMを廻せ!』、『裏窓』［米］●ドス・パソス『前途有望』［米］●フリッシュ『シュティラー』［スイス］●サガン『悲しみよこんにちは』［仏］●ビュトール『ミラノ通り』［仏］●アルレー『わらの女』［仏］●ボワロー＝ナルスジャック『めまい』［仏］●バルト『彼自身によるミシュレ』［仏］●リシャール『文学と感覚』［仏］●モラーヴィア『軽蔑』、『ローマの物語』［伊］●ウンガレッティ『約束の地』［伊］●アウブ『善意』［西］●T・マン『詐欺師フェーリクス・クルルの告白』［独］●E・ブロッホ『希望の原理』（〜五九）［独］●シンボルスカ『自問』［ポーランド］●サドヴャヌ『ニコアラ・ポトコアヴァ』［ルーマニア］●アンドリッチ『呪われた中庭』［セルビア］●エレンブルグ『雪どけ』（〜五六）［露］●フエンテス『仮面の日々』［メキシコ］●クリシュナムルティ『自我の終焉』［印］●アストゥリアス『緑の法王』［グアテマラ］●中野重治『む

らぎも』［日］●庄野潤三『プールサイド小景』［日］

一九五六年頃［二十歳］

ロンドンの出版社の翻訳権部門に職を得て、ソーホーで暮らしながら自身初の小説『ひと切れの月 *A Slice of Moon*』の執筆を開始する。

▼スエズ危機［欧・中東］▼ハンガリー動乱［ハンガリー］▼フルシチョフ、スターリン批判［露］●C・ウィルソン『アウトサイダー』［英］●H・リード『彫刻芸術』［英］●アシュベリー『何本かの木』［米］●ギンズバーグ『吠える』［米］●バース『フローティング・オペラ』［米］●ボールドウィン『ジョヴァンニの部屋』［米］●N・ウィーナー『サイバネティックスはいかにして生まれたか』［米］●サンドラール『世界の果てに連れてって』［スイス］●デュレンマット『老貴婦人の訪問』［スイス］●ガリ『空の根』（ゴンクール賞受賞）［仏］●ビュトール『時間割』（フェネオン賞受賞）［仏］●ゴルドマン『隠れたる神』［仏］●E・モラン『映画』［仏］●ルヴェルディ『ばらばらで』［仏］●マンツィーニ『鶴』［伊］●サングィネーティ『ラボリントゥス』［伊］●モンターレ『ディナールの蝶』［伊］●バッサーニ『フェッラーラの五つの物語』［伊］●サンチェス＝フェルロシオ『ハラーマ川』［西］●ヒメネス、ノーベル文学賞受賞［西］●ドーデラー『悪霊たち』［墺］●デーブリーン『ハムレット』［独］●シュトックハウゼン《ツァイトマーセ》［独］●マハフーズ『バイナル・カスライン』［エジプト］●パス『弓と竪琴』［メキシコ］●コルタサル『遊戯の終わり』［アルゼンチン］●三島由紀夫『金閣寺』［日］●深沢七郎『楢山節考』［日］

一九五八年頃〔二十二歳〕

ブライトンの実家に戻り非正規の職に就き、働きながら最初の小説を完成させる。この作品を複数の出版社に送るも出版を断られ、新たな作品『オスカー *Oscar*』の執筆に着手する。この小説の執筆期間中、夏季のコーンウォールのホテルでの仕事が原因となり最初の重い精神疾患を患う。

▼第五共和政成立〔仏〕●ダレル『バルタザール』、『マウントオリーヴ』〔英〕●マードック『鐘』〔英〕●ヒッチコック『めまい』〔米〕●バーンスタイン作曲『ウェスト・サイド物語』(ジェローム・ロビンズ原案)〔米〕●ドス・パソス『偉大なる日々』〔米〕●バース『旅路の果て』〔米〕●カポーティ『ティファニーで朝食を』〔米〕●ケルアック『ダルマ行脚』〔米〕●マラマッド『魔法のたる』〔米〕●ビュトール『土地の精霊』(第一巻)〔仏〕●デュラス『モデラート・カンタービレ』〔仏〕●シモン『草』〔仏〕●ソレルス『奇妙な孤独』〔仏〕●ボーヴォワール『娘時代』(～七二)〔仏〕●ボヌフォワ『不たしかなもの』〔仏〕●レヴィ＝ストロース『構造人類学』〔仏〕●マレ＝ジョリ『天上の帝国』〔白〕●バッケッリ『ユリウス・カエサルの三人の奴隷』〔伊〕●アウブ『ジュゼップ・トーレス・カンパーランス』〔西〕●ヘルマンス『ダモクレスの暗い部屋』〔蘭〕●ノサック『弟』〔独〕●アウエルバッハ『中世の言語と読者』〔独〕●フルビーン『八月の日曜日』〔チェコ〕●ゴンブローヴィッチ『フェルディドゥルケ』〔ポーランド〕●ブリクセン『運命綺譚』〔デンマーク〕●ミナーチ『待機の長い時』〔スロヴァキア〕●パステルナーク、ノーベル文学賞を辞退〔露〕●パス『激しい季節』〔メキシコ〕●グスマン『歴史に残る死』、『別論集』〔メキシコ〕●フエンテス『澄みわたる土地』〔メキシコ〕●カルペンティエール『時との戦い』〔キューバ〕●グリッサン『レザルド川』〔中南米〕●大江健三郎『飼育』〔日〕

一九五九年［二十三歳］

ロンドンへと戻り弁護士事務所で非正規の職員として働く。その後、パディー・キッチン（Paddy Kitchen）の助けにより王立美術院の絵画科で秘書の職を得て、同時にノッティング・ヒルに引っ越す。六三年まで働くことになるこの職場で、当時のポップ・アーティストらと出会う。

▼キューバ革命、カストロ政権成立［キューバ］●シリトー『長距離走者の孤独』［英］●G・スタイナー『トルストイかドストエフスキーか』［英］●パーディ『マルカムの遍歴』［米］●スナイダー『割り石』［米］●バロウズ『裸のランチ』［米］●ロス『さよならコロンバス』［米］●ベロー『雨の王ヘンダソン』［米］●イヨネスコ《犀》初演［仏］●クノー『地下鉄のザジ』［仏］●サロート『プラネタリウム』［仏］●ロブ＝グリエ『迷路のなかで』［仏］●トロワイヤ『正しき人々の光』（～六三）［仏］●ボヌフォワ『昨日は荒涼として支配して』［仏］●クァジーモド、ノーベル文学賞受賞［伊］●カルヴィーノ『不在の騎士』［伊］●パゾリーニ『暴力的な生』［伊］●ヴィットリーニとカルヴィーノ、「メナボ」誌創刊（～六七）［伊］●ツェラーン『言語の格子』［独］●ヨーンゾン『ヤーコプについての推測』［独］●ベル『九時半のビリヤード』［独］●グラス『ブリキの太鼓』、『猫と鼠』（～六一）［独］●G・R・ホッケ『文学におけるマニエリスム』［独］●クルレジャ『アレタエウス』［クロアチア］●ヴィリ・セーアンセン『詩人と悪魔』［デンマーク］●ムーベリ『スウェーデンへの最後の手紙』［スウェーデン］●リンナ『ここ北極星の下で』（～六二）［フィンランド］●グスマン『マリアス諸島――小説とドラマ』、『アカデミア』［メキシコ］●コルタサル『秘密の武器』［アルゼンチン］●**S・オカンポ『復讐の女』**［アルゼンチン］●安岡章太郎『海辺の光景』［日］

一九六一年頃〔二十五歳〕

二作目の小説『オスカー *Oscar*』を完成させ、出版社に送るも断られる。しかしその会社から励ましの手紙を受け取り、後にデビュー作となる『バーグ *Berg*』の執筆を開始する。

▼ベルリンの壁建設〔欧〕▼ガガーリンが乗った人間衛星ヴォストーク第一号打ち上げ成功〔露〕●ナイポール『ビスワス氏の家』〔英〕●G・スタイナー『悲劇の死』〔英〕●ラウリー『天なる主よ、聞きたまえ』〔英〕●バロウズ『ソフト・マシーン』〔米〕●ギンズバーグ『カディッシュ』〔米〕●ハインライン『異星の客』〔米〕●ヘラー『キャッチ＝22』〔米〕●マッカラーズ『針のない時計』〔米〕●カーソン『沈黙の春』〔米〕●ヘミングウェイ自殺〔米〕●フリッシュ『アンドラ』、『我が名はガンテンバイン』（～六四）〔スイス〕●スタロバンスキー『活きた眼』（～七〇）〔スイス〕●プーレ『円環の変貌』〔白〕●「カイエ・ド・レルヌ」誌創刊〔仏〕●「コミュニカシオン」誌創刊〔仏〕●ビュトール『驚異の物語――ボードレールのある夢をめぐるエッセイ』〔仏〕●ロブ＝グリエ『去年マリーエンバートで』〔仏〕●ボヌフォワ『ランボー』〔仏〕●ジュネ『屏風』〔仏〕●フーコー『狂気の歴史』〔仏〕●バシュラール『蠟燭の焔』〔仏〕●リシャール『マラルメの想像的宇宙』〔仏〕●パオロ・ヴィタ＝フィンツィ『偽書撰』〔伊〕●アウブ『バルベルデ通り』〔西〕●シュピッツァー『フランス抒情詩史の解釈』〔墺〕●バッハマン『三十歳』〔墺〕●ヨーンゾン『三冊目のアヒム伝』〔独〕●レム『ソラリス』〔ポーランド〕●アンドリッチ、ノーベル文学賞受賞〔セルビア〕●クルレジャ『旗』（～六七）〔クロアチア〕●アクショーノフ『星の切符』〔露〕●ベケット『事の次第』〔愛〕●アマード『老練なる船乗りたち』〔ブラジル〕●ガルシア＝マルケス『大佐に手紙は来ない』〔コロンビア〕●**S・オカンポ『招かれた女たち』**〔アルゼンチン〕●オネッティ『造船所』〔ウルグァイ〕●吉本隆明『言語にとって美とは何か』〔日〕

一九六二年〔二十六歳〕

『バーグ *Berg*』を完成させ、出版社ジョン・コールダー（John Calder）と出版契約を結ぶ。アーツカウンシルの補助金などを利用し、パリ、イタリア、ギリシャ、アムステルダム、アイルランド、スコットランドなどを旅して回る（六五年まで）。ヨーロッパを放浪する生活の中で『スリー *Three*』を執筆する。

▼キューバ危機〔キューバ〕●バラード『狂風世界』、『沈んだ世界』〔英〕●バージェス『見込みのない種子』、『時計仕掛けのオレンジ』〔英〕●オールディス『地球の長い午後』（ヒューゴー賞受賞）〔英〕●D・レッシング『黄金のノート』〔英〕●スタインベック、ノーベル文学賞受賞〔米〕●J・M・ケイン『ミニヨン』〔米〕●ナボコフ『青白い炎』〔米〕●ボールドウィン『もう一つの国』〔米〕●キージー『カッコーの巣の上で』〔米〕●W・サイファー『現代文学と美術における自我の喪失』〔米〕●デュレンマット《物理学者》上演〔スイス〕●ビュトール『モビール――アメリカ合衆国表象のための習作』、『航空網』〔仏〕●ジャプリゾ『シンデレラの罠』〔仏〕●シモン『ル・パラス』〔仏〕●レヴィ＝ストロース『野生の思考』〔仏〕●エーコ『開かれた作品』〔伊〕●C・ヴォルフ『引き裂かれた空』〔独〕●ツルニャンスキー『流浪』（第二巻）〔セルビア〕●クルレジャ『旗』（～六七）〔クロアチア〕●ソルジェニーツィン『イワン・デニーソヴィチの一日』〔露〕●パス『火とかげ』〔メキシコ〕●フエンテス『アウラ』、『アルテミオ・クルスの死』〔メキシコ〕●A・ヤニェス『痩せた土地』〔メキシコ〕●カルペンティエール『光の世紀』〔キューバ〕●ガルシア＝マルケス『ママ・グランデの葬儀』、『悪い時』〔コロンビア〕●安部公房『砂の女』〔日〕●高橋和巳『悲の器』〔日〕

一九六四年［二十八歳］

デビュー作『バーグ *Berg*』がジョン・コールダーより出版される。

▼一九六四年公民権法［米］▼フルシチョフ解任。首相にコスイギン、第一書記にブレジネフ就任［露］●キューブリック『博士の異常な愛情』［英］●バラード『燃える世界』［英］●ナイポール『暗黒の領域――一つのインド体験』［英］●ヘミングウェイ『移動祝祭日』［米］●ベロー『ハーツォグ』［米］●バーセルミ『帰れ、カリガリ博士』［米］●フリッシュ『わが名はガンテンバイン』［スイス］●スタロバンスキー『自由の創出』［スイス］●サルトル、ノーベル文学賞辞退［仏］●**ビュトール『レペルトワールII』**［仏］●デュラス『ロル・V・シュタインの歓喜』［仏］●バルト『エッセ・クリティック』［仏］●ゴルドマン『小説社会学』［仏］●レヴィ＝ストロース『神話論理』（～七二）［仏］●リシャール『現代詩研究十一編』［仏］●パゾリーニ『ばら形の詩』［伊］●モラーヴィア『目的としての人間』［伊］●レム『無敵』［ポーランド］●マクシモヴィッチ『われを許したまえ』［セルビア］●ブラトヴィチ『ろばに乗った英雄』［モンテネグロ］●ボウエン『小さな乙女たち』［愛］●F・オブライエン『ドーキー古文書』［愛］●グスマン『追放の記録』［メキシコ］●レニェロ『左官屋』［メキシコ］●リスペクトール『G.H.の受難』［ブラジル］●フエンテス『盲人たちの歌』［メキシコ］●柴田翔『されどわれらが日々――』［日］

一九六五年［二十九歳］

ニューメキシコ大学からD・H・ロレンス奨学金を、さらにはハークネス奨学金を獲得し、アメリカに渡る。主にニューメキシコで生活をする。

▼米軍、北ヴェトナム爆撃を開始〔米〕●ファウルズ『魔術師』〔英〕●H・リード『ヘンリー・ムア』〔英〕●メイラー『アメリカの夢』〔米〕●T・ディッシュ『人類皆殺し』〔米〕●チョムスキー『文法理論の諸相』〔米〕●ザデー、ファジー理論を提唱〔米〕●ソレルス『ドラマ』〔仏〕●クノー『青い花』〔仏〕●ロブ＝グリエ『快楽の館』〔仏〕●ビュトール『毎秒水量六八一万リットル』〔仏〕●デュラス『ラホールの副領事』〔仏〕●**パンジェ『だれかしら』**〔仏〕●ペレック『物の時代』（ルノードー賞受賞）〔仏〕●クロソフスキー『バフォメット』（批評家賞受賞）〔仏〕●リカルドゥ『コンスタンチノープルの占領』〔仏〕●バルト『記号学要理』〔仏〕●アルチュセール『マルクスのために』〔仏〕●カルヴィーノ『レ・コスミコミケ』〔伊〕●モラーヴィア『関心』〔伊〕●サングィネーティ『思想と言語』〔伊〕●アーゾル・ローザ『作家と民衆』〔伊〕●フォルティーニ『権限の検証』〔伊〕●ムシュク『兎の夏』〔スイス〕●アウブ『フランスの戦場』〔西〕●クーネルト『招かれざる客』〔独〕●フラバル『ひどく監視された列車』〔チェコ〕●ゴンブローヴィッチ『コスモス』（六七、国際出版社賞受賞）〔ポーランド〕●ショーロホフ、ノーベル文学賞受賞〔露〕●ブロツキー『短詩と長詩』〔露〕●バフチン『フランソワ・ラブレーの作品と中世・ルネサンスの民衆文化』〔露〕●パス『四学』〔メキシコ〕●エリソンド『ファラベウフ』〔メキシコ〕●サインス『ガサポ』〔メキシコ〕●イバルグエンゴイティア『八月の閃光』〔メキシコ〕●ボルヘス『六つの絃のために』〔アルゼンチン〕●井伏鱒二『黒い雨』〔日〕●小島信夫『抱擁家族』〔日〕●三島由紀夫『豊饒の海』（〜七〇）〔日〕

一九六六年［三十歳］

第二作『**スリー** *Three*』がマリオン・ボイアーズ（Marion Boyars）より出版される。ニューハンプシャー州のマクダウェルアーティスツコロニー（the MacDowell Artists' Colony）滞在中に『パッセジーズ *Passages*』の執筆を開始する。

▼ミサイルによる核実験に成功。第三次五か年計画発足〔中〕●F・イェイツ『記憶術』〔英〕●バラード『結晶世界』〔英〕●キャザー『芸術の王国』〔米〕●ピンチョン『競売ナンバー49の叫び』〔米〕●**A・リヴァ『残された日々を指折り数えよ』**〔スイス〕●フーコー『言葉と物』〔仏〕●バルト『物語の構造分析序説』〔仏〕●ジュネット『フィギュール Ⅰ』〔仏〕●**ルヴェルディ『流砂』**〔仏〕●ラカン『エクリ』〔仏〕●N・ザックス、ノーベル文学賞受賞〔独〕●レサーマ＝リマ『パラディソ』〔キューバ〕●パス『交流』〔メキシコ〕●ホセ＝アグスティン『横顔』〔メキシコ〕●F・デル・パソ『ホセ・トリゴ』〔メキシコ〕●バルガス＝リョサ『緑の家』〔ペルー〕●コルタサル『すべての火は火』〔アルゼンチン〕●アグノン、ノーベル文学賞受賞〔イスラエル〕●白楽晴、廉武雄ら季刊誌「創作と批評」を創刊（〜八〇、八八〜）〔韓〕

一九六七年〔三十一歳〕

六月にイギリスに帰国する。

▼EC発足〔欧〕●G・スタイナー『言語と沈黙』〔英〕●ブローティガン『アメリカの鱒釣り』〔米〕●マラマッド『修理屋』〔米〕●スタイロン『ナット・ターナーの告白』〔米〕●**メルカントン『シビュラ』**〔スイス〕●G・ルー『レクイエム』〔スイス〕●マルロー『反回想録』〔仏〕●ビュトール『仔猿のような芸術家の肖像』〔仏〕●シモン『歴史』（メディシス賞受賞）〔仏〕●サロート『沈黙』、『嘘』〔仏〕●ペレック『眠る男』〔仏〕●リカルドゥ『ヌーヴォー・ロマンの諸問題』〔仏〕●トドロフ『小説の記号学』〔仏〕●バルト『モードの体系』〔仏〕●リシャール『シャトーブリアンの風景』〔仏〕●デリダ『エクリチュールと差異』、『グラマトロジーについて』〔仏〕●バッケッリ『アフロディテ・愛の小説』〔伊〕●カルヴィーノ『ゼロ時間』〔伊〕●ヴィットリーニ『二つの緊張』〔伊〕●ツェラーン『息の転換』〔独〕●クンデラ『冗談』〔チェコ〕●ライノフ『無名氏』〔ブルガリア〕●ハイトフ『あらくれ物語』〔ブルガリア〕●カルチェフ『ソフィア物語』〔ブルガリア〕●ラディチコフ『山

羊のひげ』［ブルガリア］●ブルガーゴフ『巨匠とマルガリータ』［露］●パス『白』、『クロード・レヴィ＝ストロース、もしくはアイソポスの新たなる饗宴』［メキシコ］●フエンテス『聖域』、『脱皮』［メキシコ］●カブレラ＝インファンテ『TTT』［キューバ］●サルドゥイ『歌手たちはどこから』［キューバ］●アストゥリアス、ノーベル文学賞受賞［グァテマラ］●パチェーコ『君は遠く死ぬ』［メキシコ］●バルガス＝リョサ『小犬たち』［ペルー］●ネルーダ『船歌』［チリ］●ガルシア＝マルケス『百年の孤独』がスダメリカナ社から刊行され、ベストセラーに［アルゼンチン］●ボルヘス－ビオイ・カサーレス『ブストス＝ドメックのクロニクル』［アルゼンチン］●大佛次郎『天皇の世紀』［日］●大岡昇平『レイテ戦記』（〜六九）［日］

一九六九年［三十三歳］

第三作『パッセジーズ *Passages*』がコールダー・アンド・ボイアーズ（Calder and Boyars）より出版される。また、一九六八年に発表した同名の短編小説を元に、長編作品『トリップティクス *Tripticks*』を完成させる。

▼宇宙船アポロ11号、月面着陸［米］●C・ウィルソン『賢者の石』［英］●パウンド『第百十編から百十七編までの草稿と断片』［米］●ヴォネガット『スローターハウス5』［米］●ナボコフ『アーダ』［米］●フーコー『知の考古学』［仏］●セール『ヘルメス』（〜八〇）［仏］●セリーヌ『リゴドン』［仏］●シモン『ファルサロスの戦い』［仏］●ペレック『煙滅』［仏］●クリステヴァ『セメイオティケー』［仏］●エリアーデ『ジプシー女のもとで』［ルーマニア］●カネッティ『もう一つの審判』［ブルガリア］●ベケット、ノーベル文学賞受賞［愛］●ボウエン『エヴァ・トラウト』［愛］●パス『東斜面』、『分離と結合』［メキシコ］●フエンテス『誕生日』、『イスパノアメリカの新しい小説』［メキシコ］●**ポニアトウスカ『乾杯、神さま』**［メキシコ］●アレナス『めくるめく世界』［キューバ］●バルガス＝リョサ『ラ・カテドラルでの対話』

〔ペルー〕●ビオイ・カサーレス『豚の戦記』〔アルゼンチン〕●ファン・ホセ・サエール『傷痕』〔アルゼンチン〕●プイグ『赤い唇』〔アルゼンチン〕
●ハビービー『六日間の六部作』〔パレスチナ〕●庄司薫『赤頭巾ちゃん気をつけて』〔日〕

一九七〇年〔三十四歳〕

事務職として働きながら次なる作品『地図にない国 *The Unmapped Country*』を執筆する。その最中に重度の精神疾患を煩い、電気けいれん療法を受け、スウェーデンのストックホルムで、その後はロンドンで入院生活を送る。

▼アジェンデ、大統領就任〔チリ〕●バラード『残虐行為博覧会』〔英〕●オールディス『手で育てられた少年』〔英〕●ビュトール『羅針盤』〔仏〕●サロート『イスマ』〔仏〕●シモン『盲いたるオリオン』〔仏〕●ロブ＝グリエ『ニューヨーク革命計画』〔仏〕●デュラス『ユダヤ人の家』〔仏〕●トゥルニエ『魔王』〔仏〕●シクスー『第三の肉体』〔仏〕●J・レダ『レシタチフ』〔仏〕●バルト『S／Z』〔仏〕●ボードリヤール『消費社会の神話と構造』〔仏〕●トドロフ『幻想文学』〔仏〕●バシュラール『夢みる権利』〔仏〕●ハントケ『ペナルティーキックを受けるゴールキーパーの不安』〔墺〕●ツェラーン『光の強迫』〔独〕●ヨーンゾン『記念の日々』（～八三）〔独〕●アドルノ『美の理論』〔独〕●ヤウス『挑発としての文学史』〔独〕●E・グラッシ『形象の力　合理的言語の無力』〔独〕●マクシモヴィッチ『永遠の少女』〔セルビア〕●パヴィチ『十七・十八世紀のセルビア・バロック文学史』〔セルビア〕●ソルジェニーツィン、ノーベル文学賞受賞〔露〕●パス『追記』〔メキシコ〕●フエンテス『ドアの二つある家』、『片目は王様』、『すべての猫は褐色』〔メキシコ〕●ガルシア＝マルケス『ある遭難者の物語』〔コロンビア〕●ドノソ『夜のみだらな鳥』〔チリ〕●ボルヘス『ブロディーの報告書』〔アルゼンチン〕●大阪万博開催〔日〕●「すばる」創刊〔日〕●三島由紀夫、割腹自殺〔日〕

一九七二年〔三十六歳〕

第四作『トリップティクス *Triptícks*』がコールダー・アンド・ボイアーズ（Calder and Boyars）より出版される。イーストアングリア大学文芸創作学部への進学の準備のため、ヒルクロフト女子寄宿学校（Hillcroft residential college for women）で学び始める。

▼ウォーターゲート事件〔米〕●沖縄、本土復帰〔日〕●ウェスカー『老人たち』〔英〕●アトウッド『浮上』〔カナダ〕●アプダイク『美術館と女たち』〔米〕●ロス『乳房になった男』〔米〕●バース『キマイラ』〔米〕●カスタネダ『イクストランへの旅』〔米〕●トリリング『〈誠実〉と〈ほんもの〉』〔米〕●アヌイ『オペラ支配人』〔仏〕●マンシェット『愚者が出てくる、城塞が見える』、『地下組織ナーダ』〔仏〕●サロート『あの彼らの声が……』〔仏〕●バルト『新＝批評的エッセー』〔仏〕●ドゥルーズ＝ガタリ『アンチ＝オイディプス』〔仏〕●デリダ『ポジシオン』、『哲学の余白』〔仏〕●オッティエーリ『強制収容所』〔伊〕●カルヴィーノ『見えない都市』〔伊〕●パゾリーニ『異端的経験論』〔伊〕●トレンテ＝パリェステル『J. B. のサガ／フーガ』〔西〕●アグスティ『スペイン内戦』〔西〕●H・ベル、ノーベル文学賞受賞〔独〕●プレンツドルフ『若きWの新たな悩み』〔独〕●B・シュトラウス『ヒポコンデリーの人たち』〔独〕●ハヴェル『陰謀者たち』〔チェコ〕●レフチェフ『燃焼の日記』〔ブルガリア〕●アナセン『スヴァンテの歌』〔デンマーク〕●アスペンストレム『その間に』〔スウェーデン〕●ベローフ『前夜』（～八七）〔露〕●アスターフィエフ『魚の王様』（～七五）〔露〕●シンガー『敵たち』（英語版）〔イディッシュ〕●パス『連歌』（共同詩）〔メキシコ〕●サルドゥイ『コブラ』〔キューバ〕●カルペンティエール『庇護権』〔キューバ〕●アストゥリアス『ドロレスの金曜日』〔グァテマラ〕●ガルシア＝マルケス『無垢なエレンディラと無情な祖母の信じがたい悲惨の物語』〔コロンビア〕●バルガス＝リョサ『ある小説の秘められた歴史』、

『ガルシア＝マルケス——ある神殺しの歴史』［ペルー］●ボルヘス『群虎黄金』［アルゼンチン］●アスリー『侍者』［オーストラリア］●アチェベ『戦場の女たち』［ナイジェリア］●川端康成、ガス自殺［日］

一九七三年［三十七歳］

大学入学の一カ月前、ウェストサセックスのショーラム（Shoreham）の沖合いで溺死体となって発見される。享年三十七歳。

▼第四次中東戦争［中東］●コナリー『夕暮の柱廊』［英］●バラード『クラッシュ』［英］●オールディス『十億年の宴』［英］●ピンチョン『重力の虹』［米］●ロス『偉大なるアメリカ小説』［米］●ブルーム『影響の不安』［米］●シェセ『人食い鬼』［スイス］●スタロバンスキー『一七八九年、理性の標章』［スイス］●ビュトール『合い間』［仏］●デュラス『インディア・ソング』［仏］●シモン『三枚つづきの絵』［仏］●ペレック『薄暗い店』［仏］●フーコー『これはパイプではない』［仏］●バルト『サド、フーリエ、ロヨラ』、『テクストの快楽』［仏］●カルヴィーノ『宿命の交わる城』［伊］●ローレンツ『鏡の背面』［墺］●エンデ『モモ』、『はてしない物語』（〜七九）［独］●ヒルデスハイマー『マザンテ』［独］●シオラン『生誕の災厄』［ルーマニア］●カネッティ『人間の地方』［ブルガリア］●マクシモヴィッチ『もう時間がないのです』［セルビア］●ソルジェニーツイン『収容所群島』（〜七六）［露］●パス『翻訳と愉楽』［メキシコ］●ドノソ『ブルジョワ小説三編』［チリ］●バルガス＝リョサ『パンタレオン大尉と女たち』［ペルー］●ビオイ・カサーレス『日向で眠れ』［アルゼンチン］●コルタサル『マヌエルの書』［アルゼンチン］●プイグ『ブエノスアイレス事件』［アルゼンチン］●ホワイト『台風の目』、ノーベル文学賞受賞［オーストラリア］●小松左京『日本沈没』［日］

一九七五年

クインの死後、未完の作品「地図にない国 *The Unmapped Country*」の一部が短編小説として、ジャイルズ・ゴードン（Giles Gordon）の編纂した短編集『言葉の向こう側——新たなフィクションを追い求める十一人の作家たち *Beyond the Words: Eleven Writers in Search of a New Fiction*』に掲載される。

▼ヴェトナム戦争終結［米・ヴェトナム］●G・スタイナー『バベル以後』［英］●コナリー『ロマン的友情』［英］●ギャディス『JR』［米］●バーセルミ『死んだ父親』［米］●J・M・ケイン『虹の果て』［米］●アシュベリー『凸面鏡の自画像』［米］●ブルーム『誤読の地図』、『カバラと批評』［米］●カプラ『タオ自然学』［米］●キューブリック『バリー・リンドン』［米］●ブーヴィエ『日本年代記』［スイス］●ビュトール『夢の素材』（第一巻）［仏］●ペレック『Wあるいは子供の頃の思い出』［仏］●ガリ『これからの人生』［仏］●フーコー『監視と処罰——監獄の誕生』［仏］●フリッシュ『モントーク』［スイス］●モンターレ、ノーベル文学賞受賞［伊］●P・レーヴィ『周期律』［伊］●バッケッリ『進化はロケット』［伊］●エーコ『一般記号論』［伊］●パゾリーニ『海賊評論集』［伊］●ヴァイス『抵抗の美学』（〜八一）［伊］●B・シュトラウス『なじみの顔、乱れる心』［独］●カネッティ『言葉の良心』［ブルガリア］●ヒーニー『北』［愛］●パス『眠ることなく』［メキシコ］●フエンテス『テラ・ノストラ』［メキシコ］●ガルシア＝マルケス『族長の秋』［コロンビア］●ボルヘス『永遠の薔薇』、『砂の本』［アルゼンチン］●檀一雄『火宅の人』［日］

訳者解題

アン・クイン（Ann Quin 一九三六－七三）は一九六〇年代前半から七〇年代初頭に実験的な文学作品を発表したイギリスの女性作家である。戦後のイギリスではリアリズム小説が再評価される一方、モダニズムに代表される実験的な文学は批判に晒されていた。リアリズムを重視する時流に逆らい実験小説を執筆したクインは、B・S・ジョンソン（Bryan Stanley Johnson 一九三三－七三）をはじめとする同時代の実験的な作家たちと交流を持ちながら、その短い生涯の中で四つの長編と複数の短編小説を発表している。死後長らく論じられることはなかったものの、二〇〇〇年代以降イギリスの戦後文学への見直しが盛んになるとともにクインにも注目が集まり始め、今では近年再評価の著しい作家の一人として広くその名が知られつつある。日本においては雑誌「MONKEY vol. 23」（二〇二一年二月）上に柴田元幸氏によるクインの短編作品の翻訳（「足の悪い人にはそれぞれの歩き方がある Every Cripple Has His Own Way of Walking」）が掲載され、それをきっかけに彼女の名を知った読者も多いのではないか。現在、この小説は柴田氏と岸本佐知子氏が翻訳・編纂した短編集『アホウドリの迷信――現代英語圏異色短篇コレクション』で読むことができる。さて、本書はその短編作品とも関係のある彼女の第二作目の長編『スリー　*Three*』（一九六六年）の翻訳であるが、この「訳者解題」では作者であるクインについて紹介するとともに、作品を読解するにあたり補助線となるであろういくつかの事柄について述べることとする。

アン・クインの生涯と彼女の文学史における位置付け

クインの伝記的な事実については目下調査が行われているところではあるが、現在わかっている情報をまとめると以下のようなものとなる。クインは一九三六年三月十七日に、イングランド南東部に位置するイーストサセックス州の都市ブライトンで、元オペラ歌手のアイルランド人モンタギュー・ニコラス・クイン（Montague Nicholas Quin）と、グラスゴー育ちのスコットランド人アーン・リード（Anne Reid）の間に生まれた。一家は父方の親族たちと同居していたが、クインが十歳の時に父が家を出ていき、母と娘は以降二人だけの生活を送ることとなった。自身の半生を綴った伝記的エッセイ「卒業 Leaving School ―― XI」で述べられているように、クインはカトリック教徒ではなかったものの、「ちゃんとした言葉」の話せる女性になるようにという母の意志で地元の女子修道学校へと入学した。学生時代にギリシャやエリザベス朝の戯曲、ドストエフスキー、ヴァージニア・ウルフ、チェーホフ、D・H・ロレンス、トマス・ハーディなどを好んで読み、自身に影響を与えた作品としては特にドストエフスキーの『罪と罰』やウルフの『波』を挙げている。また演劇にも傾倒し、週末には劇場に通っていた。十七歳で学校を卒業した後、演劇の世界で身を立てていくことを望んだクインは劇場でアシスタントとして働き始める。役者を目指し王立演劇学校（RADA）のオーディションを受けるも極度の緊張でその機会をふいにしてしまい、すでに詩で受賞経験があったことも手伝って、役者ではなく作家になろうと決意をしたと、クインは先のエッセイで述べている。それ以降は、昼には地元のブライトンやロンドンで秘書として働き、帰宅後に作品を執筆する生活を送っていた。速記とタイプライターの技術を身に着けたものの秘書の職は低賃金で十分な生活費を稼ぐことが難しく、暮らしは厳しいものであったという。職を転々とし、ブライトンの実家からロンドンの職場へと通勤していた時期もあり、仕事と執筆の両立で多忙を極めた彼女は身体的にも精神的にも体調を崩すことがあった。彼女が最初に精神疾患を患ったのもデビュー前のこの時期である。二作品を書き上げたが出版には漕ぎ着けず、三つめに完成させた小説『バーグ *Berg*』でようやく出版社ジョン・コールダー（John Calder）との契約に至り、一九六四年にこの作品でデビューを果たす。『バーグ』はクインの著作の中では出版当時最も好意的に受け止められた作品であり、彼女はこの成功を足がかりにD・H・ロレンス奨学金とハークネス奨学金を獲得し、一九六五年から二年ほどアメリカで生活をしている。続く一九六六年には『スリー』を、六九年には『パッセジー

ズ *Passages*』を、七二年には『トリップティクス *Tripticks*』を発表したが、奇妙で難解なその作品たちが一般読者に広く受け入れられることはなかった。『トリップティクス』を完成させた後、一九七〇年には重度の精神疾患を煩い電気けいれん療法を受けて、スウェーデンのストックホルムで、その後はロンドンで入院生活を送る。同じ時期に、彼女は次の作品として精神病棟を舞台とした物語『地図にない国 *The Unmapped Country*』を執筆している。一九七三年の秋からイーストアングリア大学の文芸創作学部で学ぶことを目指し、ヒルクロフト女子寄宿学校（Hillcroft residential college for women）でその準備をしていた。大学への入学は決まっていたものの、クインはその年の八月、大学のコースが開始する一カ月前にウェスト・サセックス州のショーラムの沖合いで溺死体となって発見される。享年三十七歳であった。このことを自死と捉える向きもあるが真相はわかっていない。

クインは、他の戦後イギリスの実験小説家とともに、近年改めて読み直しが進められている作家である。二〇二四年現在、英語圏においてクインの長編四作品はアンド・アザー・ストーリーズ（And Other Stories）からペーパーバックが出版されている。またその長編の再出版に先駆けて二〇一八年に同じ版元から短編集『地図にない国――完成した物語と未完の作品 *The Unmapped Country: Stories and Fragments*』が刊行され、先に言及した「足の悪い人にはそれぞれの歩き方がある」もこれに収録されている。この再出版をきっかけに英語圏の文芸誌で特集が組まれ、また新聞の文芸欄で紹介されるなどして、ここ数年でクインの知名度は大きく上昇した。ただし、その少し前からクインの作品は比較的手に取りやすいかたちで流通していた。クインについての再評価が始まりつつあった二〇〇〇年代初頭に遡れば、当時はドーキー・アーカイヴ・プレス（Dalkey Archive Press）がクインの長編を出版しており、それと時を同じくして学術の場においてもクインを対象とする研究が現れ始めた。ここ数年でその研究の成果が書籍化されるなど、クインが論じられる機会は目に見えて増えている。クインの作品を含めた戦後の実験小説は、近年のイギリス文学において大いに注目を集めている領域の一つと言っても過言ではないだろう。

このように現在では多くの研究者や読書愛好家に知られつつあるクインは、長らく忘れられていた戦後イギリスの実験小説家のひとりとして紹介されることが多い。クインが執筆活動をしていた当時から彼女はメインストリームから逸脱した存在として認識されており、彼女の書く難解な小説は広く受容され高く評価されていたとは言い難い。労働者階級の視点からリアリズムの手法を用いて社会を描いたアングリー・ヤング・メン（Angry Young Men）の一連の作品が戦後のイギリスで大きなムーヴメントとなったことが示すように、当時のイギリスではリアリズムの芸術様式を用いて社会を描くことに高い価値を見出す傾向があり、反対にモダニズムに代表される実験的な作品は内面に耽溺するエリートが社会を顧みずに創作したものとみなされ批判を受けていた。クインと同時代の実験小説家であるB・S・ジョンソンは、「大半の批評家にとって『実験的』という言葉はほぼ例外なく『失敗』と同義なのだ」と嘆いている。[★01] このようなイギリス戦後文学の傾向は、同じ英語圏の同時代のアメリカではトマス・ピンチョンが、隣国のフランスではヌーヴォー・ロマンの作家たちが、それぞれ実験的な作品を執筆し大きく取り上げられていたのとは対照的であり、ヴィクトリア朝時代のリアリズムが復興を果たした当時のイギリス文学は保守的で閉鎖的だったというのが文学史の定説になっている。

　実験的な文学への風当たりが強かったことは事実であり、戦後イギリス文学の保守性についての文言はある程度は正しいだろう。ただし労働者階級のリアリズムとエリート階級のモダニズムの対立の中で後者が完全に消え去ったという説明は正確ではない。まず、労働者階級をリアリズム文学と、そしてエリート階級を実験文学と結びつける機械的な図式が機能しないことは、クインの例からも明らかだ。彼女は労働者階級出身の作家であり、その生活についても作品内で多く描いている。さらに、最近の研究の成果から戦後のイギリスにおいて「かつて考えられていたよりも、ずっと活発に文学実験が行われていた」ことがわかりつつある。[★02] ジャイルズ・ゴードン（Giles Gordon）は、

★01——B. S. Johnson. 'Introduction to *Aren't You Rather Young to Be Writing Your Memoirs?*' *The Novel Today: Contemporary Writers on Modern Fiction*, edited by Malcolm Bradley, Manchester UP, 1977, pp. 151-68. (p. 168)

★02——Kaye Mitchell. 'British Avant-Garde Fiction of the 1960s'. *British Avant-Garde Fiction of the 1960s*, edited by Mitchell Kaye and Nonia Williams. Edinburgh UP, 2019, pp. 1-19. (p. 2)

クインの作品には新しい文学を求めていた当時の読者から大きな期待が寄せられていたと回想している。クインの作品を出版していたジョン・コールダー（後のコールダー・アンド・ボイヤーズ Calder & Boyars）はサミュエル・ベケットやヌーヴォー・ロマンの翻訳など実験文学を中心に扱っていた会社だが、その出版社からイギリス人による作品が刊行されることは珍しく、クインはその貴重な一握りの作家の一人であった。[★03] 会社の代表のコールダーは「クインを含めた作家たちを集めてフランスのヌーヴォー・ロマンやドイツのグループ47のような作家集団を形成しようという意図をもっていた」ことを明かしているが、当時のイギリスにも文学史のメインストリームから外れた場所で実験文学を志す作家たちは確かに存在していた。[★04]

ジュリア・ジョーダン（Julia Jordan）が論じているように、戦後のイギリスにおいて実験主義（experimentalism）という言葉はモダニズム文学（特にハイ・モダニズム）を意味していた。当時の実験文学の最も身近なモデルは戦間期のモダニズム文学であり、戦後の実験的な作家の多くはその影響の元で作品を執筆した。[★05] クインもその例外ではなく、先に述べたウルフ以外にも、例えばアメリカのモダニスト詩人であるウィリアム・カーロス・ウィリアムズ（William Carlos Williams）の作品から大きな影響を受けていたことが最近のアーカイヴ調査からわかっている。[★06] このことは翻訳をしていて初めて気がついたのだが、クインは『スリー』の中でウィリアムズの詩を一部改変しつつ引用している（本書一一四頁）。このことからも、クインがそのアメリカの詩人を愛読していただろうことが察せられる。

このような戦後の実験小説家の存在は、現在まで続くモダニズム文学の影響を辿る上でも重要である。現代のイギリス文学作品にも同様に二十世紀初頭のモダニズム文学との共通点が見受けられるものが数多く存在するが、先に言及した文学史的な理解に沿えば、モダニズム的な実験文学は戦後の空白期間を経て突如現代文学の中に蘇ったように見えるかも知れない。しかしながら、クインの短編集を編纂し、現在彼女の伝記を準備しているジェニファー・ホジソン（Jennifer Hodgson）も述べているように、戦後の実験小説家をモダニズム文学の後継者と捉えれば、文学の実験性は二十世紀を通して脈々と受け継がれてきたということも可能だ。★07

訳者自身の関心を軸に具体的な事例を述べるのであれば、スコットランド出身の実験的な現代作家アリ・スミス（Ali Smith）は、コラージュの技法や、散り散りになる世界とその有機的な繋がりという主題において、ウルフらモダニストだけではなく、クインとも共通点を持っている。スミス

★03——Giles Gordon. 'Introduction'. *Berg*, by Ann Quin, Dalkey Archive Press, 2001, pp. vii-xiv. (p. ix)

★04——John Calder. *Pursuit: The Memoirs of John Calder*. Kindle ed., Alma Books, 2017.

★05——Julia Jordan. *Late Modernism and the Avant-Garde British Novel: Oblique Strategies*, Oxford UP, 2020 (p. 2)

★06——Chris Clarke. '"S" and "M": The Last and Lost Letters Between Ann Quin and Robert Creeley'. *Women: a Cultural Review*, vol. 33, no. 1, 2022, pp. 33-51. (p. 4)

★07——Jennifer Hodgson. '"Such a Thing as Avant-Garde Has Ceased to Exist": The Hidden Legacies of the British Experimental Novel'. *Twenty-First Century Fiction*, edited by Siân Adiseshiah and Rupert Hildyard, Palgrave Macmillan, 2013, pp. 15-33. (p. 22)

とクインの繋がりについては、さらに興味深い指摘をすることもできる。両者ともコラージュという技法を多用する作家であるが、スミスの四季四部作の最初の作品『秋 *Autumn*』に重要な人物として登場する、一九六〇年代のポップアーティストでコラージュ作品を数多く発表したポーリン・ボティ（Pauline Boty）は、直接的あるいは間接的にクインと繋がりをもつ人物だ。一九五九年から六三年まで、クインは王立美術院の絵画科で秘書として働いていた。ポップアートの表現者たちの集いの場であった王立美術院で、クインは当時のアートシーンに接触し、アーティストたちと交流を持ったといわれている。友人であったかは不明だが、少なくともクインはボティのことは知っていたと思われる。[★08] さらに、後述するネル・ダン（Nell Dunn）が行った女性アーティストへのインタビュー集『女たちとの会話 *Talking to Women*』にはクインとボティに対してそれぞれ行われたインタビューが収録されており、現在流通している版のイントロダクションはアリ・スミスが担当している。このような事例が示すように、二十世紀のイギリス文学を実験性という観点から辿ることで、今まで見過ごされる傾向にあった文学上の連なりを見出すことが可能となる。この連なりの一端を担う作家としてもクインは注目に値する存在である。

『スリー』について——語りと物語内容の呼応

『スリー』という作品について話すに当たり、まずは基本的な構造を押さえておく。この物語のあらすじは以下のようなものである。ルースとレナードは、田舎に別荘、都市にフラットを所有する比較的裕福な中流階級の夫婦であり、二人は最近まで何らかの理由でＳと呼ばれる少女（フルネームは不明）と共同生活を送っていた。しかし三人で暮らし始めてから数カ月が経った頃、別荘の滞在時にＳの行方がわからなくなり、後日転覆したボートとともに彼女のコートとそのポケットに入ったメモが発見される。状況から夫婦はＳが既に死んでいる可能性が高いと考えているが、彼女の遺体や死の原因を示すような証拠は未だ見つかっていない。再び二人だけの日常生活へと戻ったルースとレナードは、Ｓと過ごした夏のことを振り返り、また彼女が残した日記帳やテープレコーダーの記録を読解することで、彼女に何があったのか真相を探ろうとする。しかしながら、Ｓの記録からは決定的なことは何もわからず、物語の終盤に出てくる新聞記事によってＳと思しき少女の遺体が発見されたことが伝えられ、事件の詳細は謎のまま物語の幕が閉じる。

日常生活を舞台にしたこの物語は、実験的な形式や文体を用いて描かれる。クインは作品ごとに形式や文体を大きく変える作家であり、この小説は彼女の作品の中では比較的読みやすい部類に入るのだが、それでも実験的と呼ぶに相応しい技巧が数多く採用されている。語りの形式についてい

★08——Alice Butler. *Ann Quin's Night-time Ink*, 2013, www.alicebutler.org.uk/wp-content/uploads/2016/03/Butler_AnnQuin_Book.pdf (p. 23); Denise Rose Hansen. 'Little Tin Openers: Ann Quin's Aesthetic of Touch'. *Women: a Cultural Review*, vol. 33, no. 1, 2022, pp. 52-72. (p. 54)

えば、この作品は大きく分けて二種類のナラティヴで構成されている。一つめのナラティヴはSが行方不明になった後のルースとレナードの日常生活の語りであり、登場人物の心理描写を排除し、三人称の視点から彼らの行動と会話のみが散文形式で綴られる。会話の描写にはコーテーションマークやコンマを省いた自由直接話法が採用され、人物の行動と会話が地続きで並ぶ。二つめのナラティヴはSが残した音声テープや日記帳の言葉をそのまま再現したものであり、Sの視点から一人称で綴られたそれらの記録は断片的な回想や抽象的な思考で構成され、ところどころに韻文が用いられる。それぞれのナラティヴは小説の中で交互に四回ずつ展開され、それらが互いに補完し合いながら、三人の人物像やその関係性をぼんやりと浮かび上がらせる仕組みになっている。

どちらもSが語り手ではあるものの、テープと日記帳は記録媒体としては別のものであり、テクスト上の表現も異なる。テープの場合、おそらくはスピードや間を表現するために文や節、または句の途中で改行やピリオドが挿入され繋がりが分断される。訳す際、特に文の途中で改行されている箇所についてはその語順をどうするか、つまり原文に沿った順番で語を提示し改行を入れるか、または日本語として自然な語順に並べ替えた上で改行するか大いに悩んだ。例えば原文で「Bats fall into / squashed figs.」となっている場合、まず自然な語順で「コウモリたちは潰れたイチジクの中へと落下する」などと訳し、intoとsquashedの間に改行が入っているので「コウモリたちは潰れたイチジク／の中へと落下する」とすることもできた。しかしながら一定ではない速度でところどころ間を空けながらSが話している状況を想像し、単語の出てくる順番にも意味はあるのではないかと考え、今回の翻訳では「コウモリたちが落下する先には／潰れたイチジク」のように英語の語順に沿った日本語になるよう翻訳することを優先した（本書四二頁）。クインが意図的に言葉の流れを改行という視覚効果を使って途切れさせていることは明らかであり、句読点を含めページ上の語の位置などの視覚表現により忠実になるよう心がけた。

日記帳の場合は、ある程度まとまった文章の固まりが行空きで改行され、テープに見られるような文中の唐突な分断はない。わかりやすく綴られた文章であるとはいえないが、テープほど断片的ではないこの日記帳は、テープで述べられていたばらばらの細部に対して、より大きな地図となり得る背景状況を補足する役割を果たす。例えばテープが断片的に語るピクニックの際に遭遇した白い顔について、後に日記帳の中でその出来事の経緯がより詳細に説明される（本書二〇二頁、二六八頁）。テープと日記帳は同じ出来事を別の手法で表現したものであり、両者を照応させながら読むことでSと夫婦がどのような生活をし、それについてSがどう感じていたのかある程度は理解することができる。

しかしながら、それでもなおSの言葉を解釈するのが難しいことに変わりはない。そしてそのことは作品内でも度々強調されており、その難しさ自体が彼女という存在を表現する上で重要な要素となっている。Sの記録について考える時、読者にとってのSの記録と、ルースとレナードのそれとは媒体や形式の点で大きく異なっていることにも注意を向ける必要がある。読者は活字で印刷された文字を通してSの声を読解するが、夫婦はテープの音声を聞き、また日記帳の手書きの文字を読むことでSの言葉を辿っている。そしてその資料は二人にとって読解しにくいものであり、たとえばLは日記帳を読もうとするRに対して「読むなんてほとんど不可能だよ彼女の文字は読みにくくて一ページ読むだけですごく時間がかかる」と述べている（本書一〇七頁）。

Sが夫婦にとって判読するのが難しい文字を書き、また断片的にしかわからないように思える言語表現を用いることには物語上の意味がある。夫婦の送る生活様式からは外れた生き方をしてきたSは彼らの理解の型から逸脱する存在であり、自らの生活様式を前提とした理解の枠組みに留まったままでは夫婦がSの思考に接近することはほとんど不可能だ。夫婦にとってSの思考を辿ることは、彼女の視点に立ち自分たちのあり方を批判的に捉え直すことを意味する。しかしながら、そうすることで変化はなくとも安定した夫婦生活が崩壊してしまうことを、二人は薄々わかっている。あえて考えないようにしてきた自分たちのあり方――事なかれ主義を貫き、互いを想い合い、理解し、尊重することを放棄してきた自分たちの姿――に直面すれば、今までの生活を続けることはできない。何があったのか知りたい欲求と知ってしまうことに対する恐怖は、特にルースに顕著である。Sを理解しようとする試みの中、物語の終盤にその生活に内在する暴力性がレイプというかたちで明るみに出た時、夫婦にとって明らかな岐路が訪れた。しかしながら、その後の二人の行動やSの日記帳の最後の言葉は、夫婦が何事もなかったかのように今までの暮らしを続けていくだろうことを暗示する。二人を習慣に縛られた生き方から解放し、ともに「想像のまさに極限」の「さらなる次元」に辿り着こうとしたSの望みは叶うことなく、物語は終わりを迎える（本書一二七頁）。

変化はなくとも安定した夫婦生活がどのようなものかを綴るのが、三人称の語りによる散文パートだ。Sが失踪した後の夫婦の生活を描くこのパートでは、Sが自らの思考を言語化する日記帳やテープの断片的な語りとは異なり、人物の内面を直接的に描写する言葉が徹底的に排除され、夫婦の言動のみが淡々と描写される。この表層にのみ留まった語りは、暮らしに波風が立つことを嫌がり、そのために互いに踏み込んで理解することを放棄した夫婦の関係性を表現するのに適したものといえる。この三人称の語りについて、映画との関連を指摘する声もある。例えばブライアン・エヴンソン（Brian Evenson）とジョアナ・ハワード（Joanna Howard）は作品の解説の中で、この語りの視点を「映画的な三人称の視点（a cinematic, third-person eye）」と呼んでいる。[★09] また、ノニア・ウィリアムズ（Nonia Williams）はこの作品とクインが好んで見ていたヨーロッパ映画、特にアラン・レネ（Alain Resnais）の監督作品『去年マリエンバートで *L'Année dernière à Marienbad*』（一九六一年）との関連を指摘している。[★10] この映画の脚本はフランスのヌーヴォー・ロマンの中心的な作家であるアラン・ロブ＝

★09——Brian Evenson and Joanna Howard. 'Ann Quin'. *Review of Contemporary Fiction*, vol. 23, no. 2, 2003, pp. 50-74. (p. 60)

★10——Nonia Williams, '*Designing Its Own Shadow*': *Reading Ann Quin*. Unpublished doctoral thesis, University of East Anglia, 2013. (pp. 83-84)

グリエ（Alain Robbe-Griller）が担当しており、この点においてもクインにその作品が影響を与えたという指摘は重要である。★11

小説内に写真や映像を鑑賞する場面が多く描かれていることもまた、作品における映画の影響を示唆する点である。そしてその場面の一つで、夫婦の様子を描く三人称の語りを考えるための思わぬヒントが提示される。そこで暗に示されるのは、客観的で「映画的」といわれる視線を夫婦に向けている語り手の存在だ。レナードがSを撮影したホームビデオを夫婦揃って鑑賞する場面で、以下のようなやりとりがなされる。

彼女はあなたがこれを撮っていることを知ってたの？　思い出せないな。一度もカメラの方を見ないなんて変だわ彼女の顔がいつもカメラとは違う方向を向いてるの。彼はスイッチを切った。（本書一六五頁）

この場面は、夫がSに魅力を感じていたのではないかという妻の疑いに真実味を持たせる以上の示唆を含んでいる。被写体であるSがカメラの存在に気がついていないというルースの言葉は、本人の知らないところで何者かが被写体を見てその人を記録することが可能であるという、この物語にとって重要な事実を浮き彫りにする。これが重要なのは、その事実がこの夫婦自身に対しても当てはまるからだ。物語の登場人物であり作品内で常に描写の対象とされてきたこの二人の夫婦もまた、その様子を言語化し読者に伝える何者かによって、そうとは気がつかずに観察され記録されている被写体なのだ。Sの一人称パートと比較して客観的に見える語りであるがゆえに意識されにくいが、この語りの背後には常に夫婦に視線を向けている語り手がおり、読者はその視線を通して夫婦の生活を眺めている。二人の様子を眺め描写するこの作品の語り手は、二人の目には見えない不可視の状態でありながら、常に二人を観察することのできる幽霊のような存在だ。

不可視の状態で常に二人の周囲を漂い続けるこの語り手のあり方は、夫婦に影のように付き纏う不在のSのそれと重なる。Sが二人の生活を影のように覆い続ける存在であることは、食事の準備をしていて無意識のうちにお皿を三枚出そうとしたルースや、死んだものと思っていたSの姿が窓の向こうに現れ慌てて通りへと走っていったレナードの様子からも明らかだ。Sは夫婦の意識に取り憑き、物語を通じて不在でありながらも（または不在であるがゆえに）その存在感は希薄になるどころか、より大きくなっていく。

★11――映画の話題に乗じて、近年の映画作品との思わぬ繋がりも指摘しておきたい。恋愛物語という枠組みの中でコミュニケーションの（不）可能性を描いたパク・チャヌク（Park Chan-wook）の『別れる決心 *Decision to Leave*』（二〇二二年）は、『スリー』との共通点を多く持つ作品だ。是非とも『スリー』と比較しながら観ることをお勧めしたい。

夫婦の目には映らずとも幽霊のようにその場に留まるSと語り手の声が重なる場面がある。RがSのテープを再生するその場面では、客観的に思われる三人称の語りの幽霊的な一面が示される。そのテープの内容は作品上では既出のものであり、読者はSによるテープの語りで読んだその部分に再度三人称の語り内で遭遇する。しかしながら奇妙なことに、機械による正確な録音であるはずのそのテープは、まったく同じ言葉を繰り返しはしない。二回目の再生を綴る場面では、以前と比較して一部が省略されていたり、また反対に新たな言葉が付け足されているのである（本書二二三―二二八、二三五―二三六頁）。これが作者によって意図的になされたものであるかは不明だが、声の正確な録音と思われる一人称のテープの音声と、客観的な世界の描写と思われる三人称の語りの間の不一致は、まるでオカルト現象を彷彿とさせる。それによって示唆されるのは、Sという幽霊の存在の可能性、そして三人称の語り手の不自然さや恣意性である。語り手がSの声を改変し、更には付け足すことまでできるということは、語り手がSの声を操ることができる存在、Sと深いところで関わる存在、もしかしたらS自身の可能性すらあると考えられるかもしれない。

このように考えた場合、作品全体を通して語りの軸になっているのはSの視点だ。Sの残したテープや日記帳からわかるように、彼女は夫婦との生活の中で二人の様子を詳細に観察し、見られずにこっそりと二人の私室に忍び込み秘密を探り当てていた。そしてSがしていたように、三人称の語り手もまた私室を覗いて夫婦の様子を赤裸々に描写する。行動だけではなく思考においてもまた、

Sと語り手は共通の意見を提示する。Sが日記帳に残した最後の言葉――「私には何も変わらないだろうことはわかっている」――が正しいことが三人称の語りによって示されるとき、その語り手とSの思考は一致しているように思われる（本書二八二頁）。中心人物を物語上の不在にする一方、語り手という物語の基本構造にその中心人物を重ね合わせることが可能となるような余地を残すことで、この小説は語りのあり方と物語内容を結びつける。創作技法と物語内容が切っても切り離せない関係にあることはクインの小説の特徴であり、それが彼女の作品の大きな魅力である。

『スリー』について――作者の伝記的事実をどう扱うか

作品を読む上で、作者の伝記的事実を考慮することも重要だ。ただし、伝記的な事柄のみが作品を決定づける要素ではないこともまた事実である。そのことに留意しつつ、ここからは作者自身の経歴や作品の外で語られた彼女の言葉と関連させながら、『スリー』から読み取ることのできる主題についていくつか紹介する。

ジュディス・マクレル（Judith Mackrell）は、クインの作品に作者自身の伝記的要素が多く組み込まれていると指摘する。[★12]『スリー』もその例外ではなく、例えばSとクインには、既婚者と関係をもっ

★12――Judith Mackrell, 'Ann Quin', *British Novelists Since 1960, Dictionary of Literary Biography*, edited by Jay L. Halio, Gale Research, 1983, pp. 608-14. (p. 608)

ていたこと、中絶の経験があることなど多くの共通点が存在し、Sが水死体となって発見されたという結末もまた、作者自身の最期の迎え方を否応なしに連想させる。[★13] Sが回想するおばたちに囲まれて育った幼少時代や父親についてのエピソードもまた、クイン自身の経験が反映されている可能性が高い。先に言及した短編「足の悪い人にはそれぞれの歩き方がある」と照らし合わせれば、その可能性はさらに高まる。

この短編作品は、祖母やおばたちと同じ家で生活している一人の子どもを中心に展開する物語だ。しばらく留守にしていたその子どもの父親が家に帰ってくる様子を描くこの作品は、『スリー』におけるSの幼少期を描く部分とそのまま置き換えられるくらいとてもよく似ている。語りの人称やおばたちの名前が異なるなどの違いはあるものの、おばたちや祖母と一つ屋根の下で生活しているという環境、父親がオペラ歌手でありプディングが好きという設定、決して裕福ではない一家の雑然とした家の様子、それから「茶色の小瓶」のエピソードなど、短編小説の主人公とSの幼少期には数多くの共通点が存在する。「足の悪い人にはそれぞれの歩き方がある」が雑誌「ノヴァ *Nova*」で発表されたのが『スリー』が出版されたのと同じ一九六六年であることを考えれば、両作品は同時期に書かれた可能性もあるだろう。『スリー』にはない要素としてこの短編には子どもの父親の名前が明記されているが、その名前「ニコラス・モンタギュー (Nicholas Montague)」はクインの父モンタギュー・ニコラス・クインのファースト・ネームとミドル・ネームを入れ替えたものである。作者が自らの父や自身の幼少期をモデルにしてこの短編を書いたのだとしたら、この作品とよく似たSの幼少期にも作者自身の経験が反映されていると考えるのは自然なことだ。先に述べたようにクインの父はオペラ歌手で、クインは父方の親族たちと同居していたが、幼少期に父が妻子を置いて家を出て、以降彼女は母と二人で生活することとなった。これはそのままSの半生にも当てはまり、上記の短編作品や『スリー』には、クイン自身の経験が直接的または間接的に書き込まれていることは想像に難くない。

このように、作者自身の伝記的事実を思わせる出来事が作品に登場するのは珍しいことではなく、作者についての情報が作品の解釈の手助けになる場合も多くある。しかしながら作品に作者の実人生を読み込めるという指摘のみで終わってしまっては作品解釈としては不十分であるし、今まで多くのクインの研究者も警鐘を鳴らしてきたように、作者の伝記的な事実をことさら強調したり、作品を伝記的事実に還元してしまうような議論には危うさもある。例えば、クインが自殺と思しき最後を迎えたことを必要以上に強調することは、自殺した女性作家というステレオタイプの強化に繋がるとともに、そのイメージの枠組みから逸脱するような作家個人の多様な側面を捉えにくくさせてしまう。まして彼女は、流動的で完全には固定されない一人の人間の人となりや、その個人の行

★13――Dunn, Nell. *Talking to Women*. Silver Press, 2018. (p. 205)

動の意味を、単純な物語として提示することを否定する話を多く描いてきた。そして『スリー』もまた、わかりやすい物語化を拒絶する作品だ。

クリス・クラーク（Chris Clarke）はSについて探り当てようとする夫婦の試みと、作者の伝記的事実を調査する研究者のそれとを結びつけ、クインのアーカイヴ調査が結局は『スリー』と同じ結末を辿るのだという興味深い指摘をしている。この作品はそれが描く人物や出来事をかたちのはっきりした単一の像に還元することを拒み、Sの記録を読んでも彼女の人物像や失踪事件についてはっきりしたことはわからない。クラークは、クインのマニュスクリプトが猫によって破壊され紙屑になったことや、彼女自身が恋人との手紙をあえて処分したことを指摘しながら、クインと向き合うためには彼女が作家として志向した「捉えにくさ（elusiveness）」を受け止める必要があると述べる。[14] この捉えにくさは、クインが模索しながら獲得した彼女特有の文学表現によって引き起こされるものであり、彼女の作家としての重要な特徴の一つである。言葉には、何かを述べればその事象を固定化させ、同時に何かを切り捨ててしまう側面がある。それでも言葉を使い、その機能を撹乱しようとするかのような文体で書かれたクインの文学を語ろうとするのならば、ときに相矛盾する様々な要素を考慮し語る必要があるというのは重要な指摘だ。

このことは、労働者階級という彼女の出自を語る上でも考える必要がある。[15] ホジソンはクインのことを「過激なまでに実験的であり、労働者階級出身で、かつ女性であるという、イギリスの文学界においては珍しい存在（a rare breed in British writing: radically experimental, working class and a woman）」と表すが、クインをこのように表現することがイギリス文学という枠組みの中で重要な意味をもつことは間違いない。[★16] 先に述べたように、戦後のイギリスはリアリズムの形式を用いて労働者階級の声を描く文学作品（ここにはもちろん戯曲も含まれる）が話題となり、その作者は大抵が男性であった。クインはこのようなメインストリームからは外れたところで、その枠組みの内にはない新たな作品を生み出そうとしたのであり、彼女の出身階級や性別は記述するに値する重要な要素である。

クインは労働者階級出身の作家として自身の経験を作品内に書き込んでいるが、ただしそうやってできた作品が示すのはそれについて単純な物語としては語ることができないという事実だ。興味深いことに、彼女はインタビューの中で階級の枠組みだけで人間を語ることへの違和感を表明し、労働者階級の人々というレッテルを貼り個々人のあり様を見ようとしない態度を俗物的だと批判している。この時のインタビュアーが、ケン・ローチが映画化した『夜空に星のあるように　Poor

★14――Chris Clarke. "'S' and 'M': The Last and Lost Letters Between Ann Quin and Robert Creeley'. *Women: a Cultural Review*, vol. 33, no. 1, 2022, pp. 33-51. (p. 35)

★15――同様のことは以下の資料でも指摘されている。Nonia Williams. '(Re)turning to Quin: An Introduction'. *Women: a Cultural Review*, vol. 33, no. 1, 2022. pp. 2-17.(p. 7)

★16――Hodgson, Jennifer. 'Introduction'. *The Unmapped Country: Stories and Fragments*, by Ann Quin, edited by Jennifer Hodgson, And Other Stories, 2018, pp. 7-12. (p. 7)

Cow』の原作者であるネル・ダンであったというのも注目すべき点である。ダンは上流階級出身でありながら、家の方針に反発するように実家を出て、労働者階級の人々の多く居住する地域で暮らし、近隣の人々の声を聞きながらフィクションとノンフィクションの間にあるような作品を執筆した人物だ。階級とは大きな問題であり、最初は近隣の人々とどうコミュニケーションをとっていいかわからなかったというダンに対して、クインは労働者階級というレッテルで人々をひとくくりにする考え方は嫌いだと強い言葉で述べている。彼女のこのような思考は、インタビューを受けたまさにその時期に執筆されていた『スリー』にも反映されている[★17]。

階級は確かに『スリー』の主題の一つである。労働者階級の家に生まれたと思しきSと、裕福な中産階級の夫婦との間を隔てる大きな要素の一つとして階級が存在することは、この作品のいたるところでほのめかされている。例えばルースがレナードの父の行儀の悪さをまるで労働者階級みたいだと批判したり、新しい同居人は「それなりの階級の人がいい」と言うとき、彼女の労働者階級の人々に対する嫌悪が明らかとなる（本書九二頁）。一方、Sは夫婦とともに暮らす家を「中産階級《ブルジョワ》の牙城」と称し、それを「軽蔑」の対象とみなす（本書一二五頁）。

このような階級間の対立を通して作品内で批判されているのは、ルースが表明したようなステレオタイプ的な見方であり、この作品は人を型に嵌め込み機械的に理解しようとするやり方が機能しないことを様々な細部から明らかにする。フーリガンを連想させる、別荘を奇襲する不法侵入者たちは、夫婦にとっては実体のよくわからない影の様な存在であり、二人はどうやっても彼らを捕まえることができない。同様に、ルースとレナードはSについてもその実像を結ぶことができない。Sは侵入者たちの方に共鳴し、両者はともに夫婦の理解を拒むが、その「捉えにくさ」は物事を単純な物語に仕立て上げようとすることへの批判として機能する。

階級間の対立も、明快な二項の対立としては描かれない。先に言及したインタビューの中では、階級が大なり小なり個人の行動様式を細かいところで決定しているということについてクインとダンの意見は一致しており、クインは執筆中の作品、つまり『スリー』はそのことについての話だと説明する。クインはSの矛盾した感情――夫婦の日々の暮らし方を嫌悪する一方で、同時にすごく惹かれてもいる――に言及しており、それは実際に作品内で次のように表現される。

> まさに中産階級《ブルジョワ》の牙城と呼ぶに相応しいこの場所を危機に陥れたいという衝動に追い立てられて。以前はしょっちゅう軽蔑していたのに、すぐに理解し、ほとんど屈してしまったもの、それはまやかしに思える贅沢品とか、あの二人と一緒にいると働く生まれついて備わった直感といったもの。
>
> （本書一二五頁）

★16――Nell Dunn. *Talking to Women*. Silver Press, 2018. (p. 190)

相反する二項を明快な対立の枠組みにのみ収斂させるのではなく、両者が矛盾し合いながらも共存している状態、異なるものが混ざり合い判然としない状態を描くことが、この作品においては重要だったといえる。

ジェンダーについての諸問題もまた、対立の枠組みで捉えてしまうと見落としてしまう要素がある。Sとルースは、前者が社会規範からより自由な存在として、後者がより抑圧的な存在として、対比的に描かれる。ただし、その二人はレナードの不在時に「親密感」を育むのだとも書かれており、あらゆる点において相反するような存在ともいえない（本書二七九頁）。両者の重要な共通点として、二人はともに自らの生における脆弱性を認識しており、生活の基盤を他者に依存せざるを得ない立場の危うさを感じていることが挙げられる。先の引用にある「まやかしに思える贅沢品」の前で働く「直感」、金銭的に不自由のない安定した日常がもたらす安心感への希求が、階級を隔ててSとルースの二人を繋いでいるのだ。ルースはSが必死に自分たちにしがみつきながら何かを求めていることに気がついていたが、彼女もまたSと同様に安定した夫婦生活によって保障される安心感を求めていた（本書二四七－二四八頁）。このことの背景には、女性が一人で身を立てることの難しさがあるものと推測できる。クインが常に金銭的に厳しい生活を強いられていたことからもわかるように、女性が働いて得られる対価は一人の人間の生活を支えるには不十分であり、職業の選択が限られている状況で生活のために結婚を選ばざるを得ない女性も多くいた。家の様子からルースとレナードの夫婦生活は金銭的に豊かであったと見え、ルースはそのような夫婦生活が「安全」であると信じていたのだが、Sによってそれが虚構であるという事実に直面せざるを得なくなる（本書二四七頁）。夫婦生活における「まやかしにも思える贅沢品」は本質を隠すためのはりぼてで、終盤のレナードのルースに対する家庭内性暴力によって夫婦生活が「安全」を提供するものではないことがはっきりと示される。

Sとルースは一見真逆な存在のように思えるが、彼女たちは二人とも自らが置かれている状況に困難を覚えており、規範に対する二人の異なる態度はその同じ困難から生じた表裏一体のものとして捉えることができる。重要なのは、社会規範に固執するルースが直面する問題に対して、Sの体現する自由さが解決策となるとは言い切れないことだ。性にまつわる自らの行為についても発言するSは、性の規範が大きく変わったと言われる一九六〇年代という時代を象徴するような、自由で開放的な考えを持つ人物だ。中絶の経験もある彼女はそれを振り返り（イングランドで中絶が合法となったのは、この作品が出版されてから一年後の一九六七年のことである）、「自分の体を再び取り戻したという紛うことなき安堵の感覚」を覚えたと述べる（本書一四八頁）。これは出産における女性の自己決定を尊重し、その権利を擁護する言葉であり、このような例からもSは性にまつわる自由を称揚している人物であるということは可能かもしれない。しかしその一方で、彼女が自らの行動について全ての自己決定権を持っていたとは言い難い。中絶をするのには彼女以外の人物が資金を払う必要があったことが述べられており、彼女はそれについて問う「倒錯的」で「寄生虫のよう」な医師から、自身の意思とは関係なく性的な存在として扱われる（本書一四八頁）。Sにとっても自分の存在は自由に規定できるものではなく、彼女は常に暴力的な視線に晒されている。

Sは自身に向けられるその暴力的な視線と戯れることで自己を開こうとするが、その暴力が彼女を死に追いやったようにも見える。レナードが日記に付けている性行為の印は、強制収容所でナチスによって死刑に処される人物につけられた印と同じバツ印であった。このことが示唆するように、この物語において性にまつわる行為は常に暴力と結びついている。Sがテープの中で回想する、彼女の意志で行ったと思える性行為もまた暴力性を内包しており、それはルースに対して行われたレイプとは異なる新たな性行為のあり方を示すものではない。むしろ、もしルースが疑うようにその相手がレナードであるとしたら、虚構の中で許容された性暴力は、後にルースに対して現実のものとして反復されたことになる。Sを模倣することはルースを救うことにはならないのだ。さらに、水死体として発見されたSにつけられていた複数の刺し傷は、彼女に対して向けられた暴力が彼女を死に至らしめた原因であることを示すとともに、彼女の最後の結末が本当に彼女自身の思い描いていた通りのものであったのか疑問を抱かせる。彼女は最後自らの意思で漕ぎ出していったが、一方で死体のその傷は彼女以外の存在の介入を示唆しており、彼女が完全に自分だけの意思で自らのあり方を決定できたわけではないことがこの場面でもほのめかされている。新たな時代の精神として称揚されたであろうSの「自由」に見えるあり方もまた完全なる自由ではなく、さらにその先を考えることをこのオープンエンドは読者に要求するのだ。

作者について補足すれば、クインは女性であり作家であることの困難を認識していた。彼女は男性が常に作家である自分の外見に言及することや、自分の知性を恐れていることについて怒りを感じると述べ、結婚についても人間の自由を奪うものとして否定的な立場であることを明かしている。毎回の食事を用意することを当たり前のように期待されるのはまっぴらごめんであり、結婚すれば創作の時間もなくなってしまう。それに何より一人の人間を生涯を通じて愛し続けるということもきっと不可能だろうと、彼女は語っている。[★18] このような結婚観はルースとレナードの結婚生活に対する作品の否定的な態度と通じており、この作品が夫婦よりもSの方に肯定的であるということも可能ではある。その一方で、この物語は夫婦が送るような生活への憧れについても否定はせず、またSのとった態度や行動を完璧なものとして提示することもしない。このことが例示するように、クインのテキストはある事象に対して唯一の明快な理解や答えを提供するようなものではない。彼女の複雑なテクストを複雑なものとして受け止め理解する試みを続けていくことが大切であると、

★18――Dunn, Nell. *Talking to Women*. Silver Press, 2018. pp. 186-67. (pp. 192-93)

自戒を込めてここに記す。

最後になったが、本書を翻訳するにあたり博論審査の場で背中を押してくださった田尻芳樹氏、大石和欣氏、秦邦生氏、武田将明氏、丹治愛氏、相談をさせていただいた佐藤元状氏、そして訳者に辛抱強く付き合ってくださった幻戯書房の中村健太郎氏に心からの感謝を申し上げます。また、励ましてくれた家族や友人の存在がなければ、この翻訳を完成させることはできませんでした。本当にありがとう。この作品を読んでくださった読者の方にも訳者として改めてお礼を申し上げます。

［著者略歴］

アン・クイン［Ann Quin 1936–73］

一九三六年、イングランドのブライトンで生まれる。一九六〇年代前半から七〇年代初頭にかけて実験的な小説作品を発表したイギリスの女性作家。B・S・ジョンソンをはじめとする同時代の実験小説家たちと交流をもち、リアリズムを重視する時流に逆らい実験小説を執筆。四作の長編小説（『バーグ』『スリー』『パッセジーズ』『トリップティクス』）と、複数の短編小説を発表した。作品の復刊とともに、近年イギリスを中心に注目を集め、再評価が進んでいる。

［訳者略歴］

西野方子［にしの・のりこ］

静岡県生まれ。イーストアングリア大学大学院修士課程修了、東京大学大学院総合文化研究科言語情報科学専攻にて博士号（学術）取得。現在、東京理科大学講師。専門は二十世紀以降のイギリスの実験文学。

〈ルリユール叢書〉

スリー

二〇二四年一一月八日　第一刷発行

著　者　アン・クイン
訳　者　西野方子
発行者　田尻　勉
発行所　幻戯書房
郵便番号一〇一－〇〇五二
東京都千代田区神田小川町三－十二　岩崎ビル二階
電　話　〇三（五二八三）三九三四
FAX　〇三（五二八三）三九三五
URL　http://www.genki-shobou.co.jp/

印刷・製本　中央精版印刷

ISBN978-4-86488-307-8 C0397

〈ルリユール叢書〉発刊の言

　厖大な情報が、目にもとまらぬ速さで時々刻々と世界中を駆けめぐる今日、かえって〈遅い文化〉の意義が目に入りやすくなってきました。例えば、読書はその最たるものです。それというのも読書とは、それぞれの人が自分のリズムで本を読み、日々の生活や仕事、世界が変化する速さとは異なる時間を味わう営みでもあります。人間に深く根ざした文化と言えましょう。本はまた、ページを開かないときでも、そこにあって固有の時間を生みだすものです。試しに時代や言語など、出自を異にする本が棚に並ぶのを眺めてみましょう。ときには数冊の本のなかに、数百年、あるいは千年といった時間の幅が見いだされるかもしれません。そうした本の背や表紙を目にすることから、すでに読書は始まっています。

　気になった本を手にとり、一冊また一冊と読んでいくと、目には見えない書物同士の結び目として「古典」と呼ばれる作品があることに気づきます。先人の知を尊重し、これを古典として保存、継承していくなかで書物の世界は築かれているのです。かつて盛んに翻訳刊行された「世界文学全集」も、各国文学の古典を次代の読者へと手渡し、共有する試みでした。

　古今東西の古典文学は、書物という形をまとって、時代や言語を越えて移動します。〈ルリユール叢書〉は、どこかの書棚でよき隣人として一所に集う——私たち人間が希望しながらも容易に実現しえない、異文化・異言語・異人同士が寛容と友愛で結びあうユートピアのような——〈文芸の共和国〉を目指します。

　また、それぞれの読者にとって古典もいろいろです。私たちは、そのつど本を読みながら、時間をかけた読書の積み重ねのなかで、自分だけの古典を発見していくのです。〈ルリユール叢書〉は、新たな古典のかたちをみなさんとともに探り、育んでいく試みとして出発します。

Reliure〈ルリユール〉は「製本、装丁」を意味する言葉です。
ルリユール叢書は、全集として閉じることのない
世界文学叢書を目指し、多種多様な作品を綴じながら、
文学の精神を紐解いていきます。
一冊一冊を読むことで、読者みずからが〈世界文学〉を
作り上げていくことを願って――

［**本叢書の特色**］

❖名作の古典新訳から異端の知られざる未発表・未邦訳まで、世界各国の小説・詩・戯曲・エッセイ・伝記・評論などジャンルを問わず紹介していきます（刊行ラインナップをご覧ください）。

❖巻末には、外国文学者ならではの精緻、詳細な作家・作品分析がなされた「訳者解題」と、世界文学史・文化史が見えてくる「作家年譜」が付きます。

❖カバー・帯・表紙の三つが多色多彩に織りなされた、ユニークな装幀。

〈ルリユール叢書〉刊行ラインナップ

[以下、続刊予定]

失われたスクラップブック	エヴァン・ダーラ[木原善彦＝訳]
心霊学の理論	ユング＝シュティリング[牧原豊樹＝訳]
ニーベルンゲン　三部のドイツ悲劇	フリードリヒ・ヘッベル[磯崎康太郎＝訳]
愛する者は憎む	S・オカンポ／A・ビオイ・カサーレス[寺尾隆吉＝訳]
スカートをはいたドン・キホーテ	ベニート・ペレス＝ガルドス[大楠栄三＝訳]
アルキュオネ　力線	ピエール・エルバール[森井良＝訳]
汚名柱の記	アレッサンドロ・マンゾーニ[霜田洋祐＝訳]
エネイーダ	イヴァン・コトリャレフスキー[上村正之＝訳]
不安な墓場	シリル・コナリー[南佳介＝訳]
撮影技師セラフィーノ・グッビオの手記	ルイジ・ピランデッロ[菊池正和＝訳]
笑う男[上・下]	ヴィクトル・ユゴー[中野芳彦＝訳]
ロンリー・ロンドナーズ	サム・セルヴォン[星野真志＝訳]
ユダヤ人の女たち　ある小説	マックス・ブロート[中村寿＝訳]
箴言と省察	J・W・v・ゲーテ[粂川麻里生＝訳]
パリの秘密[1〜5]	ウージェーヌ・シュー[東辰之介＝訳]
黒い血[上・下]	ルイ・ギユー[三ツ堀広一郎＝訳]
梨の木の下に	テオドーア・フォンターネ[三ッ石祐子＝訳]
殉教者たち[上・下]	シャトーブリアン[高橋久美＝訳]
ポール＝ロワイヤル史概要	ジャン・ラシーヌ[御園敬介＝訳]
水先案内人[上・下]	ジェイムズ・フェニモア・クーパー[関根全宏＝訳]
ノストローモ[上・下]	ジョウゼフ・コンラッド[山本薫＝訳]
雷に打たれた男	ブレーズ・サンドラール[平林通洋＝訳]

＊順不同、タイトルは仮題、巻数は暫定です。＊この他多数の続刊を予定しています。